Das Geheimnis von Meißen

Das Buch

China, im Jahr 1707. In Kanton lernt der Spanier Damián Ossorio die Frau seines Lebens kennen, die schöne Jade. Die beiden werden ein Paar. Eine unmögliche Liebe, denn sie ist die Geliebte des skrupellosen Rebellen Gu Feng, Ossorios wichtigstem Verbündeten. Im Auftrag der Krone soll Ossorio sich in die Hochburg der chinesischen Porzellanmanufaktur einschleusen und die Formel des »weißen Goldes« mit in die Heimat bringen. Das kostbare Gut ist in ganz Europa begehrt, und allerorts versucht man, das Rätsel um seine Herstellung zu lösen. So auch in Meißen, wo in einem Labor der Albrechtsburg der deutsche Alchimist Johann Friedrich Böttger fieberhaft an seinen Experimenten arbeitet. Als es Ossorio endlich gelingt, sich, getarnt als chinesischer Arbeiter, Zugang zur »Stadt der 3000 Öfen« zu verschaffen und Porzellan von dort hinauszuschmuggeln, wird Feng misstrauisch – und Ossorio und Jade geraten in größte Gefahr.

Der Autor

Emilio Calderón, 1960 in Malaga geboren, hat sich zuerst als Jugendbuchautor einen Namen gemacht. Der studierte Historiker lebt seit einigen Jahren als freier Schriftsteller in Madrid. *Das Geheimnis von Meißen* ist sein zweiter Roman für Erwachsene.

Von Emilio Calderón ist in unserem Hause bereits erschienen:

Die Karte Gottes

EMILIO
CALDERÓN

Das Geheimnis von Meißen

Historischer Roman

Aus dem Spanischen
von Maria Hoffmann-Dartevelle

List Taschenbuch

Besuchen Sie uns im Internet:
www.ullstein-taschenbuch.de

Mix
Produktgruppe aus vorbildlich bewirtschafteten Wäldern und anderen kontrollierten Herkünften
www.fsc.org Zert.-Nr. GFA-COC-1223
© 1996 Forest Stewardship Council
FSC

Dieses Taschenbuch wurde auf FSC-zertifiziertem Papier gedruckt.
FSC (Forest Stewardship Council) ist eine nichtstaatliche, gemeinnützige Organisation, die sich für eine ökologische und sozialverantwortliche Nutzung der Wälder unserer Erde einsetzt.

Deutsche Erstausgabe im List Taschenbuch
List ist ein Verlag der Ullstein Buchverlage GmbH, Berlin.
1. Auflage November 2009

Titel der spanischen Originalausgabe: *El secreto de la porcelana*
(Roca Editorial, Barcelona 2007)
Konzeption: semper smile Werbeagentur GmbH, München
Umschlaggestaltung: bürosüd° GmbH, München
Titelabbildung: © Château et Trianons. Mignard, Pierre I 1612–1695.
»Das kleine Mädchen mit den Seifenblasen«. AKG, Berlin
Satz: Pinkuin Satz und Datentechnik, Berlin
Gesetzt aus der Adobe Garamond
Papier: Munkenprint von Arctic Paper Munkedals AB, Schweden
Druck und Bindearbeiten: CPI – Clausen & Bosse, Leck
Printed in Germany
ISBN 978-3-548-60931-7

Kapitel 1

Eines Tages erhielt ich zu meiner großen Freude eine Einladung der Geographischen Gesellschaft, die noch für denselben Abend einen Vortrag des Forschungsreisenden Pablo Solórzano mit dem merkwürdigen Titel »Das Geheimnis des Porzellans« ankündigte.

Zwar gehörte ich nicht Solórzanos engstem Freundeskreis an, doch waren wir beide Mitglieder besagter Gesellschaft und empfanden Achtung und Bewunderung füreinander. Ich bin Arzt und habe mich stets für tropische Krankheiten interessiert, insbesondere für Malaria. Solórzano lernte ich anlässlich eines Vortrags über diese Krankheit kennen. Schon nach kurzem Gespräch zeigte sich, dass nicht so sehr wissenschaftliches Interesse seine Unternehmungen prägte, wie es bei mir der Fall war, sondern in erster Linie Abenteuerlust. Ich würde sogar behaupten, Solórzano war überhaupt eher ein Abenteurer als ein Forscher oder Geograph im Sinne und Stil des berühmten Iradier.

Doch abgesehen von diesen Überlegungen stach in Solórzanos Persönlichkeit ein Wesenszug besonders hervor: sein angeborenes Geschick, vor großem Publikum von seinen Erlebnissen zu berichten. In den meisten Fällen hatte das, was er vortrug, nichts mit der Entdeckung eines neuen Kontinents, unbekannter Flüsse oder Bergketten zu tun. Seine Spezialität waren die Menschen, das »menschliche Element«, wie er es gerne nannte. Denn ihm zufolge war der Charakter eines Volkes durch seinen Lebensraum geprägt, was beweise, dass alle Menschen, unabhängig von Rasse oder Religion, vor Gott oder der Evolution gleich seien. Zumindest bezeuge dies die jüngste Entdeckung des sogenannten Java-Menschen *(Homo erectus)*, eines hinsichtlich seiner Größe und seines Entwicklungsstandes degenerierten Menschenexemplars, vermutlich aufgrund dürftiger Ernährung und einer unwirtlichen Umgebung. Wie Leibniz glaubte auch Solórzano, die Unterscheidung zwischen Zivilisierten und Wilden sei historischer Natur und entspreche den jeweiligen Etappen des Evolutionsprozesses. Diese heterodoxe Theorie, die sich so sehr von den damals gängigen Auffassungen unterschied, sowie einige verbale Ausschweifungen, mit denen er die Regeln der herrschenden Moral übertrat, gepaart mit einem überdurchschnittlichen Deutungstalent, machten Solórzanos Vorträge so einzigartig.

Überdies liebte er es, seine Auftritte mit ausgefallenen Kleidungsstücken oder merkwürdigen Gegenständen und Utensilien auszuschmücken, die den Kulturen entstammten, von denen er berichtete. Auch scheute er sich keineswegs, vor versammeltem Publikum die an seinem Körper sichtbaren Spuren seiner Expeditionen zu präsentieren, etwa eine von der Pranke eines Raubtieres hinterlassene Narbe oder Verstümmelungen, die er erlitten hatte, als er von Angehörigen irgendeines wilden, unbekannten Volksstammes gefoltert worden war.

Ich wusste, dass Solórzano bis vor kurzem anderthalb Jahre auf den Philippinen verbracht hatte. Da es in den vergangenen Monaten in jener fernen Kolonie zu politischen Wirren gekommen war, nahm ich an, sein Vortrag werde das, was sich dort abspielte, näher beleuchten. Die Zeitungen sprachen von einer den Archipel verunsichernden verbrecherischen Organisation namens *Katipunan*, deren vollständiger Name auf Tagalo *Kataastaasan Kagalanggalang Katipunan ng mga Anak ng Bayan* lautete, was übersetzt »Höchste und Ehrwürdige Vereinigung der Söhne des Volkes« heißt und die unter dem Kürzel KKK agierte. Diese Freibeutergruppe wurde von einem gewissen Andrés Bonifacio angeführt, dem Nachfolger von Marcelo Hilario del Pilar, Begründer jener Bewegung, welche die Unabhängigkeit der Kolonie forderte. Die jüngsten Nachrichten aus Manila klangen auch tatsächlich so, als könnten die herrschenden Unruhen schon bald in einen Krieg ausarten.

So erfüllte mich, als ich besagte Einladung in Händen hielt, eine große Vorfreude, die sich, je näher die angegebene Uhrzeit rückte, mehr und mehr in Ungeduld wandelte.

Kapitel 2

Bekleidet mit einem Hemd aus Manilahanf und einer naturfarbenen Drillichjacke, auf dem Kopf einen merkwürdigen Tropenhelm aus Nito-Faser, einem philippinischen Farngewächs, betrat Solórzano das Podium. An seiner linken Hand prangte eine auffällige Bandage, und mit der rechten stützte er sich auf einen Karabao-Stock mit Schildpattknauf. Nachdem er seine Kopfbedeckung abgenommen und die Mitglieder der Geographischen Gesellschaft sowie das zahlreich erschienene Publikum begrüßt hatte, begann er mit seinem Vortrag:

»Es gab eine Zeit, da die Formel zur Herstellung von Porzellan ein von den großen Königshäusern Europas umkämpftes Staatsgeheimnis war. Ich sage Europas und nicht der ganzen Welt; denn es gab ein Land, in dem das begehrte Rezept bekannt war: China.

Jahrhundertelang begaben sich immer wieder Menschen aus dem Abendland in jenes ferne Reich, auf der Suche nach der Geheimformel der Porzellanherstellung, doch so unbegreiflich es auch scheinen mag, keinem von ihnen ist es je gelungen, Chinas Geheimnis zu entschlüsseln. Jeder

Reisende, der aus China zurückkehrte, brachte eine andere Formel mit. Der große Marco Polo versicherte, Porzellan ließe sich aus Ton gewinnen, das man zu riesigen Bergen auftürmen und dreißig Jahre lang Wind, Regen und Sonne aussetzen müsse. Guido Pancirollus beteuerte, Porzellan werde auf der Grundlage von Eierschalen, Langustenpanzer und Gips hergestellt, einer Mischung, die man auf der Erde ausbreiten und achtzig Jahre lang dort liegenlassen müsse. Andere Reisende wiederum behaupteten, das Geheimnis des Porzellans bestehe darin, Ton in tiefen unterirdischen Gängen zu vergraben, fern von Sonnenlicht und Wind.

Man analysierte Tonproben, der Ton wurde mit gemahlenem Glas, Knochen, Muscheln, Sand und sogar Talkpulver vermischt, das Ergebnis aber war immer das gleiche: Das so gewonnene Steingut besaß weder die Lichtdurchlässigkeit noch die Härte und Schönheit des chinesischen Porzellans. Auch der Klang, den hochwertiges Porzellan erzeugt, wenn man es anschlägt, fehlte ihm vollkommen. Niemandem gelang es, die Herstellungsweise jenes Materials zu ergründen, das die weiße Farbe des Mondes trägt und doch beinahe durchsichtig ist. Es war wie verhext.

Da Porzellan mittlerweile unter Fürsten und hochgestellten Persönlichkeiten zu den meistbegehrten Waren zählte, wurde die Beschaffung der Herstellungsformel zu einem vorrangigen Ziel; denn sie bot unbegrenzte geschäftliche Möglichkeiten.

Die Geschichte, die ich Ihnen nun erzählen werde, ist die Geschichte eines jener Pioniere, eines Mannes, der sein Leben aufs Spiel setzte in der alleinigen Absicht, für seinen

Herrn, Philipp V., den König von Spanien, das begehrte Geheimnis zu entdecken.

Ich könnte mir vorstellen, für viele von Ihnen ist nach dieser kurzen Einleitung das Rätsel gelöst, das der Titel meines Vortrags aufgeworfen haben mag – ein wesentlicher Aspekt eines jeden Unterfangens, das die Aufmerksamkeit eines breiten Publikums zu erregen sucht; denn wie schon Konfuzius sagte: ›Wenn der Titel nicht stimmt, klingen die Worte unglaubwürdig.‹ Doch erlauben Sie mir, bevor ich fortfahre, mir die Kehle mit einem Schluck Tee aus dieser Porzellantasse anzufeuchten …«

Kapitel 3

Am Morgen des 14. Februar 1897 ging ich im Hafen von Manila an Bord des Dampfers *Santo Domingo* von der Spanischen Dampfschifffahrtsgesellschaft. Das gewaltige, von der Robert Naiper Co. in Glasgow erbaute Eisenschiff von 104,34 Metern Länge und 11,68 Metern Breite besaß zwei Kreuzmasten, drei Decks, fünf Laderäume sowie einen Klipperbug und bot Platz für 113 Passagiere erster, 56 Passagiere zweiter, 8 Passagiere dritter Klasse und mehrere hundert Auswanderer.

Mich erwartete eine Schiffsreise von mehreren Wochen, und obwohl ich einen achtzehnmonatigen Aufenthalt auf den Philippinischen Inseln hinter mir hatte, war ich nicht traurig über meine Abreise.

Ich hatte die Philippinen aufgesucht, um Verbindung zu den schwarzen Pygmäenstämmen aufzunehmen, den durch das Eindringen der malaiischen Völker (vor allem der Tagalen und Igorroten, das heißt, der heutigen Filipinos) ins Innere des Urwaldes vertriebenen Ureinwohnern. Durch den Aufstand der *Katipunan* war der Urwald allerdings zu einem Schlupfwinkel für Guerilleros geworden. So gestalteten sich meine Feldforschungen von Tag zu Tag gefährlicher, und schließlich zwang mich die allgemeine unsichere Lage, nach Manila zurückzukehren und abzuwarten, bis die Revolten und Unruhen endgültig erstickt waren. Doch leider wartete ich vergebens. Denn das Gegenteil geschah. Sabotagen und Angriffe auf die Spanier nahmen zu, sogar in der Hauptstadt. Da ich es leid war, Zeit zu verlieren, und es mich enttäuschte, wie unsere Obrigkeiten mit dem philippinischen »Problem« umgingen (nur um Ihnen eine Vorstellung zu geben: Als Don Ramón Blanco, der Generalkapitän des Archipels, die ersten Informationen über die sich anbahnende Verschwörung erhielt, beschränkte er sich darauf, mit herablassender Gleichgültigkeit zu verkünden: »Freibeuterei ist eine Grube, deren Boden man mit einem Finger berühren kann, und ihre Gefährlichkeit existiert nur in den Köpfen von Mönchen und fanatischen Spaniern«), beschloss ich, auf die Iberische Halbinsel zurückzukehren.

Als die *Santo Domingo* auf offenem Meer ihre Höchstgeschwindigkeit von zehn Knoten erreicht hatte und der Horizont die Umrisse des philippinischen Archipels verschluckte, wurde mir erneut bewusst, dass unsere schwimmende Festung angesichts der Unermesslichkeit des Ozeans zu einer Nussschale geschrumpft war. Plötzlich war sie von einer Bedeutungslosigkeit, die jeden der Passagiere mit einbezog, ganz gleich ob er erster, zweiter oder dritter Klasse reiste.

Das Meer mit seinen Gefahren verändert die Menschen, die es wagen, seine Wasser zu überqueren, und umhüllt sie mit der unsichtbaren Teerschicht der Solidarität. Auf See haben die Menschen nur noch eine Möglichkeit: Sie müssen zusammenhalten. Angesichts der Ängste des Einzelnen ist, wie Baudelaire einmal bemerkte, die Menge ein Asyl für Verbannte und ein Betäubungsmittel für all jene, die sich verlassen fühlen. Und auf See fühlen sich alle Menschen von der Erde verbannt und ihrem Los überlassen, einem gemeinsamen Schicksal ausgeliefert.

So kam es, dass die Reisenden auf der Suche nach der geeigneten Gesellschaft, die es ihnen erlauben würde, die lange Überfahrt in jenem Gefühl von Sicherheit zu überstehen, das Gruppen einem verleihen, einander beinahe spontan ihr Herz öffneten. Ja, an keinem anderen Ort der Erde erweist sich der Mensch so sehr als Herdentier wie auf dem Meer.

Ich fand meine Gesellschaft auf dem Erste-Klasse-Deck, auf der Steuerbordseite des Bugs, wo ein Offizier der Kolonialarmee es sich bequem gemacht hatte. Der Mann hatte sich in eine Hängematte verkrochen, Arme und Beine und der Großteil seines Körpers steckten unter einer Decke, so dass seine Uniform aus blau-weiß gestreiftem Baumwollstoff kaum zu erkennen war. In Anbetracht der Tatsache, dass für Armee-Angehörige die Rückreise nach Spanien in aller Regel ein Grund zur Freude war, fiel mir das Schweigen dieses Mannes auf, das sich deutlich von dem lebhaften Treiben auf dem Schiff und dem Geplauder der Passagiere abhob. Überdies war sein Gesicht von der Farbe abgenutzten Elfenbeins, obwohl sich die auf Deck gehende Brise allgemein als ideales Tonikum für die Wangen erwies. Ich vermutete, dass dieser Mann an irgendeiner tropischen Krankheit litt, daher erkundigte ich mich sogleich, nachdem ich mich vorgestellt hatte, ob auch alles in Ordnung sei. Er antwortete mir nicht. Mit offenen Augen lag er da, den Blick in der Ferne verloren. Glasige, fiebrige, dem Wahn verfallene Augen. Es war, als sähen sie am Horizont die Unterwelt, wiewohl die wahre Hölle in ihm selbst zu stecken schien.

»Ist alles in Ordnung, Señor?«, wiederholte ich meine Frage.

»Ich bin eine Marionette ohne Fäden«, stammelte er.

In diesem Augenblick eilte eine junge *Sangley* herbei, eine auf den Philippinen geborene Chinesin, die sich emsig um den Mann bemühte und ihm beim Aufstehen half.

»Bitte entschuldigen Sie uns. Es ist Zeit, dass wir uns ausruhen«, sagte sie in fast perfektem Spanisch zu mir.

Ich war höchst verwundert, dass die *Sangley* für beide sprach und nicht, nach Sitte des Dienstpersonals, nur für ihren Herrn.

Drei Tage später brachte eine aufgewühlte See uns erneut auf demselben Deck zusammen. Der Kranke schien sich ein wenig erholt zu haben. Es war, als wirkten die sich überschlagenden Wellen wohltuend auf seine Verfassung.

»Geht es Ihnen besser?«, fragte ich ihn.

»Waren Sie es, der neulich versucht hat, mit mir ins Gespräch zu kommen?«, fragte er mich. »Entschuldigen Sie bitte, wenn ich Ihre Aufmerksamkeit nicht gebührend erwidern konnte. Ich sah und hörte Sie nur verschwommen, weit weg … Das lag am Opium. Oh, entrüsten Sie sich bitte nicht. Bonifacios *Katipuneros* wollten mich vierteilen, aber ganz ist es ihnen nicht gelungen. Da die Ärzte kein Laudanum zur Verfügung hatten, empfahlen sie mir, Opium zu rauchen, um die durch die Verletzungen hervorgerufenen starken Schmerzen zu dämpfen. Unter den Heilmitteln, die der allmächtige Gott so gütig war, den Menschen zur Linderung ihrer Leiden zu schenken, ist keines so wirkungsvoll wie das Opium. Ich kehre nun zum Sterben nach Spanien zurück, und obwohl ich weiß, dass ich die Überfahrt nicht überleben werde, wollte ich um jeden Preis vermeiden, dass der Tod mich auf philippinischem Boden heimsucht. Haben Sie jemals Opium probiert? Tun Sie es nie, denn wer es einmal probiert hat, ist nicht mehr länger Gefangener der Wirklichkeit, sondern wird zum Sklaven eines Traums … Aber ich habe mich ja noch nicht einmal vorgestellt! Ich heiße Miguel Blasco Castiñeira.«

»Ich bin Pablo Solórzano«, erwiderte ich.

»Kaufmann, Politiker, Mann von Welt? Ich würde auf Letzteres tippen.«

»Forschungsreisender. Mitglied der Geographischen Gesellschaft.«

»In der Regel täusche ich mich nicht. Aber das ist nicht mein Verdienst. Jeder Mensch trägt seinen Beruf auf der Stirn geschrieben.«

Je schwerer die See wurde und je stärker der Kapitän der *Santo Domingo* sich bemühte, querab zum Wind zu steuern, umso schwieriger wurde es, an Deck das Gleichgewicht zu halten.

»Dieses Schiff ist nichts als ein kleiner Fisch in einem riesigen Ozean«, fuhr er fort. »Und was ist das Meer anderes als die Heimat des Zufalls, der wiederum Teil des Chaos ist? Selbst wenn der Mensch einst die Quellen sämtlicher Flüsse entdeckt und die höchsten Gipfel der Erde erklommen haben wird, seine letzte Grenze wird stets das Meer bleiben, glauben Sie nicht?«

»Ich kann nicht leugnen, dass wir über das Meer immer noch weniger wissen als über die Sterne«, pflichtete ich ihm bei.

»Tun Sie mir nun bitte den Gefallen, meiner *Sangley* zu sagen, sie möge herkommen und mir helfen? Ich bin eine Marionette ohne Fäden.«

Es war das zweite Mal, dass er sich selbst mit diesem Satz charakterisierte.

»Sicher kann auch ich mich um Sie kümmern«, bot ich ihm meine Hilfe an.

»Sicher, aber die Dienste, die ich benötige, sind selbst für einen Mann von Welt wie Sie zu speziell. Ich muss rauchen, und nur die *Sangley* versteht es, eine Pfeife so zuzubereiten, wie es sich gehört. Ich will nicht, dass Sie denken, meine Verfassung sei die Folge eines ausschweifenden Lebens … Knöpfen Sie mir die Uniform auf, und schauen Sie sich meinen Rücken an, vielleicht begreifen Sie dann, dass ich nicht übertreibe.«

Ich war so verblüfft, dass ich ganz einfach gehorchte.

Jemand hatte diesem Mann mit einem glühenden Eisen das tagalische Wort *kalayaan* in den Rücken gebrannt.

»Freiheit. Genau das ist die Bedeutung von *kalayaan*. Bonifacio hat es mir ins Fleisch brennen lassen, nachdem er mich in Cavite gefangen genommen hatte. Er hat all meine Männer umgebracht und mich am Leben gelassen, weil er wollte, dass ich den spanischen Obrigkeiten eine Botschaft überbringe. Ich versichere Ihnen, dieses in meine Haut geprägte Wort ist die Wunde, die mir noch die geringsten Schmerzen bereitet … Irgendwann in den nächsten Tagen werde ich Ihnen den Rest der Geschichte erzählen, aber jetzt tun Sie mir bitte den Gefallen, und rufen Sie meine *Sangley*«, bat der Offizier.

Der Eindruck von unergründlicher Ferne, der von der Weite des Meeres ausging, wandelte sich mit dem Einbruch der Nacht in einen schwarzen Abgrund. Dichte Finsternis erhob sich längs der Flanken des Schiffes wie die Mauern eines Kerkers.

Drei Tage später suchte die *Sangley* mich an Deck auf und bat mich mitzukommen. Miguel Blasco wünsche mich in seiner Kajüte zu sehen.

Als ich die Kabine betrat, lag der Offizier in seiner gestreiften Uniform auf dem Bett, die Hälfte des Körpers unter einer Decke.

»Ich bitte Sie um Entschuldigung, aber heute tun mir die Knie weh, und ich bin kaum in der Lage aufzustehen. Bonifacio hat seinen Freiheitskämpfern gestattet, mir an beiden Beinen die Kniescheibensehne zu durchtrennen, damit ich kriechen musste wie ein Reptil. Später hat ein Arzt zwar sein Möglichstes getan, aber viel war das nicht, deshalb benutze ich die *Sangley* als Stütze …«

Wie viele orientalische Frauen verstand auch diese Frau es, sich so geschickt in die Umgebung einzufügen, dass ihre Gegenwart unbemerkt blieb. Sie suchte sich eine Ecke, und dort kauerte sie nieder, das Gesäß auf die Fersen gestützt. Man nahm sie nicht einmal wahr, wenn sie die Kabine betrat oder verließ.

»Wo haben Sie sie kennengelernt? Sie scheint eine sehr geschickte und taktvolle Frau zu sein«, sagte ich.

»Das stimmt. Aber sie ist mehr als das. Sagen wir, ich befand mich bereits auf dem Weg in die Hölle, als sie mir geholfen hat, wieder ans Tageslicht zurückzukehren … Aber beantworten mir Sie doch bitte eine Frage. Haben Sie schon einmal ein Buch veröffentlicht?«

»Drei Bücher über meine Reisen, außerdem um die fünfzig Artikel in Zeitungen und Fachzeitschriften.«

»Dann kann ich wohl annehmen, dass Sie einen Verleger kennen, nicht wahr?«

»In der Tat, ich kenne mehr als einen. Darf ich Sie fragen, woher Ihr plötzliches Interesse an meinen Veröffentlichungen und an der Verlagswelt rührt?«

»Sehen Sie den Schreibtisch dort drüben? Ziehen Sie bitte die oberste Schublade auf, und nehmen Sie das Heft heraus, das auf dem Pyjama liegt. Die Geschichte, die es enthält, ist das Erstaunlichste, was ich je gehört habe; sie ist so unglaublich, dass ich eine Zeit lang sogar an ihrem Wahrheitsgehalt gezweifelt habe. Ich würde mich freuen, wenn Sie sie lesen und für den Fall, dass ich Spanien nicht lebend erreichen sollte, die notwendigen Schritte für ihre Veröffentlichung unternehmen würden.«

Der Schublade entstieg ein durchdringender Geruch nach Opium, das unter verschiedenen Waffen und militärischen Abzeichen in einer lackierten Holzschachtel lag. Widerwillig verzog ich das Gesicht.

»Wie ich sehe, mögen Sie den Duft des Anphions nicht (Anphion ist das tagalische Wort für Opium). Ich versichere Ihnen jedoch, lieber Freund, die Welt riecht nach schlimmeren Dingen«, bemerkte der Offizier.

Äußerst behutsam nahm ich das Heft in die Hände, so als könne seine Berührung mich anstecken.

»Sind Sie der Autor?«, fragte ich interessiert.

»Ja, allerdings bin ich nicht der Protagonist. Es würde mir zutiefst widerstreben, über mich selbst zu schreiben. Die Geschichte hat mir jemand in einem Opium-Rauchraum erzählt, und ich habe die seltenen Augenblicke klaren Bewusstseins genutzt (eine der typischen Eigenschaften des Opiums besteht nämlich darin, den Raucher immer wieder in geistesabwesende Zustände zu versetzen), um sie auf Papier zu bringen. Mir ist bewusst, dass es etwas anderes ist, ob man Dinge selbst erlebt hat oder sie nur in Worte fasst, aber die in diesem Heft beschriebene Geschichte gleicht in gewisser Weise meiner eigenen, denn sie steckt voller Ernüchterung. Müsste ich sie charakterisieren, so würde ich sagen, es ist eine beispielhafte Geschichte, jetzt, da wir so dringend gute Beispiele benötigen.«

Es gibt nichts Langweiligeres als eine lange Schiffsreise. Mit den Tagen verwandelt sich das Meer in einen Spiegel, der stets die gleichen Bilder zurückwirft. Das Auf und Ab der Wellen wird zu einer müden, eintönigen Bewegung. Mahlzeiten und Gespräche wiederholen sich, und selbst die Damen können nicht anders, als sich Abend für Abend im selben Kleid zu zeigen. Deshalb ist die beste Zerstreuung auf einem Schiff eine gute Lektüre.

»Einverstanden, wenn Sie es wünschen, werde ich dieses Heft lesen; was seine Veröffentlichung anbelangt, so könnten Sie sich doch sicher selbst darum kümmern …«

»Täuschen Sie sich nicht, der bevorstehende Tod pflegt uns Sterbenskranken das Sonderrecht der Klarsicht zu gewähren. Außerdem führt unmäßiger Opiumkonsum zu Verdauungsproblemen, Ateminsuffizienz, Asthma und Angina pectoris. Und ich versichere Ihnen, mein Opiumkonsum sprengt schon seit einigen Monaten jedes Maß. Nein, mein lieber Solórzano, diese Überfahrt werde ich nicht überleben … Aber kommen wir zurück zu dem Heft. Ich bin nicht das, was man einen Vollblutschriftsteller nennt, daher gestatte ich Ihnen, überall dort, wo es Ihnen notwendig erscheint, Änderungen vorzunehmen, sofern Sie sich dazu verpflichten, den Geist, der die Erzählung als Gesamtheit durchzieht, nicht anzutasten. Und nun versprechen Sie mir, dass Sie sich um die Veröffentlichung kümmern werden.«

Es ließ sich nicht leugnen, dass dieser Mann sich in einer ausgesprochen üblen Verfassung befand, was mich nötigte, den Auftrag anzunehmen und zum Treuhänder jenes Heftes zu werden.

»Ich verspreche es Ihnen, obwohl ich nach wie vor glaube, dass es nicht notwendig sein wird, mein Versprechen einzulösen.«

Ich kehrte zum Vorderdeck zurück, zunehmend fasziniert von diesem armen Teufel, dessen Leiden ich mir nicht vorzustellen vermochte. Ich legte mich in die Hängematte, in der für gewöhnlich der Kranke lag, schlug das Heft auf und begann zu lesen.

Kapitel 4

Solórzano unterbrach seinen Vortrag, um sich erneut mit einem Schluck Tee die Kehle zu befeuchten. Dann zog er aus einer der Taschen seiner Drillichjacke ein kleines Heft mit blauem Lederumschlag hervor und begann zu lesen:

I

Ich habe alles gefunden, was ich suchte, und darin liegt der Grund für mein Scheitern. Oder, genauer gesagt, bei jeder neuen Entdeckung hat das Scheitern mich begleitet, bis es ganz und gar von den Ergebnissen Besitz ergriff.

Ich heiße Damián Ossorio und bin Porzellanhändler. Oder war es vielmehr. Jetzt bin ich ein Ungeheuer im umfassendsten Sinne des Wortes, ein seelisches und körperliches Ungeheuer.

Im Jahr des Herrn 1699 kam ich nach Manila. Es war das letzte Regentschaftsjahr unseres geliebten und hochgeschätzten Monarchen Karl II., der gleichwohl über alle Maßen dumm war. Niemals habe ich gegen Idioten Groll gehegt, denn ohne sie wüssten wir jene nicht zu erkennen, die keine sind. Indessen verzeihe ich unserem dummen König nicht, dass er keine Nachkommen zeugte. Denn da er dies nicht tat, stürzten sich die Geier auf die Überreste seines Königreiches, was die schlimmste aller möglichen Situationen zur Folge hatte: ein Reich ohne Monarch, stattdessen mit zwei Thronanwärtern, von denen jeder für sich ein fremdes Königreich vertrat. Meine Ausdrucksweise mag den Eindruck erwecken, ich wolle mit Worten spielen, doch genau so lagen die Dinge. Ein Königreich ist letztlich eine Summe verschiedener Interessen, und wenn es etwas gibt, das keine Grenzen kennt und sich über die Namen von Nationen hinwegsetzt, so sind es die Interessen.

Am 18. Februar 1701 hielt Philipp V., Enkel Ludwigs XIV. von Frankreich, des Sonnenkönigs also, als neuer König von Spanien Einzug in Madrid. Nicht umsonst war dies der (von den Franzosen geförderte) letzte Wille seiner Majestät Karl II. gewesen. Fünfzehn Monate später, im Mai 1702, erklärten England und die Vereinigten Niederlande, die sich zu einem Bündnis zusammengeschlossen hatten, Frankreich und Spanien den Krieg.

Am 12. September 1703 wurde Erzherzog Karl von Österreich mit der Einwilligung der Engländer und Holländer in der Stadt Wien zum König von Spanien gekrönt. Von nun an kämpften die verbündeten Truppen, denen sich Portugal angeschlossen hatte, in seinem Namen zehn Jahre lang auf spanischem Boden.

Der wahre Anlass dieses Krieges war das Streben nach Kontrolle über den Handel mit Spanisch-Amerika.

Am 27. Juni 1707 zog Erzherzog Karl infolge eines klug geführten Feldzuges in die Stadt Madrid ein und wurde zum zweiten Mal zum König proklamiert. So schien nun alles darauf hinzudeuten, dass die Verbündeten den Sieg davontragen würden.

Philipp V., durch die hohen militärischen Ausgaben und die Niederlagen, die der Feind ihm auf dem Schlachtfeld beigebracht hatte, in Bedrängnis geraten, benötigte eine sichere Einnahmequelle, um das Blatt wenden zu können. Der junge französische Monarch verfiel auf die Idee, das Geheimnis der Porzellanherstellung ergründen zu lassen, von dem damals jedermann in Europa sprach. So könnte in Spanien Porzellan produziert werden, was ihm die notwendigen Geldmittel verschaffen würde, um dem Kriegsverlauf eine günstige Wendung zu geben.

In ebendieser Zeit wurde ich mit der Mission betraut, die mein Leben verändern sollte.

Damals war ich Manilas bedeutendster Porzellanhändler. Ich verfügte über einen großen Laden im »Parian der *Sangleys*«, dem asiatischen Markt der philippinischen Hauptstadt. Mir unterstanden um die zwanzig *Sangleys*, wie man hier die in der Kolonie geborenen Chinesen nennt (das Wort ist eine Abwandlung des chinesischen Ausdrucks *Kiang lay*, das in etwa »Hausierer« bedeutet), und ich besaß eine zweimastige 30-Tonnen-Dschunke, mit der ich bis nach Kanton fahren konnte, um dort Ware einzukaufen. Ich war wie gesagt auf Porzellan spezialisiert, handelte aber auch mit Seide, Lackwaren, Perserteppichen aus dem Mittleren Osten und Baumwollwaren aus Indien.

Einer meiner Trümpfe bestand darin, dass ich einigermaßen das *Yue* beherrschte, die kantonesische Sprache, ebenso das Mandarin (im Grunde ähneln sich beide Sprachen sehr) sowie die Grundlagen der chinesischen Schrift. Letztere hatte ich mir beim Lesen der Täfelchen mit den Warenangeboten angeeignet, welche die Händler an den Türen ihrer Läden anzubringen pflegten. Zudem hatte ich in Kanton einen Agenten, einen Chinesen namens Yuan, der Mitglied der örtlichen Kaufmannsgilde, des *Cohong*, war und ausgezeichnete Kontakte zum *Hoppo* unterhielt, dem vom Kaiser ernannten Leiter der Kantoner Zollbehörde.

Die Chinesen nennen ihr Land *Dschung-Go*, das Land der Mitte, da sie glauben, China (*Thien-Hia*: das, was unter dem Himmel ist, das Himmlische Reich) sei der Kern oder der Mittelpunkt des Universums. Folglich kann kein Ausländer einem Chinesen etwas beibringen; ein Chinese dagegen *muss* einem Ausländer etwas beibringen, und zwar alles außer dem, was beizubringen verboten ist, damals zum Beispiel die Herstellung von Porzellan. Den Chinesen ging es schlicht und einfach um moralische und materielle Überlegenheit. Somit war auch ein Handel zwischen der vizeköniglichen und der kaiserlichen Regierung nicht möglich. Würde denn ein französischer oder englischer König auf gleicher Ebene mit einem kleinen Stammeshäuptling handeln? Da sich aber nun einmal nicht leugnen ließ, dass der Handel mit anderen Ländern Geld in die Staatskasse brachte, hatte der Kaiser all jene Geschäfte gestattet, die vom Hafen von Kanton aus geführt wurden, einem Hafen, der auf dem Landweg drei Monatsreisen von Peking entfernt lag. Allerdings durften diese Geschäfte nur unter der Aufsicht des *Hoppo* erfolgen (der ein Mitglied der herrschenden Dynastie war) und nur für einige Monate im Jahr (von September bis März). In der übrigen Zeit mussten die ausländischen Kaufleute sich in Macao, der benachbarten portugiesischen Niederlassung, aufhalten. Außerdem war es ihnen nicht gestattet, mit ihren Ehefrauen und Angehörigen zu reisen, und sie durften keine Waffen tragen. Ebenso wenig durften sie sich ohne die Erlaubnis der Behörden in die Stadt oder ins Umland begeben. Daher fand für sie das Leben ausschließlich in der Straße der Dreizehn Faktoreien statt, einer Ansammlung von Holzbaracken, die jenseits der Stadtgrenzen am Ufer des Perlenflusses lag. Dreimal im Monat durfte man einen Ausflug in die Gärten von Honan unternehmen, sofern ein Dolmetscher einen begleitete, war aber ausschließlich befugt, in Gruppen von höchstens zehn Personen zu reisen. Nur unter diesen Bedingungen waren Handelsbeziehungen mit den Chinesen möglich, und zwar lediglich auf privater Ebene.

So war ich denn äußerst skeptisch, als der Generalgouverneur der Kolonie den Auftrag an mich weitergab, nach der Formel zu suchen, mit deren Hilfe die Herstellung von Porzellan in Spanien ermöglicht würde.

»Außerdem habe ich eine gute und eine schlechte Nachricht für Sie«, fuhr der Generalgouverneur fort, nachdem er mir ein paar Sekunden Zeit gelassen hatte, damit ich seine Worte verarbeiten konnte. »Die gute ist die, dass Sie über Bestechungsgeld in Höhe von zwei Silberbarren verfügen werden. Die schlechte, dass Sie erst zurückkehren dürfen, wenn Sie Ihre Aufgabe erfüllt haben, andernfalls droht Ihnen die Todesstrafe.«

Diesmal lachte ich laut auf.

Ich hatte aus Spanien fliehen müssen, nachdem ich mich

mit einem Mann (den ich im Bett meiner Frau erwischt hatte) duelliert und ihn getötet hatte. Der Vorfall hatte das Misstrauen der Obrigkeiten geweckt. Es ging das Gerücht, mein Widersacher sei ohne Sekundanten und ohne Zeugen zum Duell angetreten, und zudem habe es sich um ein Duell bis zum ersten Blut gehandelt. Als es mir jedoch gelungen war, meinen Kontrahenten an einem Arm zu verletzen, und ich gedacht hatte, das Gefecht sei beendet, hatte dieser sich auf hinterlistige Weise erneut auf mich gestürzt. In dem Augenblick aber, als die Spitze seines Säbels im Begriff war, mein Herz zu durchbohren, glitt ich zufällig aus und brauchte vom Boden aus nur noch meinen Säbel zu heben und ihm die Klinge in den Bauch zu stoßen.

Da meine Ankunft in der Kolonie mit dem Tod Seiner Majestät Karls II. und dem anschließenden Thronfolgestreit zwischen dem französischen und dem österreichischen Thronanwärter zusammenfiel, hing meine rechtliche Lage nun vom Ausgang des in Spanien tobenden Krieges ab.

»Exzellenz, verlangen Sie von mir, ich solle das bestgehütete Geheimnis Chinas mit zwei Silberbarren kaufen? Damit schicken Sie mich in den sicheren Tod«, erklärte ich dem Gouverneur.

»Im Namen Seiner Majestät Philipps V. bin ich befugt, Ihnen mitzuteilen, dass man Ihnen, sollte Ihre Mission von Erfolg gekrönt sein, einen Adelstitel verleihen wird: den Titel des ›Porzellan-Marquis‹. Überdies werden Sie mit einer beachtlichen Summe Geldes belohnt, und Ihr Verfahren wird eingestellt werden, so dass Sie anschließend wieder ein unbeschriebenes Blatt sind. Sie werden nach Spanien zurückkehren können, als wäre nichts geschehen.«

»Wenn ich mich Ihren Wünschen beuge, sterbe ich; tue ich es nicht, sterbe ich auch«, überlegte ich laut.

»Es ist also Ihre Sache, welches Schicksal Sie wählen«, bemerkte der Generalgouverneur.

Wie ein chinesisches Sprichwort sagt, hat das Leben seine Bestimmung, das Glück aber ist abhängig von der Vorsehung.

Auf der Straße erwartete mich Lu Fu, mein Fahrer und Vertrauensmann, ein in Davao auf der Insel Mindanao geborener *Sangley*. Lu Fu, dessen Nachname wörtlich »Stadt« und dessen Vorname »Straße« bedeutete (was wohl damit zusammenhing, dass er in einem Findelhaus groß geworden war), war zum Christentum konvertiert, womit er dem Beispiel der Mehrzahl der fünfunddreißigtausend in der Kolonie lebenden Chinesen gefolgt war, und sprach einen als »español bambú« bekannten Dialekt, ein Pidgin-Spanisch oder philippinisches Spanisch, das von vielen chinesischen Kleinhändlern in dieser Gegend gesprochen wurde. Jedoch war das Pidgin-Spanisch, das Fu radebrechte, obendrein von japanischen Einsprengseln durchsetzt, was daher rührte, dass die Bewohner seiner Heimatinsel Handelsbeziehungen zu japanischen Kaufleuten unterhielten.

»Bring mich zum Parian, und dann geh zum Hafen, und bereite alles vor, damit wir in einer Woche in See stechen können«, befahl ich ihm.

»Laufen schnell! Kommt Platzregen! Ich Ihnen sage, als von Haus fortgehen, *payong* mitnehmen« – damit meinte er einen »paraguas«, einen Regenschirm – »Sie nicht wollen, jetzt viel nass«, rügte er mich.

Das Gespräch mit dem Gouverneur hatte mich den

Monsun vergessen lassen. Ein Regenguss prasselte mit dem Getöse eines Wasserfalls auf die Straße herab, überschwemmte alles und verwandelte die staubige Erde in Schlamm.

Als wir den Laden erreicht hatten, wartete Fu mit seinem Lieblingssatz auf, den er immer dann zum Besten gab, wenn ich wieder einmal eine Reise zum Kontinent ankündigte.

»Ah, Geschäft Kanton! Wenn schlechte Geschäft, essen *hugaw*« – damit meinte er *ligaw*, ein Reispüree – »aber wenn gute Geschäft, *patay manok*« – ein Huhn töten und servieren.

»Ja, Fu, wenn das Geschäft abgeschlossen ist, töten wir ein Huhn«, versprach ich ihm.

Kapitel 5

II

Von allen Dschunken, die im Hafen von Manila vor Anker lagen oder ihn anliefen, war meine mit Namen *El Batavia* die beste. Denn zwar handelte es sich um ein durch und durch chinesisches Schiff, doch hatte ich in der Werft von Cavite gewisse Veränderungen in Auftrag gegeben, um sie leistungsfähiger zu machen. Der Kiel der Dschunken zum Beispiel ist nahezu flach, und statt eines Vorderstevens verfügen sie über zwei aus dem Wasser ragende flossenartige Fortsätze; die *Batavia* dagegen hatte einen Kiel mit Vordersteven. Außerdem hatte ich den Holzanker durch einen Eisenanker ersetzen, ein anderes Marssegel anbringen und die Bemastung erneuern lassen. Das Schiff hielt infolgedessen stärkerem Wind besser stand und legte sich nicht so leicht auf die Seite.

Mit einer vor lauter »japez« funkelnden Dschunke – »japez« war eine Art Schiffspech auf Kalk- und Ölbasis, das die Chinesen zum Kalfatern benutzten – stachen wir in See.

Wir nahmen Kurs nach Norden, segelten von der Bucht

von Manila zunächst bis zur Provinz Ilocos und anschließend weiter zum Cabo Bojeador, der äußersten westlichen Spitze der Insel Luzón. Als wir diesen Punkt überwunden hatten, nahmen wir Kurs nach Westen.

Insgesamt trennten uns hundertachtzig spanische Meilen von der chinesischen Küste, eine Überfahrt dauerte für gewöhnlich nicht länger als sechs bis sieben Tage.

Da ich diesmal keine Geschäfte abschließen würde, erlaubte ich mir, im Hafen von Kanton festzumachen statt im benachbarten Hafen von Whampoa an der Meeresküste, dort, wo die Waren verladen und gelöscht wurden. Als ich meinen Fuß auf den Kai setzte, kam ich mir vor wie Hernán Cortés, der bei seiner Ankunft in Neuspanien seine Schiffe verbrannt hatte, um sich selbst den Rückweg abzuschneiden. Ich dagegen bat Fu, die Dschunke für alle Fälle startklar zu halten. Nachdem ich tief Luft geholt hatte, so tief, wie meine Lunge es zuließ, steuerte ich den kleinen Laden in der Straße der Dreizehn Faktoreien an, der mir gehörte. Dort schrieb ich Yuan eine Nachricht, in der ich ihm meine Ankunft mitteilte, und ließ sie ihm durch einen Laufburschen überbringen.

Ein chinesisches Sprichwort schreibt Kanton drei charakteristische Eigenschaften zu: einen wolkenlosen Himmel, immergrüne Bäume und blutspuckende Bewohner. Die beiden ersten Eigenheiten verdankt die Stadt ihrer südlichen Lage, ihr Klima ist so milde, dass pro Jahr zwei Reisernten möglich sind. Das angebliche Blutspucken der Kantonesen dagegen hängt mit der weitverbreiteten Angewohnheit der Bevölkerung zusammen, ununterbrochen Betelblätter zu kauen, pfefferminzartig schmeckende Blätter einer Pflanze der Familie der Piperaceae, welche die Spucke rot färben. So kam es, dass man, wenn man durch Kanton lief, das Gefühl hatte, durch eine riesige Blutlache zu laufen.

Yuan traf mich versunken in die Betrachtung einer Porzellanschale an, die aus der Zeit der Song-Dynastie stammte und an dessen einer Seite ein Streifen entlanglief, der aussah wie ein herunterrinnender Öltropfen.

»Ein Prachtstück mit Fehlern und Flecken, Oso«, sagte er statt einer Begrüßung.

Nachdem er sich etliche Male bemüht hatte, meinen Vor- und Nachnamen richtig auszusprechen, hatte Yuan beschlossen, mich Oso zu nennen, was kürzer war als Ossorio und einem Chinesen leichter über die Zunge ging als Damián.

Yuan war ein herzensguter Mann, sehr schlank und hochgewachsen und von der Elastizität einer Bambusrute (was auch auf seinen Charakter zutraf, der sich jedweder Situation anzupassen vermochte). Seine Augen glichen zwei pechschwarzen Abakuskugeln; sein ebenfalls schwarzes Haar, das ihm bis zur Taille reichte, sollte ihm der chinesischen Tradition gemäß dazu dienen, in den Himmel hinaufgezogen zu werden, und seine Haut roch nach in Ingwerbrühe gekochtem und mit Koriander gewürztem Huhn, so wie die gesamte Stadt Kanton.

»Bleib nicht in der Tür stehen, komm rein«, sagte ich zu ihm.

»Bist du diesmal nicht früher gekommen als sonst? Ich habe noch nicht die gesamte Ware zusammen, Oso.« Er kam näher und gestikulierte dabei verwundert mit den

Händen, an denen die längsten Fingernägel saßen, die ich je in meinem Leben gesehen hatte.

Yuans gute wirtschaftliche Situation hatte es ihm gestattet, sich die Nägel wachsen zu lassen, als Zeichen dafür, dass er in der Lage war, ein müßiggängerisches Leben zu führen. In Wirklichkeit aber war das Hochstapelei: Yuan war kein Mandarin, kein Mitglied der »himmlischen Bürokratie«, und hätte nicht wie jene zu demonstrieren brauchen, dass er ein Mann des Geistes war, der nicht mit den Händen arbeitete. Vielmehr war er ein ausgezeichneter Kaufmann und konnte sich kein untätiges Leben vorstellen.

»Diese Reise ist keine Reise wie die anderen. Ich bin in großer Bedrängnis und brauche deine Hilfe«, gestand ich.

Nachdem wir sieben Jahre miteinander Handel getrieben und in dieser Zeit häufig wochenlang zusammengewohnt hatten, war unser Verhältnis über das rein Geschäftliche hinausgegangen und hatte persönliche Züge angenommen; irgendwann hatten wir begonnen, uns wirklich zu mögen, was auch die Tatsache bewies, dass Yuan, dessen vollständiger Name Wei Yuan lautete, es mir erlaubte, ihn nur bei seinem Vornamen zu nennen. Unter Chinesen, die aus Respekt vor ihren Ahnen stets den Familiennamen voranstellen, kam so etwas eher selten vor. Zudem liebäugelte Yuan seit einigen Monaten mit dem Katholizismus, beeinflusst von der kleinen Gruppe von Jesuiten, die in dieser Gegend predigten. Bisweilen nannte er mich nicht bei meinem Namen, sondern wandte sich mit den Worten »christlicher Bruder« an mich.

»Ich höre«, sagte er.

»Man hat mich beauftragt, Chinas bestgehütetes Geheimnis aufzuspüren: die Porzellanformel.«

Yuan runzelte die Stirn.

»Diese Unterhaltung haben wir doch schon hundertmal geführt, Oso«, entgegnete er. »Porzellan besteht aus Körper und Knochen, so einfach ist das. Dein Problem ist doch nur, dass du mit deinen Barbarenaugen nicht in der Lage bist, das zu erkennen. Das wahre Geheimnis des Porzellans liegt im Grunde darin, dass ihr Barbaren unfähig seid, herauszufinden, wie man es herstellt. Körper und Knochen, Oso, Knochen und Körper. Und ein guter Brennofen. Das ist alles, was man braucht, um gutes Porzellan zu erzeugen.«

»Ich darf nicht zurückkommen, bevor ich meinen Auftrag nicht erfüllt habe. Weißt du, was das bedeutet, Yuan?«

»Du kannst in Kanton bleiben, solange du willst. Das ganze europäische Viertel steht dir offen. Du könntest dich auch in Macao niederlassen, bei den Portugiesen.«

»Das liegt doch bei Manila um die Ecke. Mein Land befindet sich im Krieg, und mein König tobt. Man würde jemanden schicken, der Rechenschaft von mir verlangt. Mein Leben ist in Gefahr, Yuan. Ich meine es ernst.«

»Auch mein Leben wäre in Gefahr, wenn ich dir helfen würde … Kein Zorn der Welt könnte größer sein als der von Kaiser Kangxi. Außerdem, was kann ich dir denn noch verkaufen, wenn du selbst Porzellan herstellst? Porzellan ist ja auch mein Geschäft«, entgegnete er.

Yuan hatte recht. Den Handwerker, der es wagte, das Porzellangeheimnis auszuplaudern, erwartete der Tod. Die Werkstätten, in denen Porzellan hergestellt wurde, waren

Eigentum des Kaisers, und eine Legion von Mandarinen war dafür abgestellt worden, jeden einzelnen Produktionsschritt zu überwachen.

»China hat auch noch andere Produkte, für die man sich in Europa interessiert. Außerdem wird chinesisches Porzellan immer chinesisches Porzellan bleiben. Selbst wenn es uns Europäern gelingen sollte herauszufinden, wie man es herstellt, würde es Jahrhunderte dauern, bis wir die chinesische Qualität und Perfektion erreicht hätten. Aber glaub mir, Yuan, wenn du mir nicht hilfst, werde ich sterben.«

Für einen Chinesen ist Freundschaft mehr als sentimentales Getue, vielmehr betrachtet er Freundschaft als eine hochgeschätzte Pflicht. Daher war es nur eine Frage der Zeit, bis Yuan nachgab.

»Glaub mir, Oso, selbst ich habe nie gesehen, wie man Porzellan herstellt. Ich weiß nur, wie ich dir eben gesagt habe, dass es aus Körper und Knochen besteht, denn so lehrt man es uns. Aber ich war noch nie in einer Porzellanbrennstatt. Nur die dort zugelassenen Handwerker kennen das Porzellangeheimnis … Ich bin nur ein Händler wie du auch …«

»Ich werde einige Passierscheine benötigen, ein Pferd, einen verschwiegenen, mit Karten ausgestatteten Führer und außerdem eine gute Verkleidung«, sagte ich zu ihm. »Diese beiden Silberbarren kannst du dafür verwenden, das zu beschaffen, worum ich dich bitte. Es ist alles, was mir zur Verfügung steht, um dieses Vorhaben umzusetzen.«

»Nicht einmal mit einer Million Carolas«, so nannte man die in Neuspanien geprägten Silbermünzen, »könntest du bezahlen, worum du mich bittest. Würdest du dich verkleiden, so würde man dich verhaften, noch bevor du die Mauern der Stadt hinter dir gelassen hättest. Deine Nase ist zu lang, deine Augen sind zu groß und deine Haare zu kurz … Also gut, Oso, ich werde sehen, was ich für dich tun kann. Geh jetzt zurück zu deinem Schiff. Morgen komme ich vorbei, falls ich Neuigkeiten habe.«

Auf den Fersen hockend, wartete Fu an Deck und betrachtete einen Horizont aus Stadtmauern, sanft auf dem Wasser des schwimmenden Viertels schaukelnden Sampans, Tieren, Landfahrzeugen und Trägern, die auf ihren Schultern mit schweren Lasten behängte Bambusstangen balancierten und sich mit dem Ruf *Yang! Yang!* (Platz da! Platz da!) einen Weg bahnten.

»Gutes Geschäft? Warum Sie nicht spazieren fahren? *Kâra*« – nicht – »haben Kutsche. Reisen Sie. Was machen Geld? Sie viel arbeiten. Nix Vergnügen«, sagte er, als er mich sah.

Während Fu redete, bewegten sich seine Zehen unaufhörlich, zehn winzige, kompakte Fleischbröckchen, von den Landwegen und vom Meer flachgedrückt.

Kapitel 6

Grabesstille legte sich über den Saal, als Solórzano seinen Vortrag erneut unterbrach, um eine zweite Geschichte einzuflechten:

Während Damián Ossorio auf Yuans Besuch wartete, saß Tausende von Meilen entfernt am Hof Augusts II., Kurfürst von Sachsen und König von Polen, genannt August der Starke, ein junger Mann namens Johann Friedrich Böttger in der Albrechtsburg gefangen, dem Schloss, das der Monarch in der Stadt Meißen besaß. Ob nun ein Betrüger, ein Alchimist oder ganz einfach ein Wahnsinniger, Böttger hatte dem König weisgemacht, er sei fähig, dem Geheimnis des Steins der Weisen auf die Spur zu kommen, der Verwandlung von Metall in Gold. August hatte ihm geglaubt, mehr aus Notwendigkeit denn aus Überzeugung. Wie auch immer, Böttgers Können war einzigartig und musste vor unerwünschten Blicken geschützt werden, weshalb der König befahl, ihn in jene gespenstische, über eine Zugbrücke mit dem Dom der Stadt verbundene und seit Jahren unbewohnte Festung zu sperren. August der Starke besaß eine krankhafte Schwäche für Porzellan und benötigte große Mengen Geldes, um solches zu erwerben. So wurde Böttger zur Inkarnation des königlichen Geizes.

Allerdings war dies nicht das erste Gefängnis, in dem der junge Alchimist einsaß, zuvor hatte man ihn im Dresdener *Goldhaus*, einer Dependance des Königsschlosses zu Dresden, festgehalten, wenn auch unter angenehmeren Bedingungen, trotz der strengen Bewachung, der er dort unterworfen war. In Dresden hatte Böttger in komfortabler, angenehm ausgestatteter Umgebung gewohnt, es hatte ihm nicht an gutem Essen gefehlt, er hatte aus silbernem Geschirr gespeist, einen dressierten Affen besessen und genügend Zeit gehabt, durch die gepflegten Gärten des Palastes zu wandeln. Es war ihm sogar gestattet gewesen, gemeinsam mit hochrangigen Herrschaften des sächsischen Hofes zu Tisch zu sitzen. Trotz allem hatte Böttger einen Fluchtversuch unternommen, erfolglos allerdings, was seine damalige Lage zweifellos erschwert hatte. August hatte gefürchtet, im Falle einer geglückten Entdeckung werde das Geheimnis unverzüglich wie ein Vogel an einen anderen Hof davonflattern. Denn es gab im gesamten Deutschen Reich nicht einen einzigen Fürsten, der sich nicht gewünscht hätte, vom Ergebnis der Böttgerschen Forschungen Kenntnis zu erlangen, ganz besonders Friedrich I. von Preußen, den Böttger dereinst im Stich gelassen hatte. Obendrein hatte der junge Mann erste Anzeichen einer gewissen geistigen Instabilität erkennen lassen. All das ließ es ratsam erscheinen, ihn streng zu bewachen, an einem Ort, an dem es neben der Arbeit keine Zerstreuung für ihn gab.

Als sich der Gefangene eines Morgens zum Fenster hinauslehnen wollte, stellte er fest, dass sämtliche Fenster zugemauert worden waren. Er verließ sein Gemach und entdeckte, dass das Personal, das ihm zur Verfügung gestanden hatte, auf fünf Personen geschrumpft war und im Wesentlichen nur noch aus Bergleuten und Schmelzern bestand. Offenbar hatte August den Befehl erteilt, das Innere der Burg um jeden Preis vor den Blicken Neugieriger zu schützen. Besuche wurden verboten und circa zwanzig Öfen errichtet, so dass schließlich das Einzige, was ungehindert in die Albrechtsburg gelangen konnte, die Tonproben waren, die aus den verschiedenen Lagerstätten des Reiches herbeigeschafft wurden.

Der eigentliche Beschützer des jungen Alchimisten bei Hofe aber war der Mathematiker, Physiker und Mineraloge Ehrenfried Walther von Tschirnhaus, dem August per Dekret vom 25. Mai 1704 die Aufgabe übertragen hatte, Böttger gemeinsam mit dem Bergrat zu bewachen. Tschirnhaus, geboren in der Oberlausitz als Sohn einer Adelsfamilie, hatte an der Universität Leiden in Holland Mathematik studiert und war von dort aus nach London gegangen. Später hatte er sich in Paris niedergelassen, um gemeinsam mit Leibniz an der Lösung eines mathematischen Problems zu arbeiten und eine Akademie der Wissenschaften aufzubauen. Sein nächster Schritt führte ihn nach Italien, wo er mit dem Alchimisten Athanasius Kircher Verbindung aufnahm. Wieder in Holland, bereitete er zusammen mit anderen die Veröffentlichung der Arbeiten des häretischen Philosophen Spinoza vor, mit dem er eng befreundet war. Dank Matthäus Pauli, dem Leibarzt Augusts des Starken, wurde er schließlich vom König bevollmächtigt, nach Edelsteinvorkommen zu forschen und bei der Ankurbelung der

Industrie des Reiches behilflich zu sein. Er errichtete drei Glasfabriken sowie eine Stofffabrik und baute riesige kupferne Brennspiegel – einer davon war mit einer Linse von 76 cm Durchmesser bestückt –, mit denen es ihm gelang, Keramik und Metalle zu schmelzen. In erster Linie aber wollte Tschirnhaus alles daransetzen, das Geheimnis der Porzellanherstellung zu lüften, nachdem er in Frankreich eine Fabrik für Weichporzellan, *pâte tendre,* aufgesucht und aus Tonschlamm »künstliches Porzellan« gewonnen hatte. Er ahnte, dass das Arkanum des Steins der Weisen und jenes des Porzellans in irgendeiner Weise miteinander verbunden waren.

Unter den gegebenen Umständen verdoppelte sich Böttgers Arbeit in der Albrechtsburg. Wenn er schon nicht herausfinden konnte, wie sich aus Metall Gold gewinnen ließ, so sollte er wenigstens das Rätsel der Herstellung des von seinem Herrn so hoch geschätzten Porzellans – des weißen Goldes – lösen. Denn, wie Meister Tschirnhaus zu sagen pflegte, wenn er bei seinen Forschungen auf Schwierigkeiten stieß: Schließlich ist es ein Gesetz, dass es für alles ein Gesetz gibt.

Kapitel 7

III

Bei Tagesanbruch erschien Yuan in der Dschunke. Die Haare hatte er zu einem Knoten verschlungen und diesen mit einem dünnen Goldnetz überzogen. Er trug ein langes Seidengewand mit vielen Falten und weiten Ärmeln. So kleidete er sich stets zu besonderen Anlässen.

»Eine Tasse Tee?«, fragte ich ihn.

Er bejahte.

Ich goss dreimal heißes Wasser über die Blätter des grünen Longjing-Tees, den ich zuvor in zwei Schalen gefüllt hatte, Schalen aus Seladonkeramik aus der Frühzeit der Ming-Dynastie, von warmer grüngelblicher Farbe. Der erste Aufguss, heißt es, sei eine Begegnung, der zweite ein Genuss und der dritte ein Abschied.

»Wusstest du, dass Longjing-Tee die teuerste und begehrteste Teesorte ist von all denen, die in China angebaut werden, und dass im Frühjahr, nämlich dann, wenn die Knospen am zartesten sind, die Ernte als Abgabe gezahlt werden muss, die ausschließlich dem Kaiser zukommt?«, fragte er mich.

»Nein. Ich kaufe Longjing-Tee, weil der Händler, der ihn mir verkauft, von dort stammt, wo er angebaut wird, aus der Stadt Hangzhou«, erwiderte ich, während ich eine der Porzellanschalen vor ihn stellte.

»An Gegenständen wie diesen kann man sich niemals sattsehen«, stellte er fest. Und nachdem er Luft geholt hatte, rezitierte er:

Männer aus Xingzhou und Yuezhou,
Sie alle machen Porzellangefäße;
Rund wie der Mond, der vom Himmel fällt,
Leicht wie dahinfliegende Wolken;
Wie eine Mühle kreist der Tee in der Schale,
Sein Wohlgeruch umhüllt die Zähne …

»Diese Verse sind wunderschön«, gestand ich.

»Das war das ›Gedicht von der Teeschale‹ aus der Tang-Epoche. Mein Vater hat immer gesagt, Porzellan sei Chinas wahre Haut«, erzählte er und schwelgte in Nostalgie.

»Und mir ziehen sie bald die Haut vom Leibe«, entgegnete ich.

Yuan blickte mich niedergeschlagen an, so als pflichte er mir bei. Dann sagte er:

»Ich habe eine Lösung für dein Problem gefunden, aber ich weiß nicht, ob sie dich zufriedenstellen wird. Du wirst dich dabei so vielen Gefahren aussetzen müssen, dass ich dir beinahe raten würde, einfach hierzubleiben und nichts weiter zu tun als abzuwarten, bis dein König sich wieder an dich erinnert.«

»Von welchen Gefahren sprichst du, Yuan?«

»Die Gefahren, die einem Ausländer drohen, der sich als Chinese ausgibt, um sich in Jingdezhen, der Stadt der tausend Öfen, einzuschleichen.«

Jingdezhen lag in der Provinz Jiangxi und galt als der Ort, an dem das beste weißblaue Porzellan ganz Chinas hergestellt wurde. Im Volksmund hieß es, dreitausend Öfen seien dort Tag und Nacht in Betrieb.

»Und wie soll ich es bewerkstelligen, mich als Chinese auszugeben? Du selbst hast doch gestern gesagt, meine Nase sei zu lang, meine Augen seien zu groß und meine Haare zu kurz.«

»Einige Männer werden dir dabei helfen. Du wirst alles tun müssen, was sie dir befehlen, ohne ihnen jemals den Gehorsam zu verweigern oder Fragen zu stellen. Außerdem wirst du noch einmal vier Barren Silber aufbringen müssen, um die Reisekosten zu bestreiten sowie den Unterhalt und den Mietzins für die Unterkünfte an den Orten, an die man dich bringen wird.«

Im ersten Augenblick erschien es mir sogar noch schwieriger, eine Silbermenge solchen Ausmaßes zu beschaffen, als mich äußerlich in einen Chinesen zu verwandeln.

Ich zog die Schultern hoch, als Zeichen, dass Yuan Unmögliches von mir verlangte.

»Verkauf die Dschunke. Dafür bekommst du fünf Silberbarren«, riet er mir.

»Die *Batavia* verkaufen? Und was wird aus meinen Leuten? Ich kann sie doch nicht wie Hunde zurücklassen.«

»Mit dem übrigen Silberbarren können sie auf die Philippinen zurückkehren.«

Da wurde mir klar, dass Yuan an alles gedacht hatte.

»Und wer sind diese Leute, die mir helfen werden?«, fragte ich weiter.

»Mitglieder einer Organisation, die sich die ›Acht Trigramme‹ nennt. Eigentlich sind die acht Trigramme die Grundlage der chinesischen Schrift. Und es handelt sich auch tatsächlich um eine Bruderschaft traditionellen Charakters. Ihr Ziel ist es, Kaiser Kangxi zu stürzen.«

»Warum?«, fragte ich, als ginge es mir wirklich darum zu erfahren, warum diese Chinesen ihren Kaiser zu Fall bringen wollten.

»Weil Kangxi kein Chinese ist. Er ist ein Mandschu. Ein Ausländer aus dem Norden. Die Geschichte Kantons reicht zwanzig Jahrhunderte zurück. In dieser ganzen Zeit war Kanton die Hauptstadt eines unabhängigen Staates, des Nan-Yue-Reichs im Süden. Andere wie wir zum Beispiel mussten sich dagegen damit begnügen, ein tributpflichtiger Staat zu sein. Vor etwas mehr als fünfzig Jahren erhob sich die Stadt Kanton im Namen der von ihr entmachteten Ming-Dynastie gegen die Mandschus. Die Folge war grausame Unterdrückung, und nach einjähriger Belagerung mussten die Kantonesen aufgeben. Insgesamt starben siebenhunderttausend Menschen bei der Verteidigung der Stadt. Seit dieser Zeit gibt es die Acht Trigramme. Wenn eines ihrer Mitglieder stirbt, wird es durch ein neues ersetzt.«

Als die Mandschu-Dynastie an die Macht kam, veränderte sich das Leben in China. Tausende gebildeter Funktionäre und Feudalherren wählten nach dem Sturz der Ming den Weg in den Tod. Kritik an der Macht und Mischehen wurden verboten; die Prüfungen zur Erlangung einer Stelle im öffentlichen Dienst, deren Anwärter bislang nach ihren

Kenntnissen des Konfuzianismus ausgewählt worden waren, wurden abgeschafft, im ganzen Land wurde ein einheitlicher Kleidungs- und Haarstil eingeführt. Eigentlich waren die Mandschus ursprünglich tungusische Krieger, sie stammten aus Sibirien und waren in die Mandschurei eingedrungen. Die Männer rasierten sich den Vorderkopf, damit ihnen die Haare bei der Jagd oder im Kampf nicht die Sicht nahmen. Außerdem flochten sie sich lange Nackenzöpfe, die ihnen nachts als Kopfkissen dienten, und zwangen diese Haartracht als Zeichen der Unterwerfung auch ihren Nachbarn auf (daneben war nur noch die vollständige Rasur des Schädels erlaubt). Sogar in den Großstädten wurde die territoriale Trennung praktiziert, man gründete chinesische Viertel und Mandschu-Viertel. All dies führte zu Volksaufständen, besonders im Süden des Landes. Zum Beispiel kam es zu den Aufständen der »Gesellschaft der Weißen Lilie« und denen, die der Pirat Ching-Yi anführte, dem es gelungen war, im Südchinesischen Meer eine Flotte aus fünfhundert Schiffen zusammenzustellen.

»Und was ist mit dir? Hasst du den Kaiser ebenfalls?«, fragte ich Yuan.

»Wie Konfuzius gesagt hat, ist eine Regierung, die ihr Volk unterdrückt, grausamer als ein Tiger. Die erste Maßnahme, die der von Kangxi ernannte *Hoppo* ergriffen hat, um den kantonesischen Handel neu zu ordnen, hat meinen Vater in den Bankrott getrieben. Und Bankrott ist in China ein gesellschaftliches Vergehen, weshalb mein Vater in den Norden verbannt wurde, in die Mandschurei, wo er ein Jahr später starb. Man könnte also sagen, gegen einen Dynastiewechsel hätte ich nichts einzuwenden.«

Ich war überrascht, dass Yuan fähig war, tief im Herzen Gefühle wie Hass oder Groll zu hegen.

»Aber ich verstehe immer noch nicht, inwiefern meine Interessen sich mit denen dieser Organisation, von der du sprichst, verbinden lassen«, sagte ich.

»Der Porzellanexport ist eine der Hauptquellen des chinesischen Reichtums. Deshalb würde die Wirtschaft des Landes empfindlich darunter leiden, wenn es einem Europäer gelänge, China das Geheimnis der Porzellanherstellung zu entwenden. Die Unzufriedenheit der Bevölkerung würde zunehmen, und Kangxi müsste die Schmach ertragen, eines der liebsten chinesischen Geheimnisse beraubt worden zu sein. In einer solchen Situation wäre es recht einfach, ihn zu stürzen und einen echten Chinesen auf den Thron zu setzen. Auf diese Weise würde die Stadt Kanton sich an den Mandschus rächen.«

»Verstehe.«

Ich zog es vor, nicht weiter in ihn zu dringen. Am liebsten wollte ich gar nicht erst über die Folgen dessen nachdenken, was Yuan mir soeben erzählt hatte. So oder so war das Einzige, was mich mit Sicherheit erwartete, der Tod. Doch aus irgendeinem unerklärlichen Grund bereitete mir das keine Sorgen mehr.

»Wann werde ich diese Männer kennenlernen?«

»Heute Abend nach Sonnenuntergang. Aber vorher müssen wir die Dschunke verkaufen.«

In China gibt es zwei Arten, einen Handelsvertrag abzuschließen: Die eine erstreckt sich über ein Jahr endloser Verhandlungen mit verschiedenen Gesprächspartnern, die andere dauert nur eine Minute. Dass eine Verhandlung entweder ein Jahr oder eine Minute dauern kann, ist ein weiteres der großen Geheimnisse Chinas.

Jedenfalls hatte ich die Dschunke zwei Stunden später für fünf Silberbarren verkauft, so wie Yuan es vorausgesagt hatte.

Als ich zu Lu Fu ging, um ihn zu bitten, er möge sich darum kümmern, den übriggebliebenen Silberbarren unter den Seeleuten aufzuteilen, antwortete er mir:

»Schlechte Geschäft, essen *nugaw*. Nix Dschunke, Lu Fu kein *patay manok* mehr. Lu Fu viel traurig.«

Kapitel 8

IV

Eine halbe Stunde vor Sonnenuntergang befanden wir uns auf der Landungsbrücke des Hafens, als wären wir angespültes Strandgut, jeder mit seinem Gepäck und immer noch verwundert darüber, wie schnell sich alles ereignet hatte. Ich riet Lu Fu, sich mit den Seeleuten erst einmal im Lagerhaus des europäischen Viertels einzuquartieren, bis sie eine Möglichkeit gefunden hätten, nach Manila zurückzukehren.

»Wo *ikaw*« – du – »hingehen? *Ako habalo*« – ich spreche – »ernst. Viel Gefahr! *Ikaw* Achtung, viel Gefahr!«, warnte er mich.

Dann wurde ich zur vereinbarten Zeit mit dem Tragesessel eines hochrangigen Herrn abgeholt, was zwei Dinge mir verrieten: die mit feiner, edler Seide überzogenen Wände mitsamt der kreiselförmigen Deckenverzierung und das Schweigen der Träger, die alle stumm waren. Wenn in China ein hochrangiger Herr etwas Wichtiges mit einem anderen hochrangigen Herrn zu besprechen hat, umgibt er sich mit stummen Dienern. Das ist so üblich.

Kaum saß ich in der Sänfte, verschloss einer der Träger die Vorhänge mit eisernen Riegeln, so dass ich weder von außen gesehen werden noch selbst unseren Weg erkennen konnte.

Nach einer zügigen, gut zwanzigminütigen Reise setzte man mich im Innenhof eines Hauses ab, das im Licht unzähliger Laternen aus rotem Lackpapier erstrahlte. Von dort aus erblickte man das gewellte, am Rand geschwungene Dach des »Tempels der fünfhundert Götter«, der in seinem Innern ebenso viele menschengroße Holzfiguren beherbergte, die für buddhistische Zeremonien verwendet wurden. Eine von ihnen stellte Marco Polo dar.

Hier erwarteten mich Yuan und ein Mann namens Gu Feng. Feng – was auf Chinesisch Wind bedeutet – wirkte wie das genaue Gegenstück zu Yuan. Er schaute mürrisch drein, hatte einen stechenden Blick und strenge, verschlossene Züge, die sein Gesicht wie eine Maske erscheinen ließen. Unter seinen breiten Schultern prangte ein praller Bauch. Er trug eine pflaumenfarbene Seidentunika und um den Hals eine Kette aus dicken Jadeperlen.

Unverzüglich wurde ich in einen Pavillon geführt, der im Zentrum eines angrenzenden Gartens stand, ein halbes Dutzend bronzener Kohlebecken dienten dort als Lichtquelle. Die Funken von den darin brennenden aromatischen Harzen wirkten wie ein ganzer Glühwürmchenschwarm. Ein Wandschirm teilte das Innere des Pavillons in zwei Hälften. Als ich mich an das Halbdunkel gewöhnt hatte, sah ich, dass er aus rotem Sandelholz gemacht war, dem teuersten aller Hölzer, die in China zur Möbelherstellung verwendet wurden, und aus vier zusammenklappbaren Paneelen bestand. Ohne Zweifel befand ich mich in der Wohnstatt einer hochrangigen Person. Auf einmal bewegten sich Schatten, und hinter dem Wandschirm hörte man Geflüster. Ich spitzte die Ohren und gelangte nach einer Weile zu dem Schluss, dass dort mehrere Männer in gepflegtem Kantonesisch miteinander sprachen. Obwohl sie sich alle erdenkliche Mühe gaben, ihre Stimmen nicht durch den Wandschirm dringen zu lassen, war ich mir sicher, dass sie mich verfluchten. Da jedes Komplott auch seine eigene Hierarchie besitzt, vermutete ich, diese Männer wollten nicht gesehen werden. Gu Feng, der hinter der Trennwand im dunklen Teil des Raumes verschwunden war und gerade zurückkam, die Hände zum Zeichen der Ehrerbietung vor dem Herzen verschlungen, wandte sich an mich:

»Von nun an bin ich es, der sich um Sie kümmert. Die Acht Trigramme bitten mich, Sie darüber aufzuklären, dass es für Sie jetzt, da Sie einmal hier sind, keinen Weg zurück mehr gibt. Sie werden tun, was ich Ihnen befehle, Sie werden nicht über Schmerzen klagen und sich nicht über Hunger oder Durst beschweren. Andernfalls, das heißt beim kleinsten Anzeichen von Aufbegehren, Nichteinwilligung oder Schwäche, sorge ich persönlich dafür, dass Ihr Leben beendet wird. Sie sind ein toter Mann, doch wenn Sie gehorchen und sich diszipliniert verhalten, können Sie vielleicht am Ende des langen Weges, der Sie erwartet, mit dem Geheimnis, an dem Ihnen so sehr gelegen ist, in die Welt der Lebenden zurückkehren. Sind Sie damit einverstanden?«

Ich bejahte.

»Wenigstens sind Sie kein *Hungmao*. Das würde Ihre Verwandlung unmöglich machen. Reden Sie, ich möchte Ihren Akzent hören«, fuhr er fort. Er hatte darauf angespielt, dass ich kein Rotschopf war wie die vielen Holländer, die in Kanton Handel trieben.

»Ich bin einverstanden«, sagte ich auf Kantonesisch.

»Wiederholen Sie das Gleiche auf Mandarin.«

Ich gehorchte.

»Selbst ein Tauber würde merken, dass Sie ein Barbar sind«, brummte er.

Die Chinesen verwenden für unsere unterschiedlichen Begriffe »Barbar« und »Ausländer« ein und dasselbe Wort.

Neben meiner schlechten Aussprache gab es noch weitere Hindernisse, die mich im Hinblick auf die Notwendigkeit, wie ein Einheimischer zu wirken, pessimistisch stimmten. Wenn ein Chinese zum Beispiel etwas verneint, bewegt er den Kopf kräftig auf und ab, das heißt, er nickt. Schüttelt er dagegen den Kopf, wie wir es beim Verneinen tun, so stimmt er einer Sache zu. Außerdem lesen die Chinesen in umgekehrter Richtung, von rechts nach links, ihre Trauerkleidung ist weiß, und die Gesellschaftsschicht, die bei ihnen die größte Achtung genießt, ist die der Bauern. Wie sollte es mir bloß gelingen, mich diesen sonderbaren Gewohnheiten anzupassen, die sich so stark von meinen eigenen unterschieden?

Ich schaute zu Yuan hinüber, dessen Gesicht blass geworden war.

»Vor uns liegt viel Arbeit. Wir werden noch heute Nacht beginnen. Verlieren wir keine Zeit«, sagte Gu Feng.

Wir kehrten zurück in den Hof. Die luxuriöse Sänfte,

die mich hergebracht hatte, war durch zwei andere, sehr viel bescheidenere ersetzt worden.

»Sie reisen in der zweiten«, befahl er mir.

»Oso, ich flehe die Götter an, dass ich deinen Todestag nicht vorverlegt habe. Nie würde ich es mir verzeihen, wenn dir etwas zustieße«, schaltete sich Yuan ein.

»Yuan, Gu Feng hat recht, ich bin ein toter Mann, das bin ich ja schon seit meiner Abreise aus Manila, deshalb kann es jetzt nur noch darum gehen, das Leben zurückzugewinnen. Mach dir keine Sorgen um mich. Du hast nur getan, worum ich dich gebeten habe«, erwiderte ich.

»Nimm das.«

Yuan reichte mir einen gefalteten Zettel.

»Was ist es?«

»Vor vielen Jahren, in den Zeiten der Tang-Dynastie, kam die Mode auf, einem Freund beim Abschied ein Gedicht zu schenken. Ich habe mir die Freiheit genommen, ein paar Zeilen für dich aufzuschreiben. Es sind Verse von Li Bai, die ich mir erlaubt habe, dem Anlass gemäß abzuwandeln.«

Ich faltete den Zettel auseinander. Yuan hatte geschrieben:

Ich steige in das Boot, das gleich ablegen wird.
Am Ufer höre ich eine ferne Musik,
die wie ein Zeichen klingt.
Selbst das Wasser des Pfirsichblütensees ist nicht so tief
wie das Gefühl, das mich beherrscht
beim Abschied von dir.

Mit einer Umarmung versicherten wir einander noch einmal unsere Freundschaft.

Die zweite Sänftenreise dauerte wesentlich kürzer als die erste.

Nachdem wir zunächst das Tor der Ewigen Reinheit und anschließend das der Ewigen Freude passiert hatten, immer noch innerhalb der Mauern, die das chinesische Viertel vom Mandschu-Viertel trennen, gelangten wir in ein Labyrinth aus winzigen übelriechenden Gassen, die uns bis zu einer Werkstatt für kunsthandwerkliche Arbeiten (mit Lack, wie dem Türschild zu entnehmen war) führten. Im zweiten Stock des Hauses lag Gu Fengs Wohnung.

Ich war überrascht, dass der Wohnraum nicht durch Stellwände aus Reispapier unterteilt war, sondern durch Wandschirme aus Koromandellack, einer Möbelart, welche die Chinesen ausschließlich für den Export herstellten. Die Engländer hatten den Handel mit diesen Wandschirmen an sich gerissen, und da sie die Waren vom indischen Hafen Koromandel aus verschifften, trugen die Möbelstücke mittlerweile in ganz Europa den Namen dieses Hafens. Mich beunruhigte der Gedanke, Feng könne irgendeine Abmachung mit den Briten getroffen haben, den erbittertsten Feinden meines Herrn, Philipps V.

»Haben Sie zu Abend gegessen?«, fragte mich mein Gastgeber.

»Nein«, antwortete ich.

»Ich werde Ihnen etwas Schlangensuppe bringen. Ihr Zimmer liegt hinter dem Wandschirm. Dort finden Sie alles, was Sie einstweilen benötigen.«

Aus den Dingen zu schließen, die ich hinter dem Wandschirm vorfand, war alles, was ich benötigte, ein kleiner rechteckiger Raum mit einer Liege und einer Matte, auf der ich mich ausstrecken konnte, ein Kissen, ein Sessel und ein Schreibtisch, auf dem sich Papier, Pinsel und verschiedene Tinten befanden sowie etwas Wasser zum Anrühren dieser Tinten.

Ich trank die Brühe, verschmähte aber die Stücke des Reptils, was mir die erste Rüge meines Gastgebers einbrachte.

»Was Sie soeben getan haben, würde ein Chinese niemals tun«, warf er mir vor. »Wer ein Nahrungsmittel verachtet, verachtet sich selbst. Heute Nacht werden Sie anfangen, die sechs Schreibmethoden und die fünf Schreibstile zu üben. Außerdem will ich, dass Sie bis morgen die Liste der sieben Gefühle auswendig lernen.«

Dabei zog er aus einer der beiden Ärmelöffnungen seiner Tunika ein Blatt hervor, auf dem sieben chinesische Schriftzeichen standen.

Hsi, Freude.
Nu, Wut.
Yu, Sorge.
Szu, Traurigkeit.
Nei, Kummer.
K'ung, Furcht.
Ching, Überraschung.

»Schreiben Sie jedes dieser Zeichen so oft, bis Ihnen die Hand weh tut. Und vergessen Sie nicht, dass zwar die Schrift endet, die Bedeutung jedoch bleibt. Legt man auch die Feder beiseite, ihre Macht ist unerschöpflich«, schloss Feng.

Ich entdeckte bald, dass die chinesische Kalligraphie nichts Süßliches an sich hatte und ein hohes Maß an Konzentration erforderte.

Immer wieder jene sieben Worte wiederholend, als seien sie Teil eines Gebetes, sank ich in Morpheus' Arme.

Kapitel 9

V

Als ich am anderen Morgen die Augen aufschlug, roch es nach verbranntem Stoff. Gu Feng hatte beschlossen, mein Gepäck zu verbrennen, um sämtliche Spuren meiner Vergangenheit zu verwischen.

Im Tageslicht wirkte er größer und noch überheblicher und eigenartiger als am Vorabend. Nur sein Kinn war etwas zu schwach ausgeprägt (wie ganz allgemein bei den Chinesen), um ihn wie einen arroganten Abendländer aussehen zu lassen. Man könnte sogar sagen, dass wir einander in Größe und Statur ähnelten. Deshalb schöpfte ich Hoffnung, dass meine Verwandlung rasch vonstattengehen würde.

»Ich habe mir überlegt, dass Sie einen Namen und eine Herkunft benötigen werden. Sprechen Sie ein wenig *Minnan Hua*, den Dialekt der Provinz Fujian?«

»Kein einziges Wort. Warum?«

»Die Sache ist die: In der Küstenstadt Quanzhou, die in der Provinz Fujian liegt, haben während der Tang-Dynastie viele arabische und persische Kaufleute gelebt. Diese Kaufleute haben sich nach und nach mit der örtlichen Bevölkerung vermischt, weshalb noch heute viele ihrer Nachkommen dort leben. Die meisten von ihnen sehen nicht aus wie Han-Chinesen. Allerdings besteht äußerlich zwischen Ihnen und diesen Nachkommen immer noch ein riesiger Unterschied.«

Ich hatte von den arabischen Händlern aus Quanzhou gehört, denn es hieß, sie hätten den Kompass, die Buchdruckerkunst und das Pulver im Abendland eingeführt.

»Wollen Sie, dass ich mich als Nachfahre eines arabischen Kaufmanns aus Quanzhou ausgebe?«

»Aus der Provinz Fujian sind viele Bewohner in andere Gegenden des Landes ausgewandert. Deshalb werden wir sagen, Sie kämen zwar aus Kanton, stammten aber ursprünglich aus Fujian und seien ein Nachfahre eines jener arabischen Kaufleute aus Quanzhou. Das erklärt dann Ihr Aussehen und warum Sie nicht den lokalen Dialekt sprechen. Trotzdem müssen wir in nächster Zeit noch einige Veränderungen vornehmen, damit Ihr Gesicht stärker einem chinesischen gleicht. Was Ihren Namen betrifft: Ab sofort heißen Sie Lao Xun.«

»Lao Xun. Klingt nicht schlecht. Bedeutet das irgendetwas?«, fragte ich neugierig.

»So hieß ein Cousin von mir, der vor einem Jahr gestorben ist.«

Später, nachdem ich mein Frühstück in Form einer großen Schale *Congee* zu mir genommen hatte, einen widerlich schmeckenden Reisbrei mit Schweinefleischstücken, gab Feng mir eine neue Zeichenliste:

Shu, Wärme, Hitze.
Shih, Feuchtigkeit.
Tsao, Trockenheit.
Huo, Feuer, auch: innere Hitze.
Shan, Berg.
Hai, Meer, auch: das Unerschöpfliche.
Yang, Ozean.
Tou, Kopf.
Lian, Gesicht.
Mu, Auge.
Bi, Nase.
Zui, Mund.
Mei, Augenbraue.

Ich war gerade dabei, mir zum x-ten Mal die Wörter dieser Liste einzuprägen, als ich hinter einem der Wandschirme ein Paar Füße entdeckte. Winzige, reglose weibliche Füße, doch das Erstaunlichste an ihnen war, dass sie den Boden nicht berührten, so als schwebten sie. Ich machte Feng auf meine Entdeckung aufmerksam, und nachdem er mich erneut wegen meiner schlechten Aussprache gerügt hatte, sagte er:

»Das ist meine Gehilfin. Sie heißt Jade und macht Lack- und Perlmutt-Einlegearbeiten. Zu gegebener Zeit – falls es überhaupt dazu kommt – werden wir sie als Ihre Ehefrau ausgeben. Konzentrieren Sie sich einstweilen auf Ihre Aussprache.«

Aber ich konnte meinen Blick und meine Gedanken nicht einen Augenblick von diesen winzigen Füßen abwenden.

Am Nachmittag, als ich gerade begann, mir eine neue Serie von Zeichen einzuprägen, drang ein leises Geräusch durch den Wandschirm, hinter dem sich die Frau namens Jade verbarg. Sie sang, und es klang wie das Miauen einer Katze.

Nach zehn Tagen hatte ich hundert Zeichenlisten erstellt und die Aussprache jedes einzelnen Schriftzeichens tausendmal wiederholt, sowohl auf Kantonesisch als auch auf Mandarin. Und mindestens genauso oft hatte ich auf Jades Füße geschaut, in die ich mich unsterblich verliebt zu haben glaubte. Aber kann man für jemanden Liebe empfinden, den man noch nie gesehen hat? Kann ein Mensch sich allein in ein Auge, einen Arm oder einen Fuß verlieben? Noch dazu kannte ich die chinesischen Sitten und wusste, dass diese Füße das Produkt eines langwierigen, aufwendigen Prozesses waren, der begann, wenn die Mädchen fünf Jahre alt wurden. Dann holten die Mütter sich Rat bei einem Sternendeuter, und an dem für die Initiation ausersehenen Tag brachten sie den Göttern Reiskuchen dar und baten sie darum, den Füßen ihrer Töchter die Zartheit feinster Süßigkeiten zu schenken. Nachdem sie ihnen die Fußnägel geschnitten hatten, bogen sie an beiden Füßen die vier kleinen Zehen nach innen (so dass sie keilförmig an der Fußsohle saßen) und umwickelten sie fest mit Bandagen. Diese Bandagen wurden immer wieder gewechselt, so lange, bis die Knochen brachen und die Füße nicht mehr weiterwuchsen. Sechs Monate lang, bis die Nerven vollständig abgestorben waren, litten die Mädchen qualvolle Schmerzen. Das Ergebnis waren zwei unförmige, kaum drei Zoll lange Stümpfe, die sich lediglich auf die Ferse und den dicken Zeh stützen konnten. Die Chinesen nannten diese Stümpfe »Lilienfuß« oder »Goldlotus«, *sancunjinlian*, eine Kombination aus sieben Schriftzeichen, in der sich die Vorstellung von schlanken, kleinen, spitzen, gebogenen, duftenden und symmetrischen Füßen ausdrückte. Natürlich hatte dieser Brauch neben dem ästhetischen auch einen praktischen Ursprung: Für Frauen mit Lilienfüßen war es viel schwieriger, das Haus ihres Ehemannes zu verlassen, und diejenigen, die es dennoch taten, kamen nicht sehr weit. Daher hieß es denn auch im chinesischen Volksmund: »Jedes Paar kleiner Füße kostet einen Eimer voller Tränen.« Doch mochten die Lilienfüße am Tag auch Mitleid erwecken, des Nachts verwandelten sie sich für das männliche Geschlecht in berührbare Lustobjekte.

In der Nacht des elften Tages geschah etwas, was mein Bild von Feng veränderte. Nachdem er hinter dem Wandschirm verschwunden war, hinter dem Jade im Licht der Öllampen arbeitete, zwang er sie, ihre Schuhe auszuziehen. Minutenlang betrachtete er die verformten Füße des jungen Mädchens, bis er in einen Zustand unaufhaltsamer Erregung geriet. Dann nahm er sie mit solcher Gewalt, dass der Körper des Mädchens mehrmals gegen das lackierte Holz des Wandschirms prallte. Das Möbelstück knarrte und wankte heftig. Jade miaute wieder, wie sie es getan hatte, als ich sie zum ersten Mal hatte singen hören. Doch war es unmöglich zu sagen, ob dieses Miauen ein Laut der Lust oder der Klage war.

Am nächsten Morgen teilte Feng mir mit, es sei nun Zeit, zur nächsten Phase meiner Umerziehung überzugehen.

»Heute Nachmittag, wenn Sie Ihre Ausspracheübungen

beendet haben, werden Sie Ihre erste Opiumpfeife rauchen«, sagte er.

»Opium? Wozu soll ich Opium rauchen?«, fragte ich ihn.

Aber er antwortete mir nicht, ganz wie es den Grundsätzen unserer Abmachung entsprach.

Die Chinesen verwandten Rohopium als Medizin (daher lautet das chinesische Wort für Opium auch *a-fu-jung*, was »fremde Medizin« bedeutet), und zwar zur Schmerzlinderung und als Heilmittel gegen Ruhr. In den vergangenen zwanzig Jahren hatten sie allerdings begonnen, es auch zu kochen und zu rauchen, und der Opiumkonsum hatte stark zugenommen. Trotzdem war Opiumrauchen von den chinesischen Obrigkeiten nach wie vor nicht gern gesehen, da es gegen die konfuzianische Moral verstieß. Konfuzius hatte gesagt, der Körper eines Menschen sei das Vermächtnis, das er von seinen Vorfahren erhalten habe, und diene als Brücke zwischen ihm und seinen Nachkommen, weshalb jeder, der sich selbst zerstöre (und es war ganz offensichtlich, dass Opium eine schädigende Wirkung besaß), sich einer Beleidigung schuldig mache. Falls dem so war, warum wollte Feng dann, dass ich anfing, Opium zu rauchen? Vielleicht weil ich für ihn nichts weiter war als ein Barbar, oder weil er ganz einfach plante, mich zu vernichten?

Um Punkt sechs Uhr abends, als die Sonne hinter dem »Hügel der Weißen Wolken« verschwand, befahl mir Gu Feng, alles stehen und liegen zu lassen und mich auf das Kanapee zu legen. In den Händen trug er ein lackiertes Holztablett mit sämtlichen Gerätschaften, die man zum Opiumrauchen benötigte: eine gerade, vierzig Zentimeter lange Holzpfeife mit Perlmutt-Einlagerungen, Gefäße zur Aufbewahrung der Droge, einen Präparator, einen Brenner und eine Raspel. Außerdem lag ein Messer mit gebogener Klinge auf dem Tablett.

»Wenn Sie sich weigern zu rauchen, sind Sie ein toter Mann«, warnte er mich.

Nach zwölf Tagen des Zusammenlebens hatte ich eines über Gu Feng gelernt: Er scherzte nie.

In China war Tabak im Jahr 1644 von Chung-Cheu, dem letzten Kaiser der Ming-Dynastie, verboten worden. Daraufhin ersetzten die Chinesen den Tabak durch Opium. Da der Opiumhandel in den Händen der Holländer, Portugiesen und Engländer lag und Gu Feng für sie in seiner Werkstatt Wandschirme baute, nahm ich an, das Opium sei möglicherweise seine Handelswährung.

»Ja natürlich, ich werde rauchen. Obwohl ich nicht verstehe, inwiefern mir eine Opiumpfeife dabei behilflich sein kann, meine Absichten zu verfolgen.«

Während ich noch meine Zweifel darlegte, hatte Gu Feng bereits ein halbkugelförmiges Tongefäß, in das er zuvor ein Kügelchen gekneteter Masse von harziger Konsistenz gelegt hatte, auf das eine Ende der Pfeife gesetzt.

»Die Wirkung des Opiums setzt etwa zehn bis fünfzehn Minuten nach dem Rauchen ein und hält vier bis fünf Stunden an. So, atmen Sie kräftig ein, sobald das Opium rotglühend ist«, wies er mich an.

Ich gehorchte.

Mein Mund füllte sich mit einem äußerst bitter schmeckenden Rauch.

Zehn Minuten später wurde mir so schlecht, dass ich

mich übergeben musste. Danach breitete sich ein brennendes Gefühl in meinem Kopf aus, bis ich ganz allmählich, von einer Art Starre erfasst, die der von Jades in der Luft schwebenden Füßen glich, in einen tiefen, schweren Schlaf sank.

Acht Stunden später erwachte ich mit dem unangenehmen Gefühl, nicht zu wissen, wo ich mich befand. Ich blickte mich im Raum um und entdeckte, dass Feng das Messer mit der gebogenen Klinge vergessen hatte. Mir kam der Gedanke aufzustehen, es dem schlafenden Feng ins Herz zu stoßen und für immer aus diesem Haus zu fliehen, doch als ich all meinen Mut zusammengenommen hatte und zur Tat schreiten wollte, vernahm ich erneut Jades Miauen. Es musste etwa drei Uhr morgens sein, und diesmal kamen die Geräusche nicht von jenseits des Wandschirms, sondern aus dem Bereich, den Feng als Schlafgemach benutzte.

»Morgen töte ich ihn«, dachte ich und schlief wieder ein.

Vier Stunden später weckte mich Feng. Er wirkte müde, aber zufrieden und hielt eine große Tasse *Congee* in der rechten Hand.

»Um die Wohltaten des Opiums genießen zu können, muss der Organismus erst einmal an die Droge gewöhnt werden. Heute Nachmittag bereite ich Ihnen die nächste Pfeife zu«, sagte er.

Den ganzen Tag über quälten mich bohrende Kopfschmerzen. Und meine Aussprache war teigiger als sonst.

Feng erschien mit dem Opiumtablett, als die Sonne untergegangen war. Die Prozedur des Vortages wiederholte sich, und zehn Minuten später musste ich mich erneut übergeben, von Krämpfen und Übelkeit geschüttelt. Als ich erwachte, suchte ich nach dem geschwungenen Messer, diesmal aber hatte er es nicht vergessen. Ich schleppte mich mit einem tauben Gefühl in den Gliedern bis zum Wandschirm und lauschte auf Geräusche. Gu Feng trieb es wieder mit Jade, diesmal aber drang das Stöhnen aus seiner Kehle.

»Feng, stürmischer Wind«, dachte ich.

Nach der dritten Opiumpfeife sank ich in einen tiefen Schlaf, der mich hinabzog in eine matte und zeitlose Welt.

Am vierten Tag rauchte ich zwei Pfeifen: eine morgens und eine nachmittags.

Am fünften Tag rauchte ich drei Pfeifen: eine morgens, eine nachmittags, eine abends.

Am sechsten vier Pfeifen: eine morgens, eine nachmittags, eine in der Nacht, eine bei Tagesanbruch.

Am siebten Tag rauchte ich fünf Pfeifen und verlor jedes Gefühl für Zeit.

Erst mehrere Tage später erlangte ich es zurück (auf gut Glück eine Zahl zu nennen, wage ich nicht). Das Einzige, was ich weiß, ist, dass ich von morgens bis abends auf dem Kanapee lag und immer wieder versuchte, in jene Welt ohne Bewusstsein zu gelangen, deren Tore mir die Droge geöffnet hatte. Im Grunde hatte das Opium die Fähigkeit, einen Damm zwischen mir und der rastlosen äußeren Welt zu errichten. Unversehens verfiel ich in einen Zustand größter Duldsamkeit und unerschütterlicher Gelassenheit. Ich war bei Bewusstsein, konnte aber gleichzeitig die Traumwelt betreten und sie wieder verlassen, wie man ein Zimmer betritt und es wieder verlässt. Ich empfand nicht einmal das Bedürfnis, zu essen oder zu trinken.

»Wenn Sie sich angewöhnen, acht Pfeifen am Tag zu rauchen, haben Sie noch fünf Jahre zu leben«, warnte mich Feng.

Da fiel mir das Porzellan wieder ein und der Auftrag, der mich hierhergeführt hatte, und ich dachte bei mir, Fengs Absicht, als er mich zum Opiumrauchen gezwungen hatte, habe vermutlich darin bestanden, meine Würde auszuhöhlen und mich zum Sklaven zu machen, vielleicht um mich später den Engländern zu verkaufen wie einen Koromandel-Wandschirm.

»Ich glaube, das Opium ist zu einem Hindernis geworden. Denn wenn ich rauche, kümmert es mich nicht einmal mehr, was mit mir geschehen wird«, gestand ich, während ich versuchte, wieder zu klarem Verstand zu gelangen und mein übliches Reaktionsvermögen zurückzugewinnen.

»Ein Kalligraph namens Wang Xizhi schrieb vor vielen Jahren: ›Gebe allen Ehrgeiz auf, vergesse die physische Existenz.‹ Eine Weisheit, die sich auf die Wirkung des Opiums anwenden lässt. Ich verstehe Ihre Sorge und verspreche Ihnen, dass Sie heute Nacht erfahren werden, welche Rolle das Opium in dieser Geschichte spielt. Glauben Sie mir, es handelt sich dabei nicht um irgendetwas Nebensächliches, schon gar nicht nur um bloße Spielerei. Habe ich Ihnen eigentlich schon gesagt, dass Ihre Aussprache wesentlich besser klingt, wenn Sie geraucht haben?«

Für einen so mürrischen Menschen wie Feng war dieser Kommentar etwas ganz Besonderes. Außerdem war es das erste Mal, dass er mir etwas versprach, und das beunruhigte mich. Zumindest bis zur ersten Pfeife des Tages.

Um sechs Uhr abends hatte ich so viel geraucht, dass ich

erneut in einem halbbewussten Zustand schwebte. Es war, als hätte ich mir eine tiefe Grube gegraben, um mich auf der Flucht vor der Wirklichkeit darin zu verkriechen. Ich lag auf der Seite, zusammengekauert, die Hände auf die Knie gestützt, und blickte zum Boden, ohne ihn zu sehen. Ich merkte, wie mir Schweißtropfen übers Gesicht liefen, und meine Haut sonderte einen scharfen Geruch ab, aber beides war mir egal. Dank des Opiums kostete es mich keine Mühe, meine Gedanken umherschweifen zu lassen. Im Grunde ließ ich ihnen mit derselben Gleichgültigkeit ihren Lauf, mit der ich jeder Verbindung zur realen Welt auswich. Wäre jemand zu mir gekommen und hätte mir gesagt, ich sei nur ein Blumenkohl, hätte ich weder den Wunsch noch die Kraft besessen, ihm zu erwidern, dass er sich irre. Meine Willenlosigkeit ging so weit, dass ich nicht einmal mit der Wimper zuckte, als ich sah, dass Feng in Begleitung zweier Fremder auf mich zukam. Ich richtete meine Aufmerksamkeit einfach auf diese neuen Stimmen, die hinter ihm zu vernehmen waren. Für gewöhnlich reden die Chinesen sehr schnell, und im Opiumrausch war die kantonesische Sprache noch schwerer zu verstehen. Genau dieses Detail jedoch erregte meine Aufmerksamkeit. Aus irgendeinem sonderbaren, mir unbegreiflichen Grund wünschte ich mir einzig und allein zu entschlüsseln, was die beiden Eindringlinge sagten, deren Worte an meinen Ohren abzuprallen schienen.

»Sie sind Rechtshänder, nicht wahr? So, jetzt beißen Sie mal hier drauf«, sagte Feng zu mir, während er mir einen kurzen Stock zwischen die Zähne schob und meine linke Hand ergriff.

Ich wollte etwas sagen, aber kaum öffnete ich meinen Mund, rutschte mir der Stock hinein.

»Schließen Sie die Augen, und entspannen Sie sich«, fuhr Feng beschwichtigend fort.

Auf einmal kam es mir so vor, als sei alles, was geschah, nur eine Halluzination, untermalt von einem merkwürdigen silbrigen Funkeln, das von Hand zu Hand wechselte, bis es in Fengs Hand angelangt war. Dann sagte mein Gastgeber: »Und jetzt, meine Herren, halten Sie ihn mit aller Kraft fest.«

Die beiden Begleiter gehorchten, und als sie meinen Körper zur Bewegungslosigkeit gezwungen hatten (im Grunde war ich ohnehin nicht in der Verfassung, Widerstand zu leisten), stieß Feng das silbrige Funkeln in meine linke Hand. Knochen barsten, Fleisch wurde durchtrennt. Da begriff ich, dass jenes Funkeln der Klinge einer Axt entstammte.

Ein so heftiger Schmerz durchfuhr mich, dass es mir gelang, mich loszureißen und mich wie ein wundes Raubtier hin- und herzuwerfen. Als ich zu Boden blickte und dort in einer Blutlache meinen kleinen Finger und meinen Ringfinger liegen sah, holte ich mit der rechten Hand aus, um Feng ins Gesicht zu schlagen. Er aber packte mein Handgelenk, als schnappe er nach einer Fliege.

»Beruhigen Sie sich, mein Freund, es ist vorbei«, sagte er. »Jetzt versuchen Sie, sich zu entspannen, während wir Ihre Wunden versorgen.«

Plötzlich wurde aus Fengs Gesicht das Segel einer chinesischen Dschunke, das im nächsten Augenblick einem Fledermausflügel glich. Dann strömte keine Luft mehr in meine Lunge, und ich verlor das Bewusstsein.

Kapitel 10

Während Damián Ossorio sich noch immer fragte, warum man ihm zwei Finger der linken Hand amputiert hatte, betrachtete Johann Friedrich Böttger seine Hände, ohne sie wiederzuerkennen – seine Finger sahen aus wie die eisernen Stangen einer Gefängniszelle –, und fragte sich, ob er womöglich gerade dabei war, den Verstand zu verlieren, noch bevor er die Goldformel oder die des Porzellans gefunden hatte. Möglich war aber auch, dass er bereits verrückt war und in seinem Wahnsinn beide finden würde. Bezeichnete die Menschheit nicht gerade solche Leute als Genies? Ja, Irrsinn, Nonkonformismus und eine Errungenschaft, die den Konformisten zupasskam – genau das bedeutete, ein Genie zu sein. Er selbst versuchte, eines zu sein, seit er neunzehn Jahre alt war, damals, als er im Hinterzimmer von Friedrich Zorns Apotheke, in dem er seit seinem vierzehnten Lebensjahr als Lehrling arbeitete, zum ersten Mal Silbermünzen zu Gold gemacht hatte. Das Geheimnis der Umwandlung der Metalle hatte ihm ein griechischer Mönch namens Laskaris verraten. Im Wesentlichen basierte es auf magischen Pulvern, der in allen Abhandlungen über Alchimie erwähnten »Roten Tinktur«, die auch »Roter Löwe« genannt wurde.

Laskaris hatte in ihm einen wahrhaften Alchimisten in spe gesehen und sich aus diesem Grund bereit erklärt, ihn trotz seines jungen Alters in sein Geheimnis einzuweihen. Nicht umsonst hatte Böttger sämtliche Autoren gelesen, die ein echter *Arkanist* studieren musste: Ramon Llull, Basil Valentine, Paracelsus und Van Helmont. Die Ratschläge des Albertus Magnus, eines anderen weisen Mannes, hatte er dagegen nicht weiter beachtet; dieser empfahl, den Kontakt zu Fürsten und Adeligen tunlichst zu meiden und über die Ausübung der alchimistischen Kunst Diskretion und Schweigen zu wahren. Damals wünschte Böttger sich ja nur, ein wenig im Mittelpunkt zu stehen, er, der Hohn und Spott unter seinen Mitlehrlingen auf sich gezogen hatte (vor allem seit dem Tag, an dem sie ihn halb erstickt im Hinterzimmer aufgefunden hatten, nachdem er versehentlich Arsendünste eingeatmet hatte). Und in Berlin ein Geheimnis zu hüten war in jenen Tagen unmöglich gewesen, besonders wenn es dabei um Gold ging. Friedrich I. von Preußen war wie jeder gute Monarch ein Geizhals und benötigte Geld, um sein Ego und seine Armeen zu unterhalten. Als er daher Kunde bekam von dem jungen Burschen, der angeblich im Hinterzimmer einer Hauptstadtapotheke Metalle in Gold verwandelte, rief er ihn zu sich und forderte ihn auf, im Palast sein Können vorzuführen. Böttger nahm die Einladung zwar an, bei Anbruch der Nacht jedoch machte er sich aus dem Staube. Der Grund für sein Verhalten war nicht schwer zu verstehen: Obwohl er nach wie vor blind an die Transmutation der Metalle glaubte, waren die Experimente, die er in der Apotheke des Pharmazeuten Zorn durchgeführt hatte, nicht ganz mit rechten

Dingen zugegangen; das heißt, er hatte Tricks anwenden müssen, damit es so aussah, als befände sich Gold in dem Schmelztiegel, in den er vor dem Erhitzen Silbermünzen gelegt hatte. Dass Zorn und alle anderen glaubten, das, was sie da vor sich hatten, verdanke sich der Entdeckung des geheimnisumwobenen Steins der Weisen, war ihre Sache. Er aber stand vor dem Problem, dass er außerstande war, vor den Augen des Königs, der den sprichwörtlichen Ruf eines grausamen Mannes genoss, diesen Vorgang zu demonstrieren. Deshalb beschloss er, zu fliehen und in Wittenberg Zuflucht zu suchen, einer Stadt, die, wenn auch nah bei Preußen gelegen, zum Kurfürstentum Sachsen gehörte. Dort gedachte er, Medizin zu studieren und, sobald der Trubel verklungen wäre, erneut seine Experimente aufzunehmen, um diesmal tatsächlich bestimmte Metalle in Gold zu verwandeln. Doch die gewaltige Aufregung, die seine Experimente ausgelöst hatten, wollte sich nicht legen. Im Gegenteil, Friedrich I. von Preußen war nicht bereit, jemanden entkommen zu lassen, der nach den Berichten zahlreicher Augenzeugen Gold hergestellt hatte, und so setzte er ein Kopfgeld auf ihn aus (tausend Taler, nicht mehr und nicht weniger) und ordnete seine Verfolgung an. Doch das Allerschlimmste stand dem Lehrling erst noch bevor. Als Friedrich I. vom Nachbarfürstentum Sachsen Böttgers Auslieferung forderte, erwachte das Interesse der dortigen Obrigkeiten am Fall des Apothekerlehrlings, der schließlich auch August II., Kurfürst von Sachsen und König von Polen und seinerseits Erzfeind des preußischen Monarchen, zu Ohren kam. Unglücklicherweise hatte August der Starke mit seinem Rivalen Friedrich I. von Preußen eines gemeinsam: Er brauchte Gold, um seinen ausschweifenden Lebensstil finanzieren zu können. Außerdem beneideten beide Monarchen einander und wetteiferten in allem, was die eigene Zurschaustellung betraf. So geriet Böttger denn bei seinem Versuch, dem König von Preußen zu entkommen, in die Fänge des sächsischen Kurfürsten. Der Ernst der Lage wurde ihm erst bewusst, als er auf Anweisung des Statthalters des sächsischen Herrschers, Fürst Egon von Fürstenberg, welcher seine Befehle unmittelbar vom König erhielt, in aller Frühe in eine Kutsche verfrachtet und von sechzehn Reitern nach Dresden eskortiert wurde, in die Hauptstadt des Fürstentums. Was nun folgte, war die Gefangenschaft in einem Palast. Die Haft sollte genauso viele Tage währen, wie er benötigen würde, um Metall in Gold zu verwandeln. Keinen Tag mehr und keinen weniger. Seine ersten Experimente aber endeten in einem Fiasko, und so kam es, dass er, als die Investition in das hauptsächlich von ihm zu verantwortende Projekt die astronomische Summe von 40 000 Talern erreicht hatte, sich erneut zur Flucht gezwungen sah. Diesmal begab er sich nach Böhmen. Natürlich gelang es den Häschern des sächsischen Fürsten mit einigem Geschick, seinen Aufenthaltsort ausfindig zu machen. Damit August der Starke ihn am Leben ließ, musste er versprechen, keinen zweiten Fluchtversuch zu unternehmen und all sein Wissen dem Gelingen seiner Experimente zur Verfügung zu stellen. Dieses Versprechen musste er schriftlich geben, indem er ein zweiundzwanzig Seiten starkes Dokument unterzeichnete, das ihn verpflichtete, in den folgenden sechzehn Wochen eine bestimmte Menge Goldes herzustellen, zu der in den darauffolgenden acht Tagen zwei weitere Tonnen hinzuzukommen hätten. Er hatte keine andere Wahl: Er musste sein Wort halten.

Jetzt tat ihm der Kopf weh, und er erkannte die Finger seiner Hand nicht wieder, doch war dies nach den Wechselfällen der jüngsten Vergangenheit noch das geringste Übel. Die Menschheit würde ein neues Genie bekommen, und dieses Genie würde seinen Namen tragen. Dessen war er sich vollkommen sicher. Bevor er sich zur Ruhe legte, zählte er noch einmal die Finger seiner beiden Hände:

»Ich habe zehn Finger, fünf an jeder Hand. Ist das viel, wenig oder genau die richtige Zahl?«, überlegte er laut.

Kapitel 11

VI

Als ich zwei Tage später die Augen aufschlug, glaubte ich, neben meinem Gesicht einen von Jades verbundenen Füßen zu erkennen. Doch bei genauerem Hinsehen stellte ich fest, dass dort meine linke Hand lag, oder, besser gesagt, der bandagierte Stumpf, den ich auf Augenhöhe abgelegt hatte. Das Paradoxeste aber war, dass diese Hand genau dort entsetzlich weh tat, wo zuvor die amputierten Finger gesessen hatten.

»In ein paar Tagen werden Sie den Schmerz überwunden haben, einstweilen aber müssen Sie sich unbedingt ordentlich ernähren, um wieder zu Kräften zu kommen. Jade wird sich von nun an um Sie kümmern«, sagte Feng, während er sich dem Fußende des Kanapees näherte.

Ich versuchte gerade, Kraft und ein bisschen Speichel zu sammeln, um ihm ins Gesicht zu spucken, als wie durch Zauberei hinter Fengs Tunika, deren Ärmel so weit waren, dass sie aussahen wie ausgebreitete Schmetterlingsflügel, die junge Frau auftauchte.

Obwohl Jade sich auf ihren winzigen Füßen kaum im

Gleichgewicht halten konnte, entsprach sie bis ins kleinste Detail dem Schönheitsideal der chinesischen Frau: oval geformtes Gesicht, rasierter Haaransatz, dünne Augenbrauen, ein Mund in Form einer Blütenknospe, lange, dünne Finger und eine Haut, die so weich und weiß war wie Mandelblüten. Sie hatte sich die Lippen mit einem Hauch »reifer Kirsche« geschminkt und das Gesicht mit Reispulver gepudert. Ihr Gesichtsausdruck war gleichmütig, ihre Bewegungen fein und elegant. Ihre herausragendste Eigenschaft aber bestand zweifellos darin, dass sie die Gabe der Vortrefflichkeit besaß, dessen, was die Chinesen *Xiaogiao* nennen, die Verbindung des Kleinen mit dem Leichten.

Sie war von so unvergleichlicher Schönheit, dass sie nur dem Volk der Han angehören konnte, dessen Frauen den kaiserlichen Hof der Qing-Dynastie entzückt hatten.

Feng bemerkte mein Zögern sehr rasch.

»Am besten Sie fangen gleich an, sich mit ihr vertraut zu machen. Was aber nicht heißt, dass Sie sich falsche Hoffnungen machen sollten. Jades Familie hat einen Teil Ihres Geldes dafür erhalten, dass sie Ihnen zu Diensten steht und sich als Ihre Ehefrau ausgibt. Beischlaf ist im Preis jedoch nicht inbegriffen.«

Das ist er natürlich sehr wohl, dachte ich bei mir, nur dass Feng derjenige ist, der diesen Dienst nutzt.

Der Schmerz hielt mich wach und bei klarem Verstand, so dass ich die Gelegenheit nutzte, um eine Erklärung von ihm zu verlangen.

»Ich begreife einfach nicht, warum es notwendig war, mir zwei Finger abzuhacken.«

»Weil die Zahl acht bei den Chinesen als Glückszahl

gilt. Denn das kantonesische *ba* – für *acht* – klingt ganz ähnlich wie *fa*, was ›Reichtum anhäufen‹ bedeutet. Deshalb ist ein Mann mit acht Fingern sozusagen ein Glücksbringer«, antwortete er mir. »Nach Ihrer Lehre hier könnte vieles schieflaufen, dann wird Ihr Defekt ausgleichend wirken. Einem Mann mit acht Fingern bringt unser Volk Respekt entgegen. Und jetzt tun Sie mir den Gefallen, und essen Sie.«

Ein kaum merklicher Hinweis von Feng genügte, damit Jade vor mir auf die Knie fiel. Ich war geblendet vom Zinnoberrot ihres Seiden-*Cheongsam,* der einen Mandarinkragen trug und Schmetterlingsknöpfe, die jedes Mal, wenn Licht darauf fiel, schillerten und funkelten. Zugleich stieg mir ein starker Geruch nach Weihrauch in die Nase, der typische Duft vieler chinesischer Frauen, die mit diesen Essenzen parfümierte Dampfbäder nahmen.

»Ich werde Sie füttern«, sagte Jade, den Blick zu Boden gerichtet.

Wieder klang ihre Stimme wie klägliches Miauen. Jade miaute beim Sprechen, beim Singen und beim Beischlaf.

»Danke, aber noch habe ich eine gesunde Hand«, wies ich ihr Angebot voller Stolz zurück.

Doch als ich mit dieser Hand in die Reisschale griff, kippte das Gefäß um.

Jade beeilte sich aufzuheben, was ich verschüttet hatte.

»Essen Sie aus meiner Hand«, sagte sie.

Ihre Stimme klang jetzt wie die einer fürsorglichen Katze.

»Wie ein Hund?«

Die traurigsten Augen, die ich je in meinem Leben gesehen hatte, gaben mir die Antwort: Sklaven durften sich nicht zieren und keinerlei Beschwerden vorbringen, und ich war jetzt ein Sklave.

Aus lauter Verzweiflung begann ich, aus ihren auffallend weißen Händen zu essen. Von Zeit zu Zeit leckte ich zusammen mit einem Reiskorn auch ein Stück aromatisierte Haut. Die bloße Berührung dieser Haut, die tatsächlich so glatt war wie Jade, brachte mich auf den Gedanken, dass ich immer noch ein freier Mann und keineswegs schon alles verloren war.

Ich leckte immer noch an den Händen, als schon das letzte Reiskorn aufgegessen war. Jade sah mich verwundert an, wagte es aber nicht, ihre Hände wegzuziehen. Ich hörte erst auf, als mir Tränen über die Wangen liefen.

An diesem Abend rauchte ich vier Opiumpfeifen, die Jade mir zubereitete. Einmal hörte ich sie zwischen zwei Pfeifen mit ihrem typischen sanften Miauen ein Lied singen. Der Text lautete:

> Ein trauriges Lied verträgt sich mit Tränen,
> Der Blick in die Ferne verträgt sich mit Sehnsucht.
> Stets wandern meine Gedanken zurück in die Heimat,
> Und mein Kummer wächst immer mehr.
> Heimkehren will ich, doch mein Haus ist leer,
> Will den Fluss überqueren und habe kein Boot.
> Meine tiefsten Gedanken, im Innern verborgen,
> Kreisen wie Wagenräder in meiner Brust.

Hinter manchen Gedichten, ging es mir durch den Kopf, verbirgt sich ein Schuldgeständnis.

Nachts träumte ich, Jade und ich würden uns gegenseitig unsere Wunden lecken. Doch als ich im Morgengrauen schlagartig erwachte, spürte ich, wie sich Fengs Wandschirm im Rhythmus seiner Beckenstöße bewegte.

Eine Woche lang aß ich mittags und abends wie ein treuer Hund aus Jades Händen. Merkwürdigerweise schien das auch ihr zu gefallen. Manchmal hielt sie die Hände immer noch wie zu einem Gefäß aneinander, nachdem ich bereits das letzte Reiskorn verschlungen hatte. Es war, als hätte sie in mir einen Untergebenen gefunden, jemanden, der noch tiefer stand als sie, und ich glaube, das erstaunte sie. Auch die Tatsache, dass ich weiß war, einen dichten Bart trug und meine Nase so lang war, dass sie manchmal noch vor meiner Zunge das Essen berührte, trug zu der Faszination bei, die sie bei der Fütterung zu empfinden schien. Tatsächlich ertappte ich sie ab und an dabei, wie sie mich beobachtete, ähnlich einem Herrchen, das seinem Hund beim Fressen zuschaut.

Nichts ebnet den Weg zu engeren persönlichen Beziehungen so sehr wie körperlicher Kontakt. Eine Haut zu berühren ist, als klopfe man an die Tür des Vertrauens, in der Erwartung, dass sie sich einem öffnet. Jene kleinen Begegnungen meiner Zunge mit der Innenfläche ihrer Hände bauten gewissermaßen eine Beziehung zwischen uns auf, und so wagte ich es eines Tages, sie zu fragen:

»Lieben Sie ihn?«

Jade sah mich an, als hätte ich sie beleidigt.

»Liebt ein Sklave etwa seinen Herrn?«, fragte sie voller Verachtung. »Er hat beim Glücksspiel gegen meinen Vater gewonnen, und ich war der Einsatz.«

Wenn es etwas gab, was als die Leidenschaft der Chinesen bezeichnet werden konnte, eine größere noch als das Opiumrauchen, so war es das Glücksspiel. In der Straße der Dreizehn Faktoreien sah man sogar inzwischen englische, holländische und portugiesische Kauf- und Seeleute an *Mahjongg*-Brettern sitzen.

»Er hat mir gesagt, Ihre Familie hätte einen bestimmten Geldbetrag dafür erhalten, dass Sie sich als meine Ehefrau ausgeben.«

»Dann hat er Sie belogen. Einen Teil Ihres Geldes hat er selbst bekommen. Ich bin nur seine Sklavin.«

»Und aus welchem Grund sollte er mich belogen haben?«

Jades schmale Augen weiteten sich, womit sie mir zu verstehen gab, dass es auf das, was ich sie soeben gefragt hatte, nur eine mögliche Antwort gab.

»Gu Feng lügt immer. Er traut niemandem, seit er in Nan-Fou war. Die Lüge ist seine Wahrheit. Er benutzt sie als Verteidigungswaffe.«

»Nan-Fou?«

»Der südliche Kaiserpalast in Peking. Gu Feng wurde als sechsjähriger Junge entführt, als er in Kanton auf einem Platz spielte. Man brachte ihn nach Nan-Fou, wo er in die ›Leidenschaft des abgeschnittenen Ärmels‹ eingeführt werden sollte.«

»Ich verstehe noch immer kein Wort«, gestand ich.

»Vor vielen Jahren, zur Zeit der Han-Dynastie, herrschte ein Kaiser namens Ai. Der hatte einen Günstling, Dong Xian. Eines Nachmittags schlief Dong auf dem Ärmel seines Herrn ein. Als der Kaiser aufstehen wollte, schnitt er, um seinen Freund nicht wecken zu müssen, einfach den Ärmel seiner Tunika ab.

Nan-Fou ist der männliche Harem des Kaisers. Hunderte junger Männer werden dort in den raffiniertesten Künsten unterwiesen, wie zum Beispiel Massage, Gesang, Zeichnen, Kalligraphie und natürlich im Liebesspiel mit anderen Männern. Diese Knaben sind als *Sian Kou* bekannt, und gutsituierte Herren buhlen mit Geld und teuren Geschenken um ihre Gefälligkeiten.«

»Aber ich habe doch gehört, wie Gu Feng und Sie ... Ich höre es jede Nacht ...«

»Er schläft mit mir, um sich selbst zu beweisen, dass er über dem steht, was er in Nan-Fou gelernt hat. Trotz der Privilegien, die ihm damals zuteil wurden, ist Gu Feng zutiefst verbittert darüber, dass er einmal ein *Sian Kou* war, und dafür will er sich am Kaiser rächen. Doch wenn man vor seinem Dämon flieht, zwingt man ihn nur, einen zu verfolgen.«

»Und Sie wollen sich auch am Kaiser rächen?«

»Nein, ein Sklave darf die Wünsche seines Herrn niemals teilen, denn das würde ihn noch weiter von der Freiheit entfernen. Ein altes Sprichwort lautet: ›Heirate einen Hahn, und du wirst einem Hahn gehören; heirate einen Hund, und du wirst einem Hund gehören‹«, entgegnete sie.

»Verstehe.«

»Außerdem bewundere ich die Mandschu-Frauen und hoffe, dass eines Tages alle Frauen im Reich so sein können wie sie. Wussten Sie, dass diese Frauen von klein auf Reiten und Bogenschießen lernen und dass man ihnen nicht die Füße bandagiert?«

»Ja, davon habe ich gehört. Allerdings ziehen sogar die Mandschu-Kaiser Han-Frauen vor, weil sie verbundene Füße haben«, gab ich zu bedenken.

»Sie ziehen sie als Konkubinen vor, mehr nicht. Ich würde mir die Hände abhacken lassen, wenn ich dafür Füße haben könnte wie eine Mandschu-Frau. Falls wir als Ehegatten nach Jingdezhen reisen sollten, finde ich vielleicht eine Gelegenheit zu fliehen.«

»Ist es das, was Sie wollen?«, fragte ich sie.

»Oh ja, mehr als alles andere. In China liegt die höchste Tugend einer Frau darin, keinerlei Eigenschaften zu besitzen.«

Daraufhin knöpfte Jade zu meiner Überraschung zuerst ihren *Cheongsam* auf und dann ihren *Mo-hsiung*, eine Art breiten Büstenhalter, und zum Vorschein kamen zwei kleine schneeweiße Brüste, auf denen ein Muster aus kleinen roten Punkten zu erkennen war, die aussahen wie Masern.

»Nur mit vorgehaltenem Messer bin ich bereit, mich ihm hinzugeben. Deshalb fügt er mir jedes Mal, wenn er mit mir schläft, eine Wunde zu«, erklärte sie mir.

Eine Schönheit mit Mängeln und Fehlern, erinnerte ich mich an Yuans Standardbeschreibung von Porzellan mit kleinen Defekten.

Kapitel 12

VII

Wenn ich nicht gerade im Opiumrausch war, verbrachte ich Stunden damit, Jade verstohlen dabei zuzusehen, wie sie das nackte Holz der Wandschirme in feine, glänzende Tafeln mit transparenter Oberfläche verwandelte. Zuerst mischte sie Pflanzenöl, Eisensulfat, Reisessig und Gesteinspigmente unter das aus dem Lackbaum gewonnene Gummiharz. Dann schliff sie die Oberfläche des Möbelstücks, auf die sie anschließend, je nach Bedarf, Papier oder Seide klebte. Anschließend trug sie mit einem flachen, kurzborstigen Pinsel aus Menschenhaar die verdünnte Lackpaste auf diesen Untergrund auf, ließ sie trocknen und glättete sie später mit einem Polierstein. Der Lack besaß die paradoxe Eigenschaft, besonders gut in feuchtem Klima zu trocknen, zum Beispiel in der Gegend um Kanton. Das Auftragen und Polieren wiederholte sie bei allen Möbeln zwischen drei- und achtzehnmal. Zuletzt ziselierte sie die Lacke und trug Farben oder Goldpuder auf oder arbeitete Einlagerungen aus Elfenbein, Jade, Koralle, Malachit oder Perlmutt ein, die sie geduldig mit den bloßen Fingern auftrug.

Die gesamte Prozedur war langwierig und eintönig. Sie bestand aus über dreißig Arbeitsschritten und steckte voller technischer Schwierigkeiten. Jade war äußerst geschickt, aber manchmal saß auch sie einfach nur da und betrachtete das Resultat ihrer Arbeit. Das kleinste Detail, das nicht genau an der richtigen Stelle saß, konnte die Harmonie des Gesamtwerkes zerstören und die Ordnung in Chaos verwandeln, etwas, was ich selbst niemals hätte beurteilen können. Jade aber entdeckte Störendes auf den ersten Blick, zum Beispiel einen Schmetterling, der zu nah am Wasserfall und zu weit entfernt vom Baum flog, ein Insekt, das im Verhältnis zu den übrigen dekorativen Elementen zu groß ausgefallen war, eine Perlmuttintarsie, deren schillernde Regenbogenfarben nicht zur matten Umgebung passten. Dann wurde sie unleidlich und sagte:

»Kein Zweifel. Irgendetwas stimmt nicht.«

In einer Art Selbstgespräch forschte sie nach den Ursachen, und auch nach den Lösungen suchte sie allein.

Ich beschränkte mich darauf, das jeweilige Möbelstück verkehrt herum zu betrachten, in der Hoffnung, dass ein verdrehter Blick mir die notwendigen Wege eröffnen konnte, um mich ihrem Standpunkt anzunähern, ihrer Art, die Welt zu begreifen. Doch gelang es mir lediglich, in etwa ihre Leistung zu beurteilen, wobei ich stets die Unterschiede zwischen ihren Kenntnissen und meinen, zwischen ihrer Sensibilität und meiner im Auge behielt. Ebenso wenig, wie ich die ästhetischen Prinzipien jener Kunst zu begreifen vermochte, die außergewöhnliches Geschick und Feingefühl erforderte, wollte es mir in den Kopf, dass Jade nicht ihre Schönheit benutzte, um Feng für sich zu gewinnen.

Das hätte ihr das Leben wesentlich leichter gemacht. Doch auf ihre Art und im Rahmen der Beschränkungen, die ihre Situation als Frau ihr auferlegte, war Jade eine Rebellin.

»Wer hat Ihnen dieses Handwerk beigebracht?«, fragte ich sie einmal.

»Meine Mutter«, antwortete sie. »Eigentlich hat mein Vater mit Lack gearbeitet, doch er verbrachte zu viel Zeit mit Spielen und Wetten. Dann wurde meine Mutter gefoltert und starb, und schließlich verlor mein Vater das Einzige, was ihm auf dieser Welt geblieben war: mich. Seitdem habe ich nie mehr etwas von ihm gehört.«

»Welches Verbrechen hat Ihre Mutter denn begangen, um eine solche Strafe zu verdienen?«, wollte ich wissen.

Jade ließ einige Sekunden verstreichen, bevor sie antwortete.

»Sie beherrschte die *Nushu*-Sprache, das hat sie das Leben gekostet.«

»Von dieser Sprache habe ich noch nie etwas gehört. Was ist das Besondere daran?«

»Die *Nushu*-Sprache umfasst über zweitausend Wörter, und nur die Frauen aus der Grafschaft Jiangyong in der Provinz Hunan, der Gegend, aus der ich stamme, verstehen sie. Dort geben die Mütter sie an ihre Töchter weiter, oder die Schwestern bringen sie sich untereinander bei. Ihre Schrift wird bei Stickereien verwendet, auf Fächern, auf Teilen der weiblichen Aussteuer und auch in bestimmten Büchern, den sogenannten *Briefen des dritten Tages*. Für die Frauen aus meinem Dorf ist die *Nushu*-Schrift seit über tausend Jahren ein Mittel zur Selbstbefreiung. Stirbt eine Frau, so wird sie mit allen *Nushu*-Texten, die sie in ihrem

Leben geschrieben hat, beerdigt. Auf diese Weise wird das Geheimnis von Generation zu Generation bewahrt. Als Kangxi den Thron bestieg, befahl er seinen Mandarinen, die *Nushu*-Schrift zu entziffern, weil er glaubte, seine Feinde könnten sie zu Spionagezwecken benutzen. Meine Mutter wurde verhört, und da sie sich weigerte zu reden, hat man sie gefoltert. Das hat ihr Herz nicht durchgestanden.«

»Das tut mir leid.«

»Schließlich erkannten die Schergen des Kaisers, dass die *Nushu*-Sprache keinerlei Gefahr für die Sicherheit des Landes bedeutete, und beachteten sie nicht länger. Meine Mutter ist also umsonst gestorben.«

»Da bin ich anderer Meinung. Ich glaube, Ihre Mutter ist gestorben, weil sie das, woran sie glaubte, verteidigt hat. Darauf sollten Sie sehr stolz sein«, bemerkte ich.

»Natürlich bin ich stolz auf meine Mutter, vor allem weil ich es ihr verdanke, dass ich ebenfalls die *Nushu*-Sprache beherrsche. Manchmal, wenn ich Gu Feng aus der Fassung bringen will, rede ich *Nushu* mit ihm. Dann wird er wütend, weil er weiß, dass es etwas in mir gibt, was sich seiner Kontrolle entzieht. Dass er einen Teil von mir niemals wird besitzen können.«

In diesem Moment wurde mir klar, dass es genau diese *Nushu*-Seite war, die mich an Jade anzog, dieser unerreichbare Teil ihrer Persönlichkeit. In gewisser Weise war Jade viel freier, als ich es jemals sein würde, denn im Gegensatz zu ihr fehlte mir ein Instrument, mit dem ich mich von anderen unterscheiden konnte. Sie dagegen brauchte nur in sich hineinzuschauen, um die Freiheit zu sehen. So als verfüge sie über einen zweiten Weg, der parallel zum Lebensweg verlief, als könne sie in einem Traum leben, wenn die Wirklichkeit ihr bitterstes Gesicht zeigte, etwas, was nur sehr wenigen Menschen vergönnt war. Ja, die Ketten der Sklaverei besaßen für Jade dank dieser geheimnisvollen, ausschließlich Frauen vorbehaltenen Sprache ein viel geringeres Gewicht.

Kapitel 13

Zehn Tage lang hörte ich nichts mehr von Miguel Blasco. Und wenn ich die *Sangley* auf einem der Korridore traf und sie nach dem Gesundheitszustand ihres Herrn fragte, sagte sie lediglich: »Dem Señor geht es gut, doch im Moment zieht er es vor, keinen Besuch zu empfangen.«

Das plötzliche Verschwinden des Offiziers fiel mit einem Ereignis zusammen, das den verschiedenen Gesprächszirkeln auf dem Schiff mehrere Tage lang Nahrung lieferte. Bei einem der philippinischen Stewards, die in der ersten Klasse Dienst taten, wurde ein Papier beschlagnahmt, das der Kapitän unseres Hochseedampfers als subversiven Aufruf bezeichnete. Es handelte sich um einen Auszug aus dem 1891 erschienenen Roman »Der Freibeuter« des Arztes José Rizal. Da der Autor in den letzten Dezembertagen des soeben verstrichenen Jahres erschossen worden war, beschuldigt, den Aufstand der auf dem Archipel lebenden Einheimischen angezettelt zu haben, wanderte der Text durch die Hände aller auf der *Santo Domingo* reisenden Herren, damit wir seine Gefährlichkeit einschätzten. Eigentlich war der Aufruf nichts weiter als eine herausgerissene Seite aus besagtem Roman; sein Inhalt lautete folgendermaßen:

In einigen Jahrhunderten, wenn die Menschheit aufgeklärt ist und erlöst, wenn es keine Stämme und Sippen mehr gibt, wenn alle Völker frei sind, wenn es weder Tyrannen noch Sklaven, weder Kolonien noch Mutterländer mehr gibt, wenn Gerechtigkeit herrscht und der Mensch ein Weltenbürger geworden ist, wird man nur noch der Wissenschaft huldigen, dann wird das Wort »Patriotismus« nach Fanatismus klingen, und derjenige, der mit patriotischen Tugenden prahlt, wird vermutlich als gefährlicher Kranker eingesperrt werden, als Störer der gesellschaftlichen Harmonie …

Man beschloss, den Steward in die einzige noch freie Kammer im Laderaum zu sperren – das dortige Bullauge musste dicht gemacht werden, damit der Beschuldigte nicht ins Meer springen konnte –, und um Kontakte zu etwaigen Komplizen zu verhindern, die versuchen könnten, irgendeine Art von Sabotageakt zu verüben, wurde er dort rund um die Uhr bewacht.

Zwei Tage später überraschte mich Miguel Blasco, als ich gerade in die Lektüre seines Heftes vertieft war. Er schien nun wieder von »heftigstem Tatendrang« gepackt, wie er selbst es nannte.

»Haben Sie zufällig meinen Steward gesehen?«, fragte er mich unverwandt. »Er ist wie vom Erdboden verschluckt.«

»Meinen Sie den jungen Mann, der verhaftet wurde, weil er eine aufrührerische Schrift bei sich hatte?«, fragte ich zurück.

»Eine aufrührerische Schrift? Soll mich doch der Blitz treffen, wenn das, was ich diesem jungen Mann gegeben habe, eine aufrührerische Schrift ist. Es handelt sich schlicht und einfach um eine Seite aus dem kleinen Roman von Rizal, über den die Spanier so verärgert sind. Ich versichere Ihnen, wenn es ein Verbrechen gibt, das Spanien teuer bezahlen wird, so ist es die Erschießung Rizals, eines Pazifisten und vortrefflichen Mannes. Der Mord an Rizal ist genau das, was wir in der Armee einen Fehlschuss nennen.«

»Der Text, den Sie dem jungen Mann gegeben haben, war ein Plädoyer gegen jede Form von Patriotismus. Es ist schon merkwürdig, dass jemand wie Sie, ein Angehöriger des Militärs, ein Buch von Rizal besitzt und seine sezessionistischen Theorien auch noch rühmt«, erwiderte ich vorwurfsvoll.

»Ich besitze nicht nur *ein* Buch von Rizal, sondern *zwei*. Und was das Merkwürdige betrifft, so gestatten Sie mir, Ihnen zu sagen, dass gerade der Patriotismus einer politischen Elite, die bei genauerem Hinsehen nichts anderes ist als eine Bande von Sklavenhändlern, mich zum Krüppel gemacht hat. Ein Patriot ist vor allem ein Mensch ohne Skrupel, besonders wenn er fern seines Heimatlandes »handeln« muss. In Wirklichkeit sind die Skrupel eines Patrioten umgekehrt proportional zur Unterdrückung, die er auf jene ausübt, die nicht genauso denken wie er. Rizal dagegen, der jede patriotische Schwärmerei verabscheute, war ein Mann, der sein Vaterland liebte. Merken Sie, worin der Unterschied liegt?«

»Ich glaube nicht, dass dies der richtige Moment ist, um den Wert unserer politischen Elite in Frage zu stellen«, gab ich zu bedenken.

»Und warum nicht, Herr Forschungsreisender? Vielleicht sterbe ich schon morgen oder übermorgen. Deshalb habe ich keine Angst mehr, weder vor Worten noch vor Menschen. Ich sehe, Sie lesen das Heft, das ich Ihnen gegeben habe. Sind Sie schon bei dem Kapitel mit den Amputationen?«

»Heute Morgen habe ich es gelesen.«

»Sie sehen also, wie die Dinge laufen. Für uns ist ein Mann mit acht Fingern ein Invalide, für die Chinesen dagegen ein Glücksbringer. Jetzt schauen Sie mal meine Hände an, und sagen Sie mir, wie viele Finger Sie sehen.«

Miguel Blasco streckte mir beide Hände entgegen, die er bisher stets unter der Decke verborgen hatte.

Ich zählte acht Finger: fünf an der rechten Hand und drei an der linken.

»Gütiger Gott! Wer hat Ihnen denn das angetan?«

»Ein Patriot natürlich. Es widerstrebt mir zutiefst, Sie auf die Folter zu spannen, mein Freund, aber ich fühle mich notgedrungen dazu verpflichtet, mich für diesen jungen Mann zu verwenden, den man hier zu kreuzigen versucht. Ein andermal erzähle ich Ihnen, wie auch ich zu einem ›menschlichen Glücksbringer‹ wurde.«

Eine Frage wollte mir die ganzen nächsten Tage nicht aus dem Kopf: Wieso hatte man Miguel Blasco die gleichen Finger der gleichen Hand amputiert wie Damián Ossorio? Bestand womöglich eine Verbindung zwischen seiner eigenen Geschichte und der des Porzellanhändlers, von der mir der Offizier nichts erzählt hatte?

Am Nachmittag überreichte mir die *Sangley* zusammen mit einer losen Buchseite eine Nachricht von Don Miguel. Auf dem Zettel stand:

Lieber Freund, Sie sollen nicht glauben, ich hätte nur Bücher von Rizal. Ich schicke Ihnen hier eine Seite aus dem Werk *Bekenntnisse eines englischen Opiumessers* von Thomas de Quincey, einer Ausgabe von 1856. Vielleicht werden Sie nach der Lektüre meinen Standpunkt besser verstehen.

Ich las den Abschnitt aus De Quinceys Buch:

Die Stadt … Manila … bedeutete mir die Erde, die ich mit ihren Sorgen und ihren Gräbern hinter mir gelassen, jedoch nicht gänzlich aus den Augen verloren noch völlig vergessen hatte. Der Ozean, in unaufhörlicher, doch sanfter Bewegung, über dem eine taubengleiche Stille brütete, mochte den Geist und die Stimmung, die ihn in diesem Augenblick ganz beherrschte, getreu versinnbildlichen. Denn es war mir, als stünde ich zum ersten Mal weit entfernt und abseits vom Aufruhr des Lebens, als wäre ich befreit von seinem Lärm, seinem Fieber und seinem Kampf. Aufschub von allen geheimen Bedrückungen des Herzens war mir gewährt, ein Sabbat der Stille, ein Ausruhen von aller menschlichen Mühe. Hier waren die Hoffnungen, die da blühen an den Pfaden des Lebens und die im Einklang sind mit jenem Frieden, der die Gräber erfüllt; Regungen des Geistes, unermüdbar wie das Himmelsblau, und dann, statt aller Ängste eine halkyonische Ruhe, ein Schweigen, welches nicht aus der Unlust kam, vielmehr das Ergebnis eines mächtigen, gleichmäßigen Gegenspiels war: unendliche Tätigkeit – unendliche Ruhe.

> O gerechtes, unendlich zartes, machtvolles Opium, das du den Herzen der Armen und der Reichen ohne Unterschied für die Wunden, die nie verheilen, und für die Qualen, die den Geist zum Aufruhr treiben, lindernden Balsam bringst! Sprachgewaltiges Opium, das du mit deiner Rede Kraft die Pläne des Zorns entführst …

An den Seitenrand hatte Miguel Blasco noch etwas von eigener Hand hinzugefügt:

> Glauben Sie mir, dank des Opiums ist der Schmerz nur noch ein Echo.

Kapitel 14

Im Grunde hatten Böttgers Kopfschmerzen schon vor geraumer Zeit begonnen und waren zudem oftmals von abrupten Stimmungswechseln begleitet, weshalb er mal ausgelassener Stimmung war, mal in tiefe Melancholie versank.

Natürlich hing seine Krankheit mit seiner Lage zusammen, seiner Gefangenschaft. Dieses Wissen machte ihm Hoffnung. Denn da ihm der blendende Glanz des Goldes fehlte (das sich hartnäckig weigerte, in seinen Tiegeln aufzutauchen), hatte er sich vom goldenen Funkeln des in der nahen Umgebung angebauten Weines hypnotisieren lassen. Was sollte er auch anderes tun? Nun stimmte der Alkohol ihn reizbar, mitunter litt er sogar unter Wahnzuständen und hysterischen Anwandlungen. Eines Nachts hatte er von Marcus Licinius Crassus geträumt, dem römischen Prokonsul, dem die Parthen geschmolzenes Gold in den Rachen gegossen hatten. Beim Erwachen hatte er sich gefragt, was dieser Traum wohl zu bedeuten habe. Zweifellos hatten Crassus und er eines gemein: Sie besaßen beide eine Schwäche für das glänzende Metall. In seinem Fall war diese so groß, dass nicht einmal der Wein seinen Durst nach

Gold stillen konnte. Neben dieser Übereinstimmung gab es zwischen ihm und dem römischen Prokonsul aber auch erhebliche Unterschiede. Zum Beispiel war Crassus' Liebe zum Gold die Folge grenzenlosen Geizes; für ihn, Böttger, dagegen war Gold das Abbild des Sonnenlichts, Gold war der Leib der Götter, wie es die chinesischen Alchimisten beteuerten. Letztlich stand Gold für Unsterblichkeit, weshalb seine Erzeugung auch Teil einer mystischen Übung war. Viel eher als er selbst ähnelte daher sein Gebieter, August der Starke, dem Crassus. Wenn man es aber recht bedachte, hatte August nichts von einem starken Mann. Zwar war er von kräftiger Statur, und seine sexuellen Glanzleistungen waren sprichwörtlich (es wurde behauptet, er habe so viele Kinder mit so vielen Frauen gezeugt, wie das Jahr Tage hat), aber ebenso weit verbreitet war sein Ruf als über die Maßen großzügiger Liebhaber. Die Dame, die ihm im Bett auf befriedigende Weise zu Diensten war, konnte sicher sein, ein üppiges Geschenk von ihm zu erhalten, bisweilen gar ein mit Edelsteinen besetztes Kleid. Jedes dieser Kleider aber verlängerte unweigerlich die Liste der Reichsausgaben. Ebenso verhielt es sich mit dem Kriegseifer des Monarchen. In seiner Begierde, Polen und Lettland zu annektieren, damals schwedische Provinzen, hatte er einen nicht enden wollenden Krieg gegen Schweden begonnen. Unaufhörliche finanzielle Belastungen waren die Folge, weshalb sein Geldbedarf ebenso an ihm nagte wie der Hunger an seinen Truppen. Nein, August war kein starker Mann. Konnte ein Mann, der sich von dreihundertfünfundsechzig Frauen bezaubern ließ, das überhaupt sein? Und im Krieg, erwies er sich da etwa nicht als Versager? Von der Schwäche seiner

Porzellankrankheit ganz zu schweigen, einer Sucht, die ihn dazu getrieben hatte, 100 000 Taler für chinesisches Porzellan auszugeben. Er, Böttger, aber war stark. Und das war er, weil er mit mathematischer Genauigkeit wusste, wie viel sein Leben Wert war: eine Goldmünze. Das Problem war nur, dass er selbst auch die Mine war, aus der dieser Schatz gefördert werden musste. Und wenn er darüber nachdachte, blieb ihm nichts anderes übrig, als sich in die Arme des Weines zu stürzen. Womit sich der Kreis schloss.

Eines Tages erschien der gute Tschirnhaus im Labor und sagte in seinem üblichen wohlwollenden, fast väterlichen Ton:

»Seine Majestät hat mir soeben erklärt, China sei das Becken, in das Sachsen ausblute. Er bittet uns, dem abzuhelfen.«

Jedermann hätte diese Bemerkung als Ultimatum aufgefasst. Und im Grunde war sie das auch.

Als Tschirnhaus gegangen war, dachte Böttger bei sich: Bisher hat noch niemand wahrhaft glaubwürdig bewiesen, dass Gold sich tatsächlich herstellen lässt; ich selbst habe es ja in den vergangenen Jahren Tag für Tag ohne Erfolg probiert. Porzellan aber ist eine Realität, der ein irdisches Geheimnis zugrunde liegt. So gilt es also, immer wieder sein Glück zu versuchen.

Zum Schluss schrieb er noch auf jede Seite seines Notizbuchs eine gleichlautende Kopfzeile: »Aus der Notwendigkeit erwächst Kühnheit.«

Kapitel 15

VIII

Ich weiß nicht, ob Feng mein Gespräch mit Jade mitangehört hatte, aber ein paar Tage später erschien er in meinem Gemach, in der Hand einen Auszug aus einem Buch mit dem Titel *Jou-pu-t'uan* (was in etwa *Andachtsmatten aus Fleisch* bedeutet), dessen Verfasser mit dem Pseudonym Li Yü zeichnete. Er übergab mir das Buch mit der Begründung, in meiner Ausbildung sein nun die Stunde gekommen, auf eine höhere Stufe emporzusteigen. Ich dagegen hatte den Eindruck, dass er mir mit diesem Roman mehr beibringen wollte als nur die chinesische Sprache, dass ich vielleicht verstehen sollte, welcher Art seine Beziehung zu Jade war. Der Protagonist des Buches war ein junger Gelehrter namens Wei Yang-sheng, dessen Hauptehefrau (insgesamt hatte er sechs Frauen) mit Namen Jadeduft die Tochter eines berühmten Literaturprofessors war. Jadeduft aber hatte nur eine theoretische Erziehung erhalten und in der Enge ihres Elternhauses stets unter der strengen Aufsicht ihres Vaters gestanden. Daher wusste sie nicht, wie man sich im wirklichen Leben verhielt, vor allem was geschlechtliche

Dinge betraf. Dem leidenschaftlichen und in der Schlafzimmerkunst überaus geschickten Wei Yang-sheng blieb nichts anderes übrig, als die junge Frau zu überlisten, um sie für sich zu gewinnen.

Kaum machte er irgendeine Bemerkung über Liebesdinge, errötete sie und eilte davon. Wei Yang-sheng hatte eine besondere Vorliebe für den Geschlechtsverkehr am Tage und genoss es, wie bei der Betrachtung der intimen Körperteile seiner Frau seine Begierde erwachte. Mehrmals versuchte er tagsüber, Jadedufts Hose zu öffnen, sie aber begann sogleich, sich lauthals zu entrüsten, und gebärdete sich, als wollte man sie vergewaltigen, woraufhin ihr Mann seine Absichten aufgeben musste. In der Nacht ließ sie sich von ihm in die Arme nehmen, aber nur weil sie sich dazu verpflichtet fühlte. Und was die Stellungen betraf, so nahm sie stets die normalen ein und weigerte sich, irgendeine neue Variante auszuprobieren. Wollte er »das Feuer jenseits des Berges einfangen«, protestierte sie mit den Worten, das sei unschicklich, da eine Ehefrau ihrem Ehemann nicht den Rücken zukehren dürfe, und bat er sie, »die Kerze verkehrt herum zu befeuchten«, sagte sie, das sei unmöglich, da es bedeuten würde, die richtige Position des männlichen und des weiblichen Prinzips zu verkehren. Erst nach vielerlei Mühen gelang es ihm, sie dazu zu überreden, wenigstens ihre Füße auf seine Schultern zu stellen. Kam sie zum Orgasmus, so rief sie nicht: »Oh, ich sterbe! Mein Ein und Alles!« oder Ähnliches, was den Ruhm des Mannes in der Schlacht vergrößert. Und wenn er »Meine Geliebte« oder »Mein

Augenstern« zu ihr sagte, antwortete sie nicht, sondern stellte sich stumm.

Wei Yang-sheng war außerordentlich verärgert darüber, dass Jadeduft seinem Verlangen so wenig entgegenkam. So dachte er sich, nur eines könne helfen: Er müsse anfangen, sie umzuerziehen, um den ersehnten Wandel herbeizuführen …

Selbstverständlich eignete sich dieser Text nicht für ruhiges, bedächtiges Lesen. Wollte Feng mir damit vielleicht sagen, ich solle Jades Version über die wahre Natur ihrer Beziehung nicht glauben? Es war unübersehbar, dass zwischen dem Protagonisten des Romans und ihm selbst zahlreiche Ähnlichkeiten bestanden, besonders was seine hartnäckigen Versuche betraf, Jade zum Beischlaf zu überreden. Aber auch zwischen Jade und Jadeduft gab es Ähnlichkeiten, nicht nur im Namen, sondern auch in ihrem hartnäckigen Widerstand.

Darüber hinaus hatte ich den Eindruck, dass Feng, indem er mir diesen Text zu lesen gab, meine Männlichkeit amputieren wollte, nachdem er dies bereits mit meinen Fingern getan hatte.

Während Jade am Abend die letzte Pfeife des Tages für mich vorbereitete, zeigte ich ihr den Auszug aus dem Buch.

»Haben Sie eine Ahnung, was Gu Feng mit seiner Anweisung, einen solchen Text zu lesen, bei mir bezwecken könnte?«, fragte ich sie.

»Das liegt auf der Hand. Wissen Sie, es gibt eine alte Legende, die davon handelt, dass ein Kaiser namens Tachouan, ein begeisterter Anhänger des *Khawai Shuh*, der Kunst, den Puppen Leben einzuhauchen, seiner Ehefrau eines Tages einen Maschinenmenschen schenkte. Der Roboter war einem lebendigen Menschen so täuschend ähnlich, dass man ihn für einen solchen hätte halten können. Er besaß dreihundertfünfundsechzig Gelenke, konnte sich bewegen, laufen, sich setzen und aufstehen. Er konnte sogar tanzen und singen. Und dummerweise war er auch noch außergewöhnlich hübsch und klug. Weiter heißt es in der Legende, die Kaiserin habe sich in den Roboter verliebt. Eines Nachts, nachdem beide lange miteinander getanzt hatten, blieb der Maschinenmann stehen und sah der Kaiserin fest in die Augen. Ihr Blickwechsel war so innig, so voller Verlangen, dass Tachouan den Anblick nicht mehr ertrug, sich erhob und auf den Roboter einschlug. Er hörte erst auf, als dieser in tausend Stücke zerbrochen war.

»Ist Gu Feng eifersüchtig auf mich?«, fragte ich erstaunt.

»Für Gu Feng sind Sie nichts anderes als ein Maschinenmensch, doch er fürchtet, ich könnte Ihnen erliegen wie die Kaiserin aus der Legende.«

Kapitel 16

IX

Ein paar Tage später ereignete sich ein Zwischenfall, der Jade um ein Haar das Leben gekostet und all unsere Pläne zunichtegemacht hätte.

Wie jeden Tag um die Mittagszeit brachte sie mir eine Schale mit Reis und Schweinefleisch. Feng war fortgegangen, also waren wir allein im Haus. Obwohl meine Sinne noch etwas benebelt waren, da ich am Morgen eine Opiumpfeife geraucht hatte, fiel mir beim Anblick der Schale auf, dass es nicht dieselbe war wie sonst. Es handelte sich um eine große graue, wie eine Lotusblüte geformte Tasse aus feinstem Porzellan. Ihr harter Emailüberzug war mit achatfarbenen Spuren durchsetzt. Zweifellos ein ganz besonderes Stück.

Ich schaute Jade an, in der Erwartung, eine Erklärung zu erhalten, woher diese außergewöhnliche Porzellantasse stammte.

»Aus dem Ofen von Ruyao in Ruzhou. Sing-Dynastie«, sagte sie mit einem breiten Lächeln, hinter dem sie ihre Zähne zu verbergen versuchte. Beim Lächeln seine Zähne zu zeigen war unter jungen Chinesinnen verpönt, vor allem wenn sie eine gute Erziehung genossen hatten, und Jade versuchte, diese Sitte um jeden Preis zu befolgen.

Porzellan aus dem Ofen von Ruyao gehörte zum wertvollsten und seltensten in ganz China, unter anderem deshalb, weil es für den kaiserlichen Hof hergestellt wurde.

»Woher haben Sie die?«, fragte ich, halb staunend, halb verzückt.

»Sie gehört natürlich Gu Feng. Es ist der einzige Gegenstand, den er aus seiner Zeit in Nan-Fou behalten hat. Ich nehme an, es war sein Lohn dafür, dass er mit einem Mandarin vom Hofe das Lager geteilt hat. Gu Feng liebt diese Tasse über alles, sie ist sein größter Schatz, und er würde mich umbringen, wenn er wüsste, dass ich Ihnen darin das Essen serviere.«

Jade hielt die große Tasse in die Höhe wie einen Kelch. Milchiges Licht schimmerte hindurch.

»Er hat allen Grund, stolz darauf zu sein. Sie ist nicht nur wunderhübsch, sondern dazu noch mit Sicherheit fünf- oder sechshundert Jahre alt«, stellte ich fest. »Ich könnte niemals aus einer Lotustasse der Song-Dynastie essen. Mir würden die Hände zittern.«

»Würden Sie lieber aus meinen essen?«

»Natürlich.«

Jade erhob sich, kippte den Inhalt der Tasse in eine ihrer Hände, und im nächsten Augenblick schleuderte sie das Porzellangefäß gegen einen der Wandschirme. Die Lotusblume zersprang in tausend Stücke, als hätte ein unsichtbarer Wind ihr mit einem kräftigen Stoß jedes einzelne Blütenblatt ausgerissen.

»Feng bringt Sie um«, war alles, was ich über die Lippen brachte. Ich konnte nicht glauben, was ich soeben mit angesehen hatte.

»Einen Toten kann man nicht mehr umbringen. Außerdem braucht er mich, damit ich mich als Ihre Ehefrau ausgebe. Sie sind mein Sklave, ich bin Gu Fengs Sklavin, und er ist der Sklave der Acht Trigramme. Und wir alle sind Sklaven des Hasses.«

Ein gewaltiges Gepolter, der Lärm von durchs Haus geschleuderten Möbelstücken und anderen Gegenständen riss mich aus dem Schlaf. Im ersten Moment begriff ich nicht, was dieser Radau zu bedeuten hatte, bis ich das klagende Miauen hörte, mit dem Jade auf die Schläge reagierte, die Feng ihr erteilte. Ich wusste zwar nicht, wie er entdeckt hatte, dass seine Porzellantasse aus der Song-Dynastie zu Bruch gegangen war, wunderte mich aber sehr darüber, dass er Gegenstände zertrümmerte und Jade schlug, ohne dabei die Stimme zu erheben. Wenn ein Mensch fähig ist, seinesgleichen zu schlagen, ohne dabei den kleinsten Wutschrei auszustoßen, dann ist er ein gnadenloser, unerbittlicher Mörder. Überdies schlug Feng nicht blind zu, sondern befolgte ein Muster, besaß eine Methode. Ja, hinter dieser Unbarmherzigkeit steckte mehr als der bloße Wunsch zu bestrafen. Mir blieb nichts anderes übrig, als Jade zu Hilfe zu eilen. Was auch immer sie Feng erzählt hatte, ich war bereit, die Schuld an dem Geschehenen auf mich zu nehmen. Ich würde sagen, ich sei hungrig aufgestanden, immer noch im Opiumrausch, hätte Reis vorgefunden und ein Gefäß, in den ich ihn hätte füllen können …, und dann sei ich gestolpert.

Bevor ich den Mund aufmachen konnte, warnte mich Feng:

»Wenn Sie noch einen Schritt näher kommen, bringe ich sie um, das schwöre ich Ihnen.«

Seine Wangen glühten vor Zorn, doch in seinem Gesicht bewegte sich nicht ein Muskel, wie bei jemandem, der es gewohnt ist, anderen Leid zuzufügen und vielleicht auch selbst Leid zu ertragen.

Ich schaute zu Jade hinüber, und zu meiner Verwunderung spiegelte ihr Gesichtsausdruck geradezu den Wunsch, Feng möge seine Drohungen endlich in die Tat umsetzen. Weder schien sie Mitleid zu wollen, noch war ihr die geringste Spur von Widerstand anzumerken.

»Also gut.« Abrupt hielt ich inne. »Aber denken Sie an die Reaktion der Acht Trigramme.«

Dass ich es gewagt hatte, den Namen der Geheimorganisation in Verbindung mit dem Wort »Reaktion« laut auszusprechen, überraschte Feng.

»Sie haben ja keine Ahnung von den Acht Trigrammen«, erwiderte er. »Solange Sie sich in diesem Haus aufhalten, dürfen Sie diesen Namen nicht einmal erwähnen. Die Wände haben Ohren. Die Mandschus haben Spione in jedem Winkel der Stadt.«

In der Tat wusste ich so gut wie gar nichts über die Acht Trigramme, doch ihre bloße Erwähnung hatte genügt, Fengs Aufmerksamkeit auf ein anderes Thema zu lenken, so dass er, wie ich es beabsichtigt hatte, von Jade abließ.

»Die Wände hören auch jeden Schlag, den Sie ihr verabreichen. Also bringen Sie sie um, oder lassen Sie sie endlich in Ruhe.«

Manchmal werde ich zu einem wahren Experten in der Kunst, meine Mitmenschen zu verunsichern, und so schloss ich meinen verblüffenden Rat mit einem Sprichwort, das Yuan mir beigebracht hatte und das von den Werten handelte, die ein edelmütiger Mensch besitzen sollte:

»Was auch immer Sie tun, vergessen Sie eines nicht: Die moralischen Prinzipien eines ritterlichen Mannes sind wie Jade, ein Edelstein, der für Edelmut, Vollkommenheit, Standhaftigkeit und Unsterblichkeit des Geistes steht. Außerdem ist erwiesen, dass man manchmal mit nur drei freundlichen Worten erreicht, was man auch nach dreistündigem Kampf nicht erreicht hat.«

Feng und Jade blickten mich sprachlos an. Zum ersten Mal hatte ich genauso gesprochen (oder besser gesagt argumentiert), wie ein Chinese es getan hätte.

Bevor ich mich wieder zurückzog, hob ich einen der Schmetterlingsknöpfe von Jades *Cheongsam* auf, die Feng ihr während seines Wutausbruchs abgerissen hatte, und legte ihn der jungen Frau in die rechte Hand.

»Danke«, sagte sie.

Zwei Stunden später kam sie, um die letzte Pfeife des Tages für mich vorzubereiten. Sie hatte den Schmetterlingsknopf wieder am Brustlatz ihres *Cheongsam* angenäht, und das kleine Ding schien dort im Rhythmus ihres Atems gleichmäßig die Flügel zu schlagen. Hatte sie vielleicht begonnen, etwas für mich zu empfinden? Diesmal war ich es, der Verse rezitierte:

Das Gefühl, sanft wie Wasser.
Die Zeit, flüchtig wie ein Traum.

Kapitel 17

X

Ein entsetzlicher Schmerz riss mich aus dem Schlaf, ein Gefühl, als hätte irgendetwas einen Teil meines Gesichts zerfetzt. Dann sickerte eine unangenehme klebrige Flüssigkeit zwischen meinen Lippen hindurch und sammelte sich in meinem Mund.

Als ich hochfuhr, erblickte ich Feng, der genau vor mir stand und mich mit dem geschwungenen Messer in der Hand betrachtete.

»Was zum Teufel haben Sie mit mir gemacht?«, rief ich, noch benommen und zugleich entsetzt.

»Ich habe Ihnen die Nase abgeschnitten. Eine Tür sitzt nur im passenden Rahmen richtig, und Ihre Nase war zu lang. Jetzt lassen Sie mich Ihre Wunde versorgen.«

Einen Moment der Unachtsamkeit von Feng ausnutzend, griff ich ihm mit der rechten Hand an die Kehle und drückte zu. Am liebsten hätte ich ihn erdrosselt, aber ich war so geschwächt vom Opium, dass der Druck meiner Hand augenblicklich nachzulassen begann.

»Sie genießen es, nicht wahr?«, fuhr ich ihn an.

»Rühren Sie mich nie wieder an«, fauchte er zurück, als er mich abgeschüttelt hatte. »Ich schwöre Ihnen, wenn Sie das noch einmal tun, stoße ich Ihnen dieses Messer in den Leib.«

Es war nicht zu übersehen, dass Feng nach dem Vorfall mit der Porzellanschale seinen Stolz und seinen Tatendrang wiedergewonnen hatte.

»Ich habe Ihnen ja gesagt, es wird nicht einfach werden, Sie werden leiden müssen«, fuhr er fort. »Bedenken Sie, dass Ihr Versagen auch mein eigenes wäre. Selbst wenn es nicht so scheint, wir beide verfolgen dasselbe Ziel, also geben Sie sich Mühe, nicht alles zu ruinieren. Nicht nur Ihr Leben ist in Gefahr.«

»Gibt es noch etwas, was Sie mir abschneiden müssen?«, fragte ich ihn in bitterem Ton.

»Nein. Allerdings müssen wir Ihnen noch den Bart abrasieren und das Haar nach Mandschu-Art frisieren.«

Mit Blicken suchte ich den Fußboden nach dem Stück Nase ab, das mir fehlte. Ich glaubte, es neben einem der Sofabeine zu entdecken, aber als ich es aufheben wollte, schlüpfte es mir aus den Fingern. Ich hatte eine kleine bräunliche Eidechse erwischt.

Feng brauchte nur zweimal mit den Fingern zu schnippen, schon war Jade zur Stelle. In den Händen trug sie ein Tablett mit den Opium-Utensilien und einem halben Dutzend feuchter Kompressen, mit denen sie mir das Blut vom Gesicht wischte. Außerdem lagen auf dem Tablett noch einmal so viele Kompressen mit Odermennigsalbe, wie sie zur Wund- und Geschwürheilung verwendet wurden und um Blutungen zu stoppen. Ich legte mich wieder hin, ließ mich von ihr verarzten und mir anschließend noch einmal eine Pfeife zubereiten, die stärker war als gewöhnlich. Fünf Minuten später hatte das Opium den Schmerz in meiner Nase weggeblasen, und die Grenze zwischen Traum und Wahn verblasste so stark, dass ich das eine nicht mehr vom anderen unterscheiden konnte. Fengs Augen funkelten wie Sterne an einem fernen Himmel, die geschwungene Klinge des Messers in seiner Hand strahlte wie eine an einem schwankenden Firmament hin- und herschaukelnde Mondsichel, und die blasse Farbe seiner Seidentunika verschwamm zu einem Universum, in dem sich seine hohe Gestalt auflöste. Die Vision erinnerte mich an Verse von Li Bai, die ich noch am Nachmittag gelesen hatte:

Vor dem Bett sehe ich das Schimmern
des Mondes wie Reif auf der Erde.
Ich hebe den Kopf, sehe den strahlenden Mond.
Ich senke den Kopf und denke an meine Heimat.

»Ich habe keine Angst vor Ihnen, Feng. Ich verachte nur Ihre moralische Schwäche«, sagte ich.

Dann löste sich alles in einer Ruhe auf, die stark dem Vergessen glich.

Kapitel 18

XI

Das Fieber hatte mich so verwirrt, dass ich mich nicht einmal wiedererkannte, als ich die Augen aufschlug und mein Spiegelbild vor mir sah. Mein angeschwollenes Gesicht war zur Hälfte von karmesinroten Kompressen verhüllt, die das aus der großen Fleischwunde quellende Blut aufsogen und die Odermennig-Pflaster bedeckten. Mit diesem Verband sah meine Nase aus, als besäße sie noch ihre normale Größe. Doch dem war nicht so. Ich hatte ein Trugbild vor mir.

Nachdem ich gefrühstückt hatte – unter großen Schwierigkeiten, da meine Oberlippe von dem im Pflaster enthaltenen Betäubungsmittel gefühllos geworden war –, kam Jade mit dem Rasierbesteck zu mir. Als Erstes rasierte sie mir den Bart ab, dann das Stirnhaar. Anschließend schmierte sie mir Pomaden und Salben ins Haar, das mittlerweile eine beachtliche Länge erreicht hatte, und zähmte so seine Wellen. Zum Schluss flocht sie es zu einem Zopf.

»Sie werden lernen müssen, den Zopf als Kopfkissen zu verwenden«, sagte sie.

»Und Sie? Schlafen Sie auch auf Ihrem Zopf?«

»Oh nein, niemals! Damit würde ich mir ja die Frisur ruinieren. Ich schlafe auf einem Porzellankissen.«

Als ich erneut in den Spiegel blickte, hatte ich einen orientalischen Mann mit den Augen eines westlichen Menschen vor mir.

»So sehen Sie schon viel besser aus. Ich werde Ihnen den Spiegel dalassen, damit Sie sich an Ihr neues Aussehen gewöhnen. Ein Vogel ist glücklicher, wenn er einen zweiten Vogel im Spiegel sieht, denn dann glaubt er, er hätte Gesellschaft«, sagte Feng, der die Szene aus der Entfernung verfolgt hatte.

»Wie rücksichtsvoll von Ihnen, aber ich fühle mich keineswegs allein. Wollte ich mich mit einem Vogel vergleichen, so würde ich sagen, ich sitze in einem goldenen Käfig in Gesellschaft zweier anderer Vögel: Jade und Ihnen. Und hier dienen wir alle drei, Sie, Jade und ich, einander als Spiegel. Ich brauche also keinen weiteren Spiegel.«

»Das Ende ist sehr nah, deshalb möchte ich Sie bitten, noch ein wenig Geduld zu haben. Falls alles läuft wie geplant, werden Sie in drei, vier Wochen in die Provinz Jiangxi reisen können.«

Da ich mich ohnehin die meiste Zeit in einem Zustand geistiger Abwesenheit befand, ließen Fengs Worte mich gleichgültig. Einen Opiumsüchtigen zu bitten, er möge Geduld haben, ist das Gleiche, als würde man eine Schildkröte darum bitten, langsam zu laufen.

Am selben Abend, nachdem ich meine Pfeife geraucht hatte, probierte ich meinen Zopf als Kopfkissen aus. Ich rollte ihn wie eine Schlange unter meinem Nacken zusammen und legte den Kopf darauf.

Später drang aus einem benachbarten Garten das schrille Zirpen der Zikaden herüber. Ich sah Fengs Schatten, der sich zum Balkon hinauslehnte, um sich an jenem immergleichen schauerlichen Geschabe zu erfreuen, welches das Nahen des Sommers ankündigte. Mir ging durch den Kopf, dass im Grunde meine gesamte Mission zum Scheitern verurteilt war, weil ich es hasste, Kakerlaken im Haus zu haben, während die Chinesen sie als ein Zeichen für Wohlstand deuteten, und weil ich das Geratsche der Heuschrecken, Zikaden und Grillen nicht ertrug, die von den Chinesen »zirpende Brüder« genannt und wie Könige behandelt wurden: Sie bauten ihnen kleine Käfige aus Bambus, Knochen, geschliffenem Holz oder sogar Elfenbein und fütterten sie mit den leckersten Früchten.

Kapitel 19

Die Unterhaltung zwischen Miguel Blasco und dem Kapitän machte die Lage nur noch komplizierter, bis der Offizier schließlich das gleiche Schicksal erdulden musste wie der Steward, wenngleich ihm unter Berücksichtigung seiner tadellosen militärischen Laufbahn gestattet wurde, in seiner Kajüte zu bleiben, die zuvor gewissenhaft durchsucht worden war. Man hatte dort zwei Bücher von José Rizal gefunden: den Roman *Der Freibeuter* und einen weiteren mit dem Titel *Noli me tangere*, in dem die Herrschaft der Spanier über die Philippinen kritisiert wurde. Miguel Blascos unvorsichtiges Verhalten wurde seiner Opiumsucht zugeschrieben, weshalb man beschloss, ihm die Droge zu entziehen.

Achtundvierzig Stunden später begann der Offizier, an Wahnvorstellungen, Schweißausbrüchen und Krämpfen zu leiden, die seinen heiklen Gesundheitszustand noch verschlimmerten. Der Schiffsarzt musste ihm erneut einige Opiumpfeifen verschreiben, hielt jedoch an seiner Absicht fest, die Dosis schrittweise zu verringern, bis der Patient von seiner Sucht befreit wäre. Und da man der *Sangley* misstraute und ihr jeglichen Kontakt zu dem Gefangenen verbot (man fürchtete, über sie könne der Offizier weitere philippinische Arbeitskräfte aufwiegeln), war ich es nun, der sich um die Zubereitung der Pfeifen kümmerte.

»Pressen Sie das Opiumkügelchen nicht in das Töpfchen, legen Sie es nur hinein, sonst wird die für das Verbrennen nötige Luftzufuhr abgeschnitten. Und halten Sie die Flamme so lange über die Opiummasse, bis Don Miguel Blasco den Rauch tief eingesogen hat. Wenn Sie sehen, dass er zu Ende inhaliert hat, wiederholen Sie den Vorgang unverzüglich.« So unterwies mich die *Sangley*, bevor sie mir die Gerätschaften übergab.

Während ich ihren Erklärungen lauschte, fiel mir auf, wie klein und kindlich ihre Hände waren, obwohl sie höchstwahrscheinlich bereits die dreißig überschritten hatte, und dass diese Hände sich flink wie Ameisen bewegten. Es war, als hätte sie ihr Leben lang immer die gleichen Bewegungen wiederholt.

Ein Beamter der Guardia Civil öffnete mir die Tür zur Kajüte des Offiziers. Vom Wirbelsturm der Unordnung durchwühlt, welche die Durchsuchung und die anschließende Trägheit ihres Bewohners hinterlassen hatten, wirkte der Raum so düster wie ein Ort, an dem sich jeden Augenblick eine Tragödie ereignen wird. Schubladen standen offen, einige waren aus den Wandschränken gezogen und ausgekippt worden. Weite Teile des Bodens waren mit Kleidungsstücken übersät. Ein Sessel war mit der Rückenlehne gegen eine Kommode gekippt worden, ein zweiter lag seitlich auf dem Boden. Der Offizier hatte sich nicht einmal die Mühe gemacht, den Raum zu lüften, in dem es nach Spelunke roch.

»Ich hatte die *Sangley* erwartet, aber ich nehme an, ich muss mit Ihnen vorliebnehmen. Sollte man Sie allerdings beauftragt haben, mich auszuhorchen, dann sparen Sie sich die Mühe. Ich bin so unschuldig, wie unser Kapitän inkompetent ist. Womit ich natürlich seine deduktiven Fähigkeiten meine.«

Miguel Blascos Gesicht hatte seinen fahlen Ton verloren und die Blässe eines Toten angenommen. Er klapperte mit den Zähnen, und sein Handgelenk zitterte, als schlottere er vor Kälte. Gleichzeitig aber schien er von Müdigkeit gelähmt, so dass er mir vorkam wie ein Fisch auf dem Trockenen, der mit dem Tode ringt.

»Ich bin nur gekommen, um Ihnen die Friedenspfeife zu bringen«, sagte ich und zeigte ihm die Opium-Gerätschaften.

»Dann seien Sie mir willkommen.«

»Wie geht es Ihnen?«

»Wie soll es mir schon gehen? Schlecht. Rundherum schlecht. Meine Lunge ringt nach Luft, und seit vierundzwanzig Stunden leide ich unter Krämpfen.«

Den Anweisungen der *Sangley* folgend, bereitete ich ihm seine Pfeife zu. Es war eine ziemlich einfache Prozedur. Dennoch verfolgte der Militär jede meiner Gesten mit einer an Ehrfurcht grenzenden Aufmerksamkeit. Und als ich mich einmal im Sessel zurücklehnte, beugte er sich vor wie eine Schlange, die sich nach den Klängen einer Flöte windet.

Eine Opiumdosis genügte, um ihm wieder die nötige Puste und genügend Klarheit für eine kurze Unterhaltung zu verschaffen.

»Manchmal frage ich mich, welcher Idiot behauptet hat, Menschen würden sich mit Worten verstehen. Nichts lässt sich leichter manipulieren als die Bedeutung von Worten«, sagte er in klagendem Ton.

»Ich glaube, Sie waren voreilig. Angesichts der gegenwärtig in Manila herrschenden Lage war der Auszug aus Ihrem Buch vergleichbar mit einem Telegramm, das eine Kriegserklärung enthält«, versuchte ich, ihm das Vorgefallene zu erklären.

»Ich glaube nicht, dass ich voreilig war. Ich kann nicht einmal einen Fehler in dem erkennen, was ich getan habe. Ich habe in gutem Glauben gehandelt. Es ist nur leider so, dass eine Ungerechtigkeit gewöhnlich eine andere nach sich zieht«, erwiderte er. »Der Kapitän ist davon überzeugt, ein Aufstand ließe sich unterdrücken, indem man die Aufständischen in eine Zelle sperrt. Er hat nicht begriffen, dass es auf der Welt keine ansteckendere Krankheit gibt als Freiheit. Mir kommt das alles vor wie der Versuch, eine Migräne mit Hammerschlägen zu beseitigen.«

»Auch Niederlagen sind ansteckend. Vielleicht will der Kapitän verhindern, dass sich unter den Passagieren Mutlosigkeit breitmacht und wir uns am Ende alle verunsichert fühlen. Man darf nicht vergessen, dass wir hier auf einem Schiff sind und alles nur dann seinen korrekten Gang geht, wenn Ordnung und Disziplin gewahrt bleiben.«

»Gerade weil ich weiß, wie wichtig in einer militärischen Struktur Ordnung und Disziplin sind, versichere ich Ihnen, dass man zwar eine Armee vernichten kann, es aber keinem General jemals gelungen ist, den Wunsch eines Volkes nach Freiheit zu besiegen. Dieser Wunsch ist etwas, was jenseits des Individuellen liegt, was den Einzelnen übersteigt. Er ist Teil des kollektiven Unbewussten und bricht früher oder später unweigerlich mit aller Wucht hervor. Ein chinesisches Sprichwort sagt, es sei einfacher, den Oberbefehlshaber einer Armee zu ergreifen, als einem Schurken die Freiheit zu rauben. Und das stimmt. Ich will nicht, dass Sie mich falsch verstehen und aus meinen Worten schließen, ich stünde auf Seiten der philippinischen Rebellen, denn ganz so ist es nicht.«

»Wie ist es denn dann?«, wollte ich wissen.

»Pythagoras hat gesagt, wenn dein Vaterland ungerecht ist wie eine Stiefmutter, so wähle ihr gegenüber das Schweigen. Dies ist auch meine Einstellung. Ein Ende der philippinischen Revolte kann es nur geben, wenn Gerechtigkeit herrscht. Doch die Spanier, also wir Spanier müssen, damit wir gerecht handeln, uns selbst kritisch betrachten. Ich versichere Ihnen, nichts wäre mir lieber, als Bonifacios *Katipuneros* das Handwerk zu legen. Doch unabhängig von dem Leid, das ich ganz persönlich durch sie erlitten habe, glaube ich, dass dieses Leid notwendig war; denn die *Katipuneros* haben nichts anderes getan, als die Ungerechtigkeiten, die wir Spanier ohne jeden Zweifel begangen haben, ihrerseits mit einer Serie von Ungerechtigkeiten zu erwidern. Und gerade deshalb wäre es auch so wichtig gewesen, das Leben José Rizals zu schützen, weil er ein Intellektueller war, für den Vernunft und Dialog Vorrang vor Gewalt hatten. Als ich dem Steward die Seite aus dem Buch von Rizal gegeben habe, habe ich genau das Gegenteil von dem getan, was der Kapitän glaubt. Ein Filipino, der Rizal bewundert, wird nie und nimmer mit Bonifacio einverstanden sein. Und genau das wird unsere Völker davor bewahren, sich zu neuen, noch grausameren Verbrechen hinreißen zu lassen«, erklärte er.

»Was sollte man also Ihrer Meinung nach tun?«, fragte ich.

»Wir müssen uns unbedingt zurückziehen. Was Spanien schmerzt, ist die unerwartete Sturheit der Rebellen. Die Filipinos wollten, dass ihr Land eine weitere Provinz unseres Landes wird, doch als es dazu nicht kam, sind ihnen die Augen aufgegangen: Spanien ist nicht ihre leibliche Mutter, sondern eine Adoptivmutter oder eine Stiefmutter wie jene, von der Pythagoras spricht, eine, die es in der Stunde der Wahrheit vorgezogen hat, den Sprössling von ihrem Schoß zu stoßen, als dieser von ihr erwartete, sie würde ihn noch fester in die Arme schließen. Und all dem haben die *Cortes* zugestimmt. Deshalb kommen sich die Filipinos nun vor wie Waisenkinder.«

»Na ja, sie werden erst recht Waisenkinder werden, wenn die Rebellen versuchen, alle Spanier in der Kolonie zu töten«, bemerkte ich.

»Ich nehme an, Sie haben von der Schlacht von Bailén während unseres Unabhängigkeitskrieges gehört, oder?«, fragte er mich.

»Jedes Kind weiß, was im Juli 1808 in Bailén geschehen ist. General Castaños hat der von General Dupont geführten Napoleonischen Armee eine ordentliche Tracht Prügel verpasst.«

»Ganz genau. Aber die Geschichte der Schlacht von Bailén ging nach der Kapitulation von Dupont am 26. Juli 1808 noch weiter. Und genau diesen fehlenden Teil würde ich gerne hervorheben. Nachdem Dupont die Kapitulation unterzeichnet hatte, wurden seine Leute nach Sanlúcar de Barrameda gebracht und in Pontons gesperrt. Laut dem Abkommen, welches beide Parteien geschlossen hatten, sollten die französischen Gefangenen auf dem Seeweg nach Rochefort überführt werden. Wir Spanier aber haben unseren Teil der Abmachung nicht eingehalten: Neuntausend Franzosen wurden auf die kleine Insel Cabrera gebracht, einen kaum sechzehn Quadratkilometer großen Felsen, und dort ihrem Schicksal überlassen. Ohne Dach über dem Kopf und fast ohne Nahrung und Wasser begannen die Gefangenen, die wenigen dort lebenden Kaninchen und Eidechsen zu essen, dann das spärliche Gestrüpp und schließlich das Leder ihrer Riemen und Stiefel, bis sie sich am Ende, als es gar nichts mehr zu essen gab, buchstäblich gegenseitig aufgefressen haben. Als der Krieg zu Ende war, waren nur noch dreitausendsechshundert Mann am Leben.«

»Sie vergessen, was Napoleon mit den Tausenden spanischer Gefangener gemacht hat.«

»Ich vergesse gar nichts. Ich sage nur, dass die Art und Weise, wie ein Soldat sich zu verhalten hat, konsequent sein muss und selbstverständlich auch ehrenhaft. Wer den Krieg nicht zu lenken versteht, vermag auch den Frieden nicht zu lenken.«

Plötzlich schien der Kranke jegliches Interesse an der Unterhaltung zu verlieren, so als unterhielten wir uns über Meldungen aus einer veralteten Zeitung. Der Glanz in seinen Augen begann zu verblassen, und sein Blick wurde wieder glasig und trübsinnig. Dann trat ihm Schweiß auf die Stirn und kündigte einen kurz bevorstehenden Zustand der Benommenheit an. Bevor dieser ihn für die nächsten vier Stunden in einen Dämmerzustand versetzen sollte, gelang es ihm noch zu fragen:

»Wissen Sie, ob wir schon den Indischen Ozean erreicht haben?«

»Gestern haben wir die Straße von Malakka durchquert«, antwortete ich.

»Wirklich? Dieser kleine Dampfer fährt schneller, als ich dachte. Jetzt könnte es ja doch noch sein, dass ich bis Port Said durchhalte. Ehrlich gesagt hatte ich mir ausgerechnet, dass mein Herz bei Ceylon stehenbleiben würde. So oder so wird die See ein mehr als geräumiges Grab sein, meinen Sie nicht?«

Das waren seine letzten Worte, bevor er mit sanfter Gelassenheit in der Welt des Opiums versank.

Obwohl es keinen Grund dafür gab, verspürte ich plötzlich einen ganz und gar irrationalen Impuls, ein Gefühl von Neid auf das Leben dieses sterbenden Mannes. Für einen kurzen Augenblick begriff ich, dass von dieser Welt, die höchst sonderbar funktionierte, nichts Neues oder Aufschlussreiches zu erwarten war.

Kapitel 20

XII

Ein höllisches Brennen an den Augen riss mich aus dem Schlaf. Feng hatte mal wieder sein Unwesen getrieben. Diesmal waren es meine Augenlider, die seinem Messer zum Opfer gefallen waren. Ohne jeden Skrupel hatte er sie an den Seiten eingeschnitten. Als ich ihm ins Gesicht blickte, begriff ich, warum der Beruf des Henkers in China ein ehrenvoller Beruf ist.

»Sie hatten mir versichert, mit den Amputationen sei jetzt Schluss«, fuhr ich ihn an.

»Hätte ich Ihnen gesagt, dass ich noch Ihre Augen zurechtstutzen muss, hätten Sie eine Abwehrhaltung eingenommen. Wir Chinesen sagen immer, Angst, die im Innern heranwächst, wird zu einem Wesen, das darum kämpft, am Leben zu bleiben. Deshalb ist es mir ganz egal, ob Sie mich hassen, ich will nur nicht, dass Sie Angst vor mir haben. Das würde Ihre künftige Handlungsfähigkeit behindern.«

Obwohl ich wegen des Blutes, das meine Augen benetzte, kaum etwas sehen konnte, erkannte ich, dass er eine runde

Bambusstange am Gürtel trug wie ein Schwert. Und da es damals in China üblich war, Verbrecher mit einer Bambusstange zu bestrafen, fragte ich ihn:

»Sie haben doch nicht etwa vor, mich auszupeitschen?«

»Mit der ›Bambus-Gattin‹? Nein, keine Sorge. Sie wird zu vollkommen harmlosen Zwecken verwendet. In heißen Nächten wie der heutigen haben wir Chinesen die Angewohnheit, uns eine dicke Bambusstange zwischen die Beine zu legen, damit sie beim Aufeinanderliegen nicht so stark schwitzen. Ich habe Ihnen die Stange mitgebracht, damit Sie anfangen können, sich daran zu gewöhnen.«

»Erst geben Sie mir ein erotisches Buch zu lesen, und jetzt, da ich vorübergehend meiner Sehfähigkeit beraubt bin, bringen Sie mir eine ›Bambus-Gattin‹«, erwiderte ich bissig.

Feng überging meine Bemerkung.

»Wenn Sie wirklich wollen, dass Ihre Wunden heilen, müssen Sie mir gestatten, dass ich Ihnen Schwarzteeblätter mit Honig auf die Augen lege. Die Mischung eignet sich hervorragend zur Kauterisierung.«

Ich schloss die Augen und ließ Feng die Paste auf meine Lider auftragen.

»Ich habe keine Angst vor Ihnen, und ich hasse Sie auch nicht, Gu Feng. Ich empfinde nur Mitleid mit Ihnen. Die Narben auf Ihrer Seele reichen viel tiefer als jene auf meinem Körper«, sagte ich zu ihm, als ich seinen Atem dicht über meinem Gesicht spürte.

»Ab morgen dürfen Sie nur noch zwei Pfeifen pro Tag rauchen, und die werden Sie dann innerhalb von sieben Tagen auf eine abendliche Pfeife reduzieren.«

»Bestrafen Sie mich damit für das, was ich gerade zu Ihnen gesagt habe?«

»Machen Sie sich nicht lächerlich. Ich bin am Hof des Kaisers erzogen worden; nichts, was ein Barbar sagt, könnte mich treffen. Ich habe Ihnen das Opiumrauchen erlaubt, weil es kein besseres Betäubungsmittel gibt. Aber mit Ihrem Körper sind wir jetzt fertig, nun muss Ihr Geist ein gewisses Maß an Klarheit zurückgewinnen. In drei Wochen machen wir uns auf den Weg ins Dorf Guling.«

»Was gibt es denn in Guling? Ich dachte, wir reisen nach Jingdezhen?«, fragte ich überrascht.

»Nach Jingdezhen reisen Sie später, wenn Sie in der Lage sind, in einem der kaiserlichen Brennöfen zu arbeiten«, erklärte er mir. »Vorher aber müssen Sie die Porzellanmalerei erlernen, und in Guling lebt einer der besten Maler Chinas: Lüzi Hsi.«

»Ich will zwar Ihre Pläne nicht durchkreuzen, aber ich habe noch nie gemalt«, hielt ich ihm entgegen.

»Genau deshalb ist es wichtig, dass jemand es Ihnen beibringt. Die Angestellten der kaiserlichen Brennereien sind Bürger von Jingdezhen. Ganze Familien üben dort seit den Anfängen der Ming-Dynastie das gleiche Handwerk aus. Die einzige Möglichkeit, Zutritt zu einem Brennofen zu erhalten, besteht also darin, ein guter Maler zu sein.«

»Es wird Jahre dauern, bis ich malen kann. Und es könnte sogar sein, dass es mir nie gelingen wird«, versuchte ich einzuwenden.

»Ihre Kalligraphie hat sich in letzter Zeit beachtlich verbessert, dabei ist die Kalligraphie eine nicht gerade einfache Kunst. Ich glaube, ein guter Lehrer wird in einem angemessenen Zeitraum einen akzeptablen Porzellanmaler aus Ihnen machen. Sollte es ihm trotzdem nicht gelingen, seien Sie unbesorgt. Dann beende ich Ihr Leben, und wir überlegen uns, wie wir Kangxi auf andere Weise stürzen. China hat schließlich noch viele weitere Geheimnisse zu verkaufen.«

Kapitel 21

Als August mit seiner Geduld am Ende war (was immer mal wieder vorkam), warnte Tschirnhaus Böttger, nun könne nicht einmal mehr seine Fürsprache ihm das Leben retten, falls er dem Monarchen nicht binnen kurzer Zeit ein positives Ergebnis präsentiere. Dies bedeutete, dass er von nun an mit keinem anderen Schutzschild mehr rechnen durfte als mit dem, das sein eigenes Talent ihm bot. Unglücklicherweise hatte er das Mysterium des *vas hermeticum*, der ovalen Retorte zur Erzeugung des Steins der Weisen, beim besten Willen nicht durchdringen können. Am schlimmsten von allem aber war, dass er nicht einmal wusste, worin sein Irrtum bestand. Nach wie vor war sein Glaube unerschütterlich, und er blieb der felsenfesten Überzeugung, richtig zu handeln, die strengen Grundsätze des guten »Adepten« zu befolgen (desjenigen, der die Geheimnisse der Erlangung und Verwendung des *lapis philosophorum* kannte, des Steins der Weisen). Woran also scheiterte er immer und immer wieder? Vielleicht lag das Problem nicht bei ihm, sondern bei den Menschen, für die er arbeitete. Nicht umsonst konnte man die Alchimie auch als eine Kunst der Vermehrung von Reichtümern betrachten. Genau dieser

Aspekt hatte sogar unter den Alchimisten ethische Bedenken hervorgerufen. Denn damit stellte sich die Frage: Wie sollten diese Reichtümer der Gesellschaft zugutekommen? War nicht zu befürchten, dass, falls die Überproduktion von Metallen in den Händen eines gierigen Fürsten lag, dies den Zusammenbruch der Wirtschaft einer Region oder sogar eines ganzes Landes zur Folge haben konnte? Zweifellos. Die Alchimie aber war in erster Linie eine Philosophie, eine Form, zum eigentlichen Wesen der Dinge zu gelangen, und keine banale Gebrauchsanweisung zum Umsturz der gesellschaftlichen Ordnung. Die Alchimie war keine Werkstatt zur Herstellung von Gold, sondern ein Weg, der mittels einer schrittweise vollzogenen Überwindung der eigenen Person und über den spirituellen Aufstieg des »Adepten« zur Betrachtung des Göttlichen führte. Deshalb, dachte Böttger, musste die Schuld am Scheitern seiner Experimente August zugeschrieben werden und nicht seiner eigenen Unfähigkeit. Denn wäre ihm tatsächlich die Hohe Kunst der Transmutation der Metalle gelungen, so wäre er zu einem gewöhnlichen »Bläser« geworden, wie man die Alchimisten nannte, die nur danach strebten, Gold um des Goldes willen zu produzieren.

Glücklicherweise hatte Tschirnhaus, der nach wie vor auf Böttgers Talent vertraute, ihm ganze Stapel von Heften voller Aufzeichnungen gebracht mit dem Rat, diese zu studieren. Es handelte sich um Notizen über Brennspiegel und über das Brennen von Keramik bei hohen Temperaturen. So zog Böttger vorübergehend seine Aufmerksamkeit von den Schmelztiegeln ab und widmete sich vollauf dem Entziffern des Wissens, das sein Meister bei seiner Beschäftigung mit der Porzellanherstellung schriftlich festgehalten hatte.

Die erste Eintragung lautete: »Brennöfen sind Gefäße des Zufalls.«

Als jemand, der die Auswirkungen von Hitze auf die verschiedenen Metalle kannte, gelangte er nach dem Studium jeder einzelnen Aufzeichnung zu dem Schluss, eines der Mittel zur Lösung des Problems sei das Brennen der Keramik bei höherer Temperatur als bisher. Das reine Mischen von Tonerde und Glas führte nicht zur Verglasung, so viel stand mittlerweile fest. So war das einzige Mittel zur Erlangung eines positiven Ergebnisses zwangsläufig die Transmutation irgendeiner Art von Mineral. Wollte man also ein mit dem chinesischen vergleichbares Porzellan herstellen, drängte sich folgender Grundsatz auf: Statt der Mentalität eines Keramikers musste man die eines Alchimisten besitzen. Man musste zerlegen, um neu zu schaffen.

Der nächste Schritt bestand somit darin, die Versuche zu systematisieren, indem man verschiedene Mischungen von Ton und Mineralien herstellte und diese bei höheren Temperaturen brannte als den bisherigen, damit die Hitze die Materialien zwar schmolz, aber nicht amalgamierte. Noch einen weiteren Punkt galt es zu bedenken: Eine höhere Brenntemperatur führte auch zu einer höheren Widerstandskraft des Endproduktes. Und eine der herausragenden Eigenschaften des chinesischen Porzellans war ja seine Härte.

Schließlich, nach zahlreichen Versuchen, hielt Böttger eines Tages Proben eines roten verglasten und höchst widerstandsfähigen Steinguts mit dennoch zarter Textur in den Händen.

Nachdem er sich die Ergebnisse angesehen hatte, die ihn selbst überraschten, verzog sich sein Gesicht zu einem breiten Lächeln, und das hatte einiges zu bedeuten, wenn man bedachte, dass er seit Jahren nicht mehr gelacht hatte, weil es ihm schlicht und einfach an entsprechenden Anlässen gemangelt hatte.

Es bestand nicht der geringste Zweifel, dass ihm soeben eine große Entdeckung gelungen war.

Da aber erhielt er, noch bevor er Zeit hatte, neue Versuche durchzuführen, den Befehl, seine Experimente abzubrechen und sich nach Königstein zu begeben, in die uneinnehmbarste Festung des Reiches. Karl XII. von Schweden hatte August den Starken in Polen geschlagen und die Grenze nach Sachsen überschritten, in der Absicht, Dresden einzunehmen. Zu allem Unglück beinhalteten die Befehle zudem, das Labor in einer der geheimen Räumlichkeiten der Albrechtsburg zu verstecken (sprich, aufzugeben). Auch sollte die Zahl der Gehilfen von fünf auf drei reduziert werden, und diese mussten sich auf eigene Faust nach Königstein begeben. Das hätte Böttger ja selbst gern getan, um fliehen zu können. Aber nein, seine Überwachung ließ nicht um einen Zollbreit nach, denn trotz der gegebenen Umstände vertraute August nach wie vor auf sein Talent und wollte ihn auch nach dem Ende der Kämpfe gegen die Schweden weiterhin in seinen Diensten behalten.

Königstein entpuppte sich für Böttger als der schlimmste Kerker von allen, nicht nur wegen der bis zu vierzig Meter hohen Felswände, von denen die Festung umgeben war. Zur düsteren Atmosphäre des Ortes und zur bangen

Frage, was die nahe Zukunft wohl für ihn bereithielt, gesellte sich ein vollkommener Mangel an Beschäftigung, der sich noch zuspitzte, als ihm Papier, Tinte und Bücher verweigert wurden. Erneut litt seine seelische Verfassung unter diesen veränderten Bedingungen. Doch obwohl er wieder von Schwermut erfasst wurde, diesmal noch heftiger als zuvor, und sein zügelloser Weinkonsum dieses Leiden noch verschlimmerte, gelang es ihm, heimlich Verbindung zu einigen seiner Mitgefangenen aufzunehmen und gemeinsam mit ihnen einen Fluchtplan zu entwickeln. Im Grunde tat er dies aber nur, um sich zu zerstreuen und seinen Geist in der Übung zu halten. Wirkliche Fluchtabsichten verfolgte er nicht. Und nachdem er die Gefängnisaufseher flehentlich darum gebeten hatte, wurden ihm schließlich Feder und Papier zugestanden, mit denen er seinem Herrn eindringliche Briefe schrieb und um Freilassung bat, damit er seine Experimente fortsetzen konnte. Hatte er das Porzellan-Geheimnis doch schon fast mit den Fingerspitzen berührt! Gäbe man ihm nur etwas mehr Zeit! Doch irrte Böttger auch hinsichtlich der Beurteilung seines Gebieters. Für August war er weit mehr wert als das schönste, feinste chinesische Porzellan; er war Sachsens wertvollster Schatz in Person, der einzige Mensch, der fähig war, das Land aus dem Bankrott zu führen. Deshalb machte August sich nicht einmal die Mühe, dem jungen Mann zu antworten.

Kapitel 22

XIII

Ein alter Sampan mit geflickten Segeln brachte uns flussaufwärts bis in die Provinz Jiangxi. An Bord befanden sich außer Jade, Feng und mir zwei abenteuerlustige Reisende, vier Bauern, drei Schweine, fünf Enten und sechs Gänse. Je weiter wir den Perlenfluss hinauffuhren, umso stärker nahm der schlammige Farbton des Wassers zu, und wir selbst erfuhren am eigenen Leibe, was echte Armut bedeutet. Die Nahrungsmittel wurden knapp, als Trinkwasser diente uns nur der Regen, der vom Himmel fiel – und den der Kapitän unseres Schiffes in verschiedenen Messinggefäßen auffing –, und alle Aufmerksamkeit galt den Tieren, die für die Bauern weit wertvoller waren als das Leben von hundert Menschen. Trotz allem rief meine Anwesenheit auf jenem Sampan großen Respekt hervor, während Jade und Feng nicht weiter beachtet wurden. Meine geschwollenen Lider, die Narbe auf meiner Nase und die beiden fehlenden Finger machten mich zum Kuriosum. So wie die Mitreisenden mich aus den Augenwinkeln betrachteten, ohne dass sie es gewagt hätten, sich mir mehr als nötig zu nähern, konnte man meinen, sie fürchteten sich vor einer möglichen Ansteckung mit Lepra oder vor irgendeiner Bösartigkeit meines Wesens.

Der Perlenfluss brachte uns zum Yangtse, und mit dessen Strömung gelangten wir bis nach Jiujiang. Nach mehrtägigem Aufenthalt im Pavillon des Wasserdunstes am Ufer des Sees Gantang Hu reisten wir weiter bis ins Lushan-Gebirge.

Mit seinen über hundertsiebzig Berggipfeln und seiner unvergleichlichen Schönheit ist das Lushan-Gebirge nicht nur eine der berühmtesten Regionen Chinas, sondern auch als Gebirge der Poesie bekannt. In seine steilen Felswände wurden im Lauf der Zeit über vierhundert Inschriften eingraviert, welche die Vorzüge eines einzigartigen Ortes preisen, an dem das Rauschen der Wasserfälle sich in Ruhe verwandelt, die sommerliche Hitze in frühlingshafte Frische und der Gesang der Vögel in eine fröhliche Symphonie auf das Leben. Das Lushan-Gebirge eignet sich so hervorragend, jegliche Sehnsucht des Geistes zu stillen, dass es zum Zufluchtsort von Weisen, heiligen Männern und Künstlern aller Art geworden war.

Mehrere Tage lang stiegen wir zerklüftete Berghänge hinauf und ließen dabei rechts und links Orte mit sprechenden Namen wie »Quelle der Drei Wasserfälle«, »Blumenweg« oder »Höhle der Unsterblichen« liegen, bis wir schließlich das Dorf Guling erreichten.

Auf dem Weg zu Lüzi Hsis Haus erzählte Feng mir dessen Geschichte. Lüzi Hsi war zur Zeit des letzten Kaisers der Ming-Dynastie einer der einflussreichsten Maler Chinas gewesen. Nicht umsonst hatte man seinem eigentlichen Namen

Lü Hsi aufgrund seiner Verdienste die Silbe -zi angehängt, die »Meister« bedeutet. Lüzi Hsi galt als das renommierteste Mitglied der in der Stadt Suzhou angesiedelten Wu-Schule, der besten Schule für traditionelle chinesische Kunst. Unter den Mandschus aber fiel er wegen seines Rufes in Ungnade. Da er damals bereits kein junger Mann mehr war, beschloss er, sich in die Berge zurückzuziehen. In Guling nahmen die Acht Trigramme Verbindung mit ihm auf; denn seine Malerei verkörperte wie keine andere die althergebrachten Werte Chinas, die sich nicht mit der wirren, flüchtigen Welt vertrugen, welche die neue Dynastie förderte. Sein moralisches Ansehen in der Gruppe war so groß, dass er als das »neunte Trigramm« betrachtet wurde.

Lüzi Hsi war ein kleiner, dicklicher Mann, und das Auffälligste an seinem Gesicht war sein spärlicher Bart mit den unregelmäßigen zotteligen Strähnen. Seine Stimme klang geschmeidig und zugleich ein wenig hektisch. In anderer Umgebung hätte man ihn für den Chef der kaiserlichen Eunuchen halten können. Für sein fortgeschrittenes Alter bewegte er sich ungewöhnlich flink, und seine Gesten waren gebieterisch wie die eines Menschen, der es gewohnt ist, dass man ihm gehorcht.

Als Erstes wies ich ihn auf meine Unkenntnis in der Kunst der Malerei hin.

»Das wichtigste Talent, das ein Künstler pflegen muss, ist seine Beharrlichkeit. Machen Sie sich keine Sorgen, alles, was Sie brauchen, liegt in Ihnen selbst«, antwortete er mir.

Als der Augenblick gekommen war, unsere Unterkünfte zu beziehen, folgte Feng Jade in ihren Alkoven. Glücklicherweise stellte Lüzi Hsi die Dinge klar.

»Gu Feng, mein Freund, Guling ist nur ein kleines Dorf, dessen Bewohner es nicht verstehen würden, wenn ein Gatte einem anderen Mann seinen Platz überlässt, damit dieser das Lager seiner Gattin teilen kann. Da es aber unbedingt erforderlich ist, dass Ihrer aller Gegenwart so wenig wie nur möglich auffällt, werden Sie sich einen eigenen Schlafplatz suchen müssen und dürfen zu der jungen Frau keine andere Beziehung unterhalten, als Sie sie zu einer Freundin der Familie unterhalten würden«, erklärte er.

Das war mein erster Sieg über Feng. Doch ich bemühte mich tunlichst, mir von meiner inneren Genugtuung nichts anmerken zu lassen.

»Was Sie betrifft, junger Barbar«, wandte sich der Maler an mich, »so bitte ich Sie, jede Zerstreuung zu meiden, die Ihren Lernprozess beeinträchtigen könnte. Wer sich ein langes Leben wünscht, sollte sich vor allem bei den Vergnügungen Regeln auferlegen. Haben Sie schon einmal etwas von Liu Xiawei gehört?«

»Nein«, antwortete ich.

»Er war eine berühmte Persönlichkeit und hat während des Krieges der Früh- und Herbst-Periode gelebt. Er war fähig, eine ganze Nacht lang eine nackte Frau in den Armen zu halten, ohne mit ihr zu schlafen.«

»Ich verstehe.«

Nicht einmal diese Aufforderung zur Keuschheit minderte meine Freude.

Als wir jedoch den Kang, die aus Ziegeln gemauerte, für drei Personen gedachte Schlafbank vorbereiteten, zog Jade es vor, allein zu schlafen.

Die ganze Nacht lag ich wach und lauschte auf jedes

kleinste Geräusch, das vom anderen Ende des Raumes an mein Ohr drang, in der Hoffnung, Jade werde mich auffordern, mich neben sie zu legen. Doch das Einzige, was ich außer dem Prasseln der Holzkohle in der Feuerstelle, die mein Bett wärmte, deutlich wahrzunehmen vermochte, war das Klopfen meines Herzens, das in meiner Brust widerhallte wie der Galopp eines Pferdes.

Jade so fern zu spüren und gleichzeitig räumlich so nah zu wissen steigerte mein Verlangen nach ihr mehr und mehr.

Die beiden folgenden Wochen verliefen ohne Zwischenfälle. Morgens stand ich um Viertel nach fünf auf, eine halbe Stunde vor Tagesanbruch, nahm ein kaltes Bad, aß zum Frühstück eine Schale Hirsebrei und folgte Lüzi Hsi auf einem der gewundenen Pfade, die ins Lushan-Gebirge führten. Manchmal gingen wir zu Fuß bis zum Nachbardorf Hanpokon oder stiegen zum Gipfel der »Fünf Unsterblichen« hinauf, eine Strecke, für die wir hin und zurück zehn Stunden brauchten. Zweck dieser Ausflüge war es, dass ich lernte, die Natur zu beobachten, bevor ich mich ans Malen wagte.

»Konfuzius hat gesagt: Das wahre Wissen besteht darin, das, was man weiß, als Wissen zu erkennen, und das, was man nicht weiß, als Nichtwissen hinzunehmen. Malen Sie daher nur das, von dem Sie sicher sind, es zu kennen«, erklärte er mir auf unserer zweiten Wanderung.

Und als ich mich am nächsten Tag beklagte, meine Füße bekämen Blasen vom ziellosen Umherlaufen, zögerte er nicht, mich zu tadeln.

»Man hat es mir erzählt, und ich habe es vergessen. Ich

habe es gesehen und habe es verstanden. Ich habe es getan und habe es gelernt. Wenn Sie es nicht sehen, werden Sie es niemals verstehen, und wenn Sie es nicht verstehen, werden Sie nicht lernen, es zu tun. Jetzt gehen Sie weiter, und beobachten Sie alles um Sie herum, ohne an Ihre Füße, an den Schmerz oder an die Müdigkeit zu denken.«

Jeden Tag nahm die Landschaft neue Formen und andere Bedeutungen an. Eine Pfirsichblüte, ein Kranich, eine Kiefer, deren kräftiger Stamm sich aus einem Spalt zwischen zwei Felsbrocken in die Höhe gearbeitet hatte, oder die Kaskaden von San Diequan gaben Anlass zu langen Pausen, in denen Lüzi Hsi mich bat, ihm zu beschreiben, was meine Augen sahen, damit jede Einzelheit sich meinem Gedächtnis einprägte.

»Das Wesentliche in der Malerei ist der Strich. Im Strich vereinen sich Pinsel und Tinte auf harmonische Weise. Und um zu einem lockeren, freien Strich zu gelangen, müssen wir zuvor meditieren. Nur so können wir das Bild, das wir darstellen wollen, im Gedächtnis festhalten, damit im Augenblick der Ausführung der Strich von selbst fließt, natürlich und ohne Unterbrechungen«, erklärte mir Lüzi, nachdem ich ihm eine Pfingstrose beschrieben hatte.

An Tagen, an denen der Nebel zu dicht war, stiegen wir hinauf bis zum Gipfel der »Fünf Alten«, von dem aus der Blick über die an der Haut der Landschaft haftende Wolkendecke wanderte. War schon von diesem Aussichtspunkt aus das Panorama überwältigend, weil ringsum alles zart und wie verwischt vor einem lag, so wirkten die Klänge, die wie unsichtbare Säulen spiralförmig aus tiefsten Schluchten aufstiegen, noch ergreifender. Man meinte, eine aus dem

Stein dringende Musik zu vernehmen, die vom ständigen Aufprallen gegen die Felsen rau und heiser geworden war.

Als ich Lüzi eines Tages fragte, warum er beschlossen habe, in dieser Bergwelt zu leben, antwortete er mir mit Versen von Li Po, dem namhaftesten Dichter der Tang-Dynastie:

Warum lebe ich im Herzen dieser grünen Berge?
Ich lächle, ohne zu antworten, heiter gestimmt.
Blüten fallen, Wasser fließt, geheimnisvoller Weg …
Dort ist die andere Welt, nicht diese, die der Menschen.

Die Abende verbrachte ich damit, mich in der Kunst der Kalligraphie zu üben, denn dem Meister zufolge musste man, »um gute Arbeit leisten zu können, zuvor die Werkzeuge schleifen«.

Vor dem Schlafengehen bereitete Jade mir die einzige Opiumpfeife vor, die mir gestattet war, und legte sich in ihr Bett. Dort aber lag sie nicht etwa abwesend oder weit entfernt, sondern schien auf etwas zu warten. Tagelang quälte mich der Gedanke, sie vermisse womöglich Fengs nächtliche Überfälle. Da meine Ausflüge vom Morgengrauen bis zum Sonnenuntergang dauerten, konnte ich zudem nicht wissen, womit Feng sich in meiner Abwesenheit beschäftigte.

All meine Befürchtungen verflogen, als sie mich eines Abends, nachdem sie mir eine Pfeife zubereitet hatte, unversehens fragte:

»Warum versuchen Sie nicht, mit mir zu schlafen? Gefalle ich Ihnen nicht?«

»Natürlich gefallen Sie mir! Es ist nur so, dass ich nicht wusste, wie ich es Ihnen vorschlagen soll. Außerdem dachte ich, mein Gesicht stieße Sie ab«, gestand ich.

Jade beantwortete meine Erklärungen damit, dass sie ihr *Cheongsam* abstreifte. Dann legte sie sich in ihrer Unterwäsche zu mir ins Bett und presste sich so fest an mich, dass es nicht lange dauerte, bis die Hitze ihres Körpers mich angesteckt hatte. Sie roch nach Zimtaroma und hatte sich die Hände mit Moschussalbe eingerieben. Jade war die ungehemmte Version von Jadeparfüm. Ich war überrascht, dass diese leichten, zarten Knochen Fengs fortwährenden Übergriffen standgehalten hatten, ohne zu zerbrechen. Aber ich wusste ja bereits, dass Jades wahre Kraft in ihrem Innern lag und sie die *Nushu*-Sprache beherrschte. Eine Minute später begann sie, mich mit akribischem Heißhunger zu küssen und ihr Geschlechtsteil gegen meinen Körper zu reiben. Sie war eine Meisterin in der Kunst des Hüftwackelns. Plötzlich spürte ich, wie sich meine Erregung heftig steigerte, ohne dass es ihr jedoch gelang, mein Geschlechtsteil zum Leben zu erwecken.

»Wünschen Sie etwa nicht, durch das Jadetor zu treten?«, fragte sie mich.

»Ich wünsche es mit aller Kraft, aber wir werden warten müssen, bis die Wirkung des Opiums nachlässt«, sagte ich zu meiner Rechtfertigung.

»Vielleicht werde ich morgen nicht mehr hier sein«, entgegnete sie mit düsterer Stimme.

»Wollen Sie fliehen?«

»Mit diesen Füßen? Damit käme ich nicht sehr weit.«

Erst in diesem Moment merkte ich, dass Jade sich nicht

einmal die Schuhe ausgezogen hatte, bevor sie zu mir ins Bett gestiegen war, und damit eine der wesentlichen Regeln der chinesischen Schlafzimmerkunst befolgt hatte.

»Wie dann?«

»Ich hatte vor, mir das Leben zu nehmen, um als Geist wiederzukehren und Feng für all das büßen zu lassen, was er mir angetan hat«, gestand sie.

Selbstmord war unter den chinesischen Frauen zu einem weitverbreiteten Brauch geworden, denn es herrschte allgemein der Glaube, derjenige, der sich das Leben nahm, könne als Geist wiederkehren, um den Menschen, die es verdienten, Furcht einzujagen. Auf diese Weise glaubten die chinesischen Frauen, die Macht erlangen zu können, die ihnen im Leben verweigert wurde.

»Vielleicht gibt es eine andere, weniger drastische Lösung«, meinte ich.

»Welche denn?«

»Ich könnte Ihnen helfen zu fliehen, sobald ich der Porzellanformel auf die Spur gekommen bin«, schlug ich ihr vor.

»Gemeinsam fliehen?«

»Meine Füße wären Ihre Füße. Falls nötig, würde ich Sie auf meinen Schultern tragen.«

»Und wo würden wir hingehen?«

»Fort aus China natürlich. Haben Sie schon einmal von den Philippinen gehört? Oder von Spanien?«

»Nein.«

»Auf den Philippinen besitze ich ein Geschäft. Und falls es mir gelingt, das Porzellangeheimnis zu enthüllen, wird man mich zum Marquis ernennen, und ich werde ein reicher Mann sein. Dann kann ich nach Spanien zurückkehren …«

Ich wusste selbst, dass diese Worte, die da aus meinem Mund sprudelten, einem irrsinnigen Traum entsprangen. Aber es war das Einzige, was ich ihr anbieten konnte.

»Umarmen Sie mich!«, flehte sie.

Ich gehorchte.

Dann entfaltete sich ein Kampf zwischen der Wirkung des Opiums, das mich in seine Höhle drängte, und Jade, die mein Glied in ihre Hände genommen hatte und es ohne Unterlass massierte. Als ich besiegt die Augen schloss, flüsterte sie mir ins Ohr:

Ich lebe am sonnigen Hang des Zauberberges,
dort, wo der Gipfel sich nicht erobern lässt.
In der Frühe bin ich die Wolke der Dämmerung,
nachmittags Regen, der jeden Morgen
und jeden Abend am Fuß der Sonnenterrasse versiegt.

Kapitel 23

XIV

Die Beziehung zu Jade übte eine belebende Wirkung auf meinen Körper und meine Seele aus. Tagsüber malte ich unter Lüzi Hsis wachsamem Blick, die Nächte aber verbrachte ich mit Liebesspielen, die sich bis zum Morgengrauen hinzogen und mir, anders, als man hätte vermuten können, neue Lebensenergie spendeten. Jade verbot mir zu ejakulieren, sowohl innerhalb als auch außerhalb ihrer Scheide; denn den chinesischen Vorstellungen zufolge soll der Mann bei jedem Geschlechtsverkehr seine Vitalität stärken, indem er es vermeidet, seine Essenz zu vergeuden, und stattdessen die Energie seiner Gefährtin aufnimmt. Sogar wenn wir nur beieinanderlagen, zog ich es vor, nicht zu schlafen, sondern jenes vertraute Zusammensein zu genießen, das mich so sehr an mein früheres Leben als Ehemann erinnerte. Die innige Verbundenheit mit Jade offenbarte mir mit der Zeit eine Facette ihrer Persönlichkeit, die mir bislang verborgen geblieben war: Hinter einem scheinbar zähen Äußeren steckte ein sanftes, treuherziges Wesen, eine junge Frau, der im Leben jede Form von Glück verwehrt worden war. Im Grunde glaube ich, das Ungestüm, mit dem sie mich küsste, war nichts als ein Versuch, alles Glück aufzusaugen, das an meinen Lippen haften mochte. Manchmal war es mir unmöglich, zwischen der Feuchtigkeit ihres Speichels und der ihrer Tränen zu unterscheiden, in denen eine Angst lag, die nun endlich einen Weg ans Licht gefunden hatte.

Je mehr ich meine verlorene Energie wiedergewann, umso kraftvoller wurde die Kunst, die aus meinen Pinseln floss und zweifellos den Zustand leidenschaftlicher Begeisterung widerspiegelte, in dem ich mich befand. Aber nicht alles war Überschwang, es lag auch Überlegung in dem, was ich tat. Ich glaube, gerade durch jenes Zusammenwirken von Gefühl und Verstand wurde meine Malerei zu einem Streben nach Erhabenheit, in dem keine Betrübnis mehr Platz hatte. Meine Beziehung zu Jade hatte mir gewissermaßen mein eigenes *Nushu* offenbart, jene unbekannte und zugleich einzigartige Sprache, die jeder Künstler anstrebt. Meine Verwandlung schien weder Lüzi Hsi noch Feng verborgen zu bleiben. Letzteren überwältigte schließlich der Hass, er wurde launisch und noch mürrischer als zuvor. Verständlicherweise, denn mochte er es auch sich und anderen nicht eingestehen, mein Erfolg bedeutete seine Niederlage.

Einige Verse des Dichters Li-Tai-Pe beschreiben aufs Trefflichste meine damalige Gemütsverfassung:

Lasst uns den Jadebecher leeren in einem Schluck!
Alle Wege erstrahlen in hellem Licht.
Ich bin unersättlich,

ich bin ein Pflug,
ich bin ein Wolkenpflug;
und wohin ich auch gehe,
hüpfen vom Boden mir
Blumen in die Hände.
Ich stammle. Meine Augen verschleiern sich.
Lautlos öffnet sich ein Fenster.
In der stillen Nacht,
der dunklen Nacht des Herzens,
fliegt ein Vogelschwarm davon
wie Geister, die ein Lied anstimmen.

Die Tage vergingen, und schließlich war der Augenblick gekommen, mich der Symbolik der chinesischen Malerei zuzuwenden – eine Fledermaus zum Beispiel verkörperte das Glück, die Pfingstrose stand für eine Frau. Auch lernte ich nun, wie sehr die solide Kenntnis der verschiedenen Tinten es einem ermöglichte, den Formen feine Nuancen zu verleihen.

Anschließend zeigte mir der Meister, wie man das für das blauweiße Porzellan aus der Ming-Dynastie charakteristische »Suboni-Blau« erzeugte. Denn die Vorräte dieses einst von Admiral Zheng He importierten Farbstoffs waren mittlerweile aufgebraucht, weshalb nun die blauen Pigmente aus Zhehiang und Yunnan verwendet wurden. Die galt es jedoch so zu verfeinern, dass sich mit dem entstehenden Farbton das »Suboni-Blau« imitieren ließ. Manchmal dauerte diese Prozedur so lange, dass sie uns einen ganzen Tag kostete. Zum Schluss erlernte ich noch die Methode der sogenannten »Wassertrennung«, bei der die Tinte in fünf verschiedene Farben aufgespalten wurde, um sie später je nach Bedarf auf dem zu bemalenden Stück zu verwenden. Die entstehenden Farbnuancen verliehen den Formen Tiefe und schufen Licht- und Schatteneffekte.

Als ich über ausreichende technische Fertigkeiten verfügte, ließ Lüzi Hsi mich Porzellanscherben von Gegenständen bemalen, die er zuvor eigenhändig zerschlagen hatte. Diese Scherben wurden von Mal zu Mal kleiner; denn ich sollte lernen, immer behutsamer zu malen und den Pinsel nur innerhalb der Grenzen der zu gestaltenden Fläche zu bewegen.

Zur Vorbereitung auf diese Feinarbeit nahm ich jeden Morgen vor Sonnenaufgang ein eiskaltes Bad. Und als im Lushan-Gebirge der erste Schnee fiel, hielt ich die Hände hinein, bis der Schmerz mich zwang, sie wieder herauszuziehen.

Eines Morgens, als ich gerade den Kübel füllte, der mir als Badewanne diente, kam Lüzi Hsi aus Fengs Alkoven.

»Ich war es, der ihm die aus dem Ruyao-Ofen stammende Lotusblütentasse geschenkt hat, die Tasse, welche die junge Frau zerbrochen hat«, erklärte er mir, ohne dass ich ihn darum gebeten hatte.

Ich musste mich sehr zusammenreißen, um ihn nicht mit offenem Mund anzustarren.

»Es war ein außergewöhnliches Stück«, entgegnete ich.

Merkwürdigerweise waren wir beide bemüht, das Thema nicht fallenzulassen, als hätte dies bedeutet, dass wir die Sache vertuschen wollten.

»Außergewöhnlich war auch die Beziehung, die ich in Nan-Fou zu Gu Feng unterhielt«, fuhr er fort. »Damals hatte Kangxi gerade den Thron bestiegen und war in Bezug auf mich noch unentschlossen. Sollte er meine Kunst in den Dienst der neuen Dynastie stellen oder mich ganz einfach verschmähen? Es dauerte über ein Jahr, bis der Kaiser seine Entscheidung traf. In dieser Zeit war es mir verboten, mich einem Pinsel auch nur zu nähern. Eine uralte Schrift besagt, die Worte eines Herrschers sind wie eine Schnur und können sich, einmal ausgesprochen, in ein Seil verwandeln. Als Kangxi mir dann mitteilte, ich dürfe nie wieder malen, hatte ich auch tatsächlich das Gefühl, er würde mich erhängen. Er vernichtete mich. Damals lernte ich Gu Feng kennen, den rebellischsten jungen Mann in ganz Nan-Fou. Wenn ich ihn inmitten der anderen Jungen erblickte, erschien er mir wie ein Glühwürmchen in dunkler Nacht. Doch sobald man sich ihm näherte, traf einen sein Stolz wie ein spitzer Stachel. Ganz zu schweigen von seinen Worten, die das Gift eines Schlangenbisses besaßen …«

»Ich verstehe.«

Zwei Tage später eröffnete uns Gu Feng, er werde fortgehen. Er erklärte uns, er müsse zum Wald der Lackbäume reisen, der an der Mündung des Huang He, des ›gelben Flusses‹, lag, um Rohstoffe einzukaufen. Ich aber wusste, dass der Grund für sein Fortgehen ein anderer war und mit einem fernen Ort namens Nan-Fou zusammenhing. Gu Feng war nicht nur ein Sklave der Acht Trigramme, er war auch, wie Jade es vermutet hatte, ein Sklave jenes Ortes.

»Jade gehört immer noch mir, finden Sie sich also mit dem Gedanken ab, dass Sie sie mir zurückgeben müssen, wenn alles vorbei ist«, sagte er zu mir, nachdem er seine Sachen gepackt hatte.

Ich weiß heute nicht mehr mit Gewissheit, wie lange meine Ausbildung insgesamt dauerte, aber als der Winter zu Ende ging, war ich bereit für die Reise nach Jingdezhen.

Kapitel 24

Augusts des Starken Verzicht auf den polnischen Thron bedeutete eine Kehrtwende. Der Monarch dachte nun wieder an Gold, Böttger an Porzellan. Vom Standpunkt des Alchimisten aus schien dies ein sauberer Handel, zumindest einer, der ihm das Leben retten konnte. Einstweilen begnügte er sich damit, seinem Herrn einige Zeilen zu schreiben, die etwa folgendermaßen lauteten:

> Ich hoffe, mit Herrn von Tschirnhaus' Hilfe in zwei Monaten etwas Großes vorlegen zu können.

Da er sich gerade um keinen Krieg zu kümmern brauchte, war August natürlich daran gelegen, die Fortschritte des jungen Mannes aus der Nähe zu verfolgen. Also befahl er, ihn von Königstein nach Dresden zu überführen. In der Hauptstadt ließ er ein neues Labor für ihn einrichten, in der Jungfernbastei, einem feuchten, düsteren Gewölbe, an dem der Ruf der Folterkammer haftete. Es hieß, der Name der Ortes stamme von einer früher dort aufgestellten stählernen Maschine, einem teuflischen Apparat, der die Form einer jungen Frau besessen und dazu gedient habe, die

Feinde des Regimes zu vierteilen, bevor man die Überreste in die Elbe warf.

Ob es nun an der finsteren Ausstrahlung jenes Ortes lag oder an der zweimonatigen Frist, die er sich selbst auferlegt hatte, um den Zorn seines Herrn zu besänftigen, es dauerte nicht lange, da wiederholte Böttger das Kunststück, das er ein Jahr zuvor in der Albrechtsburg vollbracht hatte, und schuf einen Gegenstand aus roter Keramik. Daraufhin stellte er das gesamte Reich auf den Kopf, um eine Tonerde zu finden, aus der sich weißes Porzellan produzieren ließe. Fündig wurde er schließlich in einer Mine in Colditz. Diese Tonerde mischte er mit Alabaster, einem leicht behandelbaren Rohstoff, der jener Erde glasähnliche Eigenschaften verlieh. Eine Legende, die einer seiner Gehilfen verbreitet haben soll, besagt, Böttger sei auf den Colditzer Ton gestoßen, als er zufällig Zeuge wurde, wie ein Diener eine Perücke mit dem weißen Staub bepuderte.

Am 15. Januar 1708 schob Böttger sieben verschiedene, zu Platten geformte Materialmischungen in den Ofen. Eine von ihnen bestand nur aus Ton. Die sechs anderen setzten sich aus Colditzer Ton und Alabaster zusammen, in jeweils unterschiedlichem Verhältnis gemischt. Nachdem er sie fünf Stunden gebrannt hatte, erschienen ihm die drei Platten, bei denen der Tonanteil mehr als das Siebenfache des Alabasteranteils betrug, gelungen. Das Steingut war von durchscheinendem Weiß, wie man es vom besten chinesischen Porzellan kannte.

»Es ist ein Gesetz, dass es für alles ein Gesetz gibt!«, rief er aus. Und sogleich ritzte er folgenden Satz in die Tür seines Labors:

Gott, unser Schöpfer, hat aus einem Golderzeuger einen Töpfer gemacht.

Obwohl er soeben den ersten Schritt in der Porzellanherstellung getan hatte, sollte der Weg, der vor ihm lag, ein Weg voller Erschwernisse und Schmerzen werden. Der erste Schlag traf ihn am 11. Oktober 1708, als Tschirnhaus an Ruhr starb.

»Nicht nur ein Ofen ist ein Gefäß des Zufalls, sondern ebenso das Leben«, stellte der Alchimist bekümmert fest, als man ihm die Nachricht überbrachte.

Von nun an setzte Böttger alles daran, seinen König davon zu überzeugen, dass Porzellan durchaus ein Ersatz für Gold sein konnte, sowohl was seinen Wert betraf als auch seine Schönheit und seinen Nutzen. Zu diesem Zweck musste er von seiner gewähltesten Alchimistensprache Gebrauch machen. Porzellan sei genau wie Gold ein Erzeugnis dieser Erde, erklärte er, und wenn man es gut vermarkte, könne es dem Reich auf lange Sicht ebenso hohe Erträge einbringen wie das Edelmetall. Ganz zu schweigen von der metaphysischen Ebene, auf dem das Porzellan ebenfalls dem Gold gleichgestellt sei, da es sich bei beiden um mystische Substanzen handele, deren höchstes Streben darin liege, den Menschen mit dem Geheimnis der Unsterblichkeit in Berührung zu bringen. August aber erwiderte ihm, der Gedanke an Unsterblichkeit sei ein Luxus, den sich nur ein steinreicher Mann leisten könne, ein Reich dagegen, das nicht über genügend Gold verfüge, um die zur Verteidigung seiner Grenzen bereitstehende Armee zu bewaffnen, sei ein sterbliches, verletzliches Reich.

Ohne den Schutz seines Mentors und in Ermangelung eines Ofens, der die zum Porzellanbrennen notwendigen Temperaturen erreicht hätte, spürte Böttger erneut, wie der Hauch des Todes seinen Nacken streifte. Augusts Gier nach Gold war so groß, dass er nicht einmal fähig war, die Bedeutung von Böttgers Entdeckungen angemessen zu würdigen. Obendrein verlangte die Enthüllung der Porzellanformel nun nach Investitionen, zwecks Einrichtung einer Manufaktur, sowie nach qualifiziertem Personal. August dagegen verlangte nach flüssigem Geld. Und so wurde alles wieder wie am ersten Tag: Wollte er, Böttger, seine Freiheit zurückerlangen und sein Leben retten, so musste er die vereinbarten Goldmengen herstellen, ganz gleich was er entdeckt haben mochte. Und noch bevor er seinen Herrn fragen konnte, welche Mengen er denn im Hinblick auf die seit seiner Zusicherung verstrichene Zeit zu liefern habe, rief August sie ihm in Erinnerung:

»Fünfzig Dukaten im Monat, so lange, bis die sechzig Millionen Taler zusammengekommen sind, die du mir versprochen hast.«

Versprechungen! Seit zehn Jahren besaß sein Leben den Wert eines unerfüllten Versprechens! Mittlerweile wusste Böttger, dass er das gegebene Wort niemals würde halten können, denn er war nun überzeugt, dass man, wie es ein anderer Alchimist auf seinem Sterbebett gestanden hatte, »um Gold herzustellen, von Gold ausgehen muss«. Natürlich dachte er nicht im Traum daran, dieses Geheimnis seinem Herrn zu verraten. Allein die Vorstellung von Augusts Miene, sollte er es wagen, ihn um Gold zu bitten, um daraus neues Gold herzustellen, ließ ihn vor Angst erzittern.

Schließlich erreichte ihn eine Nachricht aus Berlin, welche die chronische Schwermut verschlimmerte, unter der er seit geraumer Zeit litt. König Friedrich I., so hieß es, habe nach seiner Flucht aus Preußen einen neapolitanischen Alchimisten namens Domenico Manuel Caetano in seinen Dienst genommen. Caetano, Hochstapler und Betrüger, hatte sich offenbar nicht gescheut, seinem neuen Herrn zu versprechen, innerhalb einer Frist von siebzig Tagen Gold zu erzeugen. Doch wie zuvor am Hof zu Brüssel, von dem er mit 60 000 Gulden in der Tasche geflohen war (ebenjener Menge, die er sich verpflichtet hatte, in Gold zu verdoppeln), hatte Caetano Berlin kurz vor Beendigung dieser Frist verlassen. Friedrich I. aber war vorgewarnt. Seine Männer verfolgten den Flüchtigen bis nach Hamburg und brachten ihn nach Preußen zurück. In Berlin kleidete man den neapolitanischen Alchimisten in ein aus Goldfäden gewirktes Gewand, und auf dem Schafott der Stadt, das zuvor ebenfalls mit goldenen Verzierungen versehen worden war, wurde er hingerichtet.

Fünf Nächte hintereinander träumte Böttger immer wieder von Lucius Crassus. In jedem seiner Träume trank der römische Konsul geschmolzenes Gold aus einem güldenen Becher. Die Flüssigkeit strömte wie glühende Lava durch seine Kehle, bis sie Magen, Lunge und Speiseröhre vollkommen ausfüllte. Dann reichte Crassus ihm, Böttger, den Becher und sagte:

»Ein nach Gold dürstender Mann begab sich eines Morgens zum Stand eines Goldhändlers. Er war vornehm gekleidet, und nachdem er eine Weile das glänzende Metall betrachtet hatte, stahl er ein Stück und rannte davon. Er kam nicht sehr weit, denn es war Markttag und der Platz voller Leute. Als ein Polizist ihn fragte, warum er denn das Gold in Gegenwart so vieler Menschen gestohlen habe, antwortete der Dieb: ›Weil ich in dem Augenblick, da ich das Gold nahm, niemanden sah. Ich sah einzig und allein das Gold.‹ Ja, Freund Böttger, Gold blendet. Der Dieb in der Fabel hat es erlebt und ich ebenso. Eines Tages werden die Leute sagen: Crassus hat einen schrecklichen Fehler begangen, denn er musste seine Habsucht trinken. Und dann wird aus Crassus' Name das Adjektiv krass entstehen. Nimm dich in Acht, denn es reicht, eine der Hauptsünden begangen zu haben, damit aus einem Eigennamen ein Eigenschaftswort wird.«

Man schrieb den Monat Dezember des Jahres 1709, als Böttger aus Furcht, so zu enden wie Caetano (oder Lucius Crassus), seinem Herrn einige Verse zu schreiben beschloss, in denen er ihm erstmals seine Unfähigkeit gestand, Gold herzustellen, ihm jedoch als Entschädigung erneut den Schatz des Porzellans anbot:

Der König lechzet nach der güldnen Frucht,
welche die schwache Hand ihm noch nicht reichen
  kann.
So werfe ich nun Prophyr und Boraxkristalle
vor Euren Thron, das Opfer damit zu ersetzen.
Ja, diese Hand reicht Euch das Herz in
  Porzellangefäßen
und gibt euch hier als Gabe beides hin.

So schenkte also Böttger dem Monarchen sein Herz in einem Porzellangefäß, damit dieser es ihm nicht aus dem Leibe reiße aus Wut darüber, dass es ihm nicht gelungen war, Gold herzustellen.

Kapitel 25

Entgegen den Anweisungen des Schiffsarztes ließ ich eine gewisse Opiummenge verschwinden, und statt die Dosis zu verringern, steigerte ich sie so lange, bis der Kranke wieder in stabiler Verfassung war. Er hörte nun auf zu zittern und im Fieber zu phantasieren und litt nur phasenweise unter seiner Krankheit. Der Arzt hingegen – ein Mann, der sich ganz offensichtlich mit der Wirkung des Opiums nicht eben gut auskannte –, glaubte merkwürdigerweise, die Tatsache, dass die Unruhephasen des Offiziers zurückgingen, sei auf seinen Rat zurückzuführen, die Dosis schrittweise zu senken. Noch heute frage ich mich, warum ich mich damals in der geschilderten Weise verhielt. Doch war Miguel Blascos Krankheit so offensichtlich in ein Stadium der Unheilbarkeit eingetreten, dass ich nicht verstand, warum ihm das Einzige entzogen werden sollte, das ihm Erleichterung verschaffte. Trotz seiner Nachteile bescherte das Opium ihm Stunden der geistigen Klarheit und des Friedens. Man mag mir vorwerfen, ich hätte mit meinem Vorgehen die Wunde nur noch vergrößert und den Kranken dem Tod in die Arme getrieben, doch war das Opium genau die Entschädigung, welche die Vorsehung ihm dafür gewährte, dass sie ihm das Leben entriss. Und ich war nicht bereit, mich ihr in den Weg zu stellen.

Allerdings muss ich gestehen, dass Miguels Blascos Phasen geistiger Klarheit nach und nach zu immer unheilvolleren Gesprächen führten.

Eines Tages, nachdem er gerade eine Pfeife geraucht hatte und ich darauf wartete, dass ihn der Schlaf übermannte, schwang er sich zu einer hochtrabenden Rede auf:

»Habe ich Ihnen schon einmal gesagt, dass ich nur an die halbe Menschheit glaube? Oder genauer gesagt: Ich glaube, es hat nur der Teil der Menschheit das Recht zu leben, der durch die Schuld des anderen Teils leidet. Ja, nur die Menschen, die leiden, haben sich das Recht auf Leben verdient; alle Übrigen, Sie und ich, wir verdienen es nicht, auf dieser Welt zu sein. Nehmen Sie nur dieses Schiff, das, was wir Fortschritt nennen und doch nichts anderes ist als das überhebliche Bestreben, den Willen derer zu bezwingen und zu unterjochen, die sich nicht einmal die Frage stellen, ob es notwendig ist, Dinge zu verändern, schnellere Fortbewegungsmittel zu erfinden, in größere Ferne zu gelangen. Aber dieser Weg ist ein Weg ohne Ende, denn der Fortschritt lässt sich nicht aufhalten. Mir scheint, die Gültigkeit gewisser Ideen hängt ausschließlich von ihrem wirtschaftlichen Erfolg ab. Genau wie die Patrioten hat der Fortschritt keine wirkliche Heimat. Oder besser gesagt, seine Heimat ist der Bekehrungseifer …«

»Glauben Sie nicht, dass Sie da übertreiben? Würde die Hälfte der Menschheit, unter der Ihnen zufolge die andere Hälfte zu leiden hat, vernichtet, würde sich die verbleibende Hälfte bald erneut in zwei Hälften aufspalten, in eine beherrschende und eine beherrschte. Würde man das befolgen, was Sie vorschlagen, wäre die Menschheit nach einem Jahrhundert restlos ausgelöscht. Es tut mir leid, wenn ich Ihre Meinung nicht teile, aber was die Menschen ins Verderben führt, sind nicht der Fortschritt oder der Patriotismus, sondern etwas, was zu unserem Wesen gehört: die Habgier.«

»Ich vermute, aufgrund Ihres Berufs sahen Sie sich mitunter gezwungen, gegen die Strömung eines reißenden Flusses anzukämpfen oder der Verfolgung durch eine Horde von Wilden zu entkommen«, erwiderte er. »Ich aber musste mich gegen Elemente anderer Art zur Wehr setzen: gegen solche, die den bereits zum gesitteten Wesen gewordenen Menschen entmenschlichen und ihn schließlich zum schlimmsten aller Raubtiere machen. Ich habe nämlich ein Dutzend Kannibalen in Maßanzügen kennengelernt. Menschen ohne Skrupel. Menschen, an denen nur ihre Unvollkommenheit vollkommen ist. Auf wildeste Art zivilisierte Menschen. Le Dantec hat einmal gesagt, das Gebäude der menschlichen Gesellschaft ruhe auf unausrottbarem Egoismus, dessen Eckstein die Heuchelei sei. Recht hatte er. Und da wir schon von Ausrottung, Gier und Egoismus sprechen, würde ich Sie gerne erneut um einen Gefallen bitten. Ich möchte meinen gesamten Besitz der *Sangley* hinterlassen und würde mich freuen, wenn Sie mein Testamentsvollstrecker wären.«

»Warum wollen Sie denn der *Sangley* Ihren Besitz vererben? Wollen Sie vielleicht, dass sie am Ende jener Menschheitshälfte angehört, welche die andere Hälfte leiden lässt?«, entgegnete ich.

»Sie ist anders«, antwortete er.

»Inwiefern ist sie anders?«

»Sie musste gegen Ausgrenzung kämpfen, gegen Verachtung und Hunger. Ich hätte sie gern geheiratet, aber ich glaube, dafür sind die gegenwärtigen Umstände nicht gerade die geeigneten.«

Dieses Geständnis verblüffte mich außerordentlich. Nicht weil eine solche eheliche Verbindung mir unpassend erschienen wäre, vielmehr war ich überrascht, dass Blasco trotz seines Gesundheitszustandes noch »lebendige« Gefühle besaß. Ich hatte es im Grunde bis dahin nicht für möglich gehalten, dass ein Sterbender noch zu lieben fähig ist – als wäre Liebe bloß ein weiteres Organ des menschlichen Körpers, das mit der Zeit einrostet.

In derselben Nacht aber, während ich in der Bibliothek der *Santo Domingo* stöberte, fand ich die Antwort auf meine Zweifel in einem Zitat von Goethe:

Das Schaudern ist der Menschheit bestes Teil;
Wie auch die Welt ihm das Gefühl verteure,
Ergriffen, fühlt er tief das Ungeheure.

Gab es denn etwas Ungeheureres als die Liebe? Nein. Nicht einmal der Ozean, der sich vor meinen Blicken ausbreitete, besaß die unendliche Weite der Liebe.

Kapitel 26

XV

Nie werde ich vergessen, wie ich von der Höhe der die Stadt umgebenden grünen Berge aus zum ersten Mal Jingdezhen erblickte, die Stadt mit den tausend Schornsteinen, die am Tag weißen und in der Nacht purpurnen Rauch ausstießen, mit ihrem ewigen Ascheregen, der auf ihre Straßen niederrieselte, und ihrem Geruch nach brennendem Holz und gebranntem Ton, der vom Reis bis zur Kleidung alles durchdrang. Von dem halben Dutzend chinesischer Städte, die ich kannte, war Jingdezhen wohl diejenige, der es am meisten an Schönheit mangelte; denn die Stadt trug in ihrem Innern eine Hölle, die sich in einem furchterregenden Strahlen auf ihrer Haut spiegelte, einem Strahlen, das besonders in der Nacht den Himmel erhellte. Dann hatte man den Eindruck, einer Szene aus Dantes Inferno beizuwohnen. In Jingdezhen blieben die Fenster stets geschlossen, nirgends sah man Kinder spielen oder alte Leute auf Galerien oder Balkone hinaustreten. Keine Lunge war fähig, die verpestete Luft dieser Stadt lange zu ertragen. Einige Brennereien waren so groß wie ein zweistöckiges Haus, und aus ihren Schlünden strömten immer neue Schlangen von Chinesen, die sie vierundzwanzig Stunden lang ununterbrochen mit Brennholz speisten; denn so lange dauerte das Brennen des Porzellans. Wer nicht diese Arbeit tat, war damit beschäftigt, die zerbrechliche Keramik in Reisstroh zu wickeln, bevor sie auf die Schiffe verladen und über die Wasser des Yangtse bis nach Kanton oder Macao transportiert wurde.

Als Erstes entdeckte ich, dass die Zahl der Öfen weit unter dreitausend lag. Dann stellte ich fest, dass nicht alle Brennöfen dem Kaiser gehörten, sondern eine nicht unbedeutende Zahl, wohl zwischen zweihundert und dreihundert, sich in Privatbesitz befanden. Diese beschäftigten insgesamt hunderttausend Handwerker. Dennoch verfügten die kaiserlichen Öfen über die besten Rohstoffe und die geschicktesten Handwerker. Weiterhin erfuhr ich, dass das für den Handel produzierte Porzellan, zu dem auch jenes zählte, das nach Europa exportiert wurde, aus den privaten Öfen stammte. Damit stellte sich für mich folgende Frage: Wenn jene Prachtstücke, vor denen Könige und Magnate vor Verzückung dahinschmolzen, aus Rohstoffen hergestellt wurden, die den kaiserlichen Öfen nicht gut genug waren, von welch einzigartiger Schönheit musste dann das Porzellan sein, das dort gebrannt wurde?

Trotz allem zahlte man zum Beispiel für eine in einem Chuzhou-Ofen gebrannte große Tasse aus Seladonporzellan nur halb so viel wie für eine Tasse aus einem privaten Jingdezhen-Ofen.

Da die Überwachung in den privaten Öfen jedoch ebenso streng war wie in den kaiserlichen Öfen, die Porzellanqualität in Ersteren aber wesentlich schlechter, beschloss ich, mein Glück im Porzellan-Büro zu versuchen, von wo aus die kaiserlichen Beamten die Produktion in den ihnen unterstehenden Öfen regelten und überwachten.

Dort informierte man mich über meine Aussichten, ohne die Erlaubnis, das heißt, die Empfehlung eines Mandarins von der Volksgruppe der Mandschu, die in dieser Gegend an der Macht waren, als Maler in einem kaiserlichen Ofen zu arbeiten. Alle Maler, die in Jingdezhen für Seine Himmlische Majestät arbeiteten, mussten dem Beamten zufolge, der mir Auskunft gab, ihr Metier nicht nur ausgezeichnet beherrschen, sondern darüber hinaus über umfassende chemische Kenntnisse verfügen, da in vielen Fällen auch das Anrühren der Farben in ihren Aufgabenbereich fiel. Dennoch wolle man in einem Monat sämtliche Kandidaten, die wünschten, sich für einen Posten als »Retuschierer« zu bewerben, einer Prüfung unterziehen. Ein Retuschierer war ein niederer Arbeiter, dessen Aufgabe darin bestand, kleinere Details der Porzellanbemalung zu korrigieren, etwa die Verzierung der Ränder.

»Falls Sie an der Prüfung teilnehmen wollen, nennen Sie mir Ihren Namen und Ihren Geburtsort.«

»Ich heiße Lao Xun und bin in Kanton geboren, obwohl meine Familie aus Quanzhou stammt.«

Der kaiserliche Beamte musterte mein Gesicht, bevor er fragte:

»Irgendwelche arabischen Vorfahren?«

»Ja. Aber das liegt über zwei Jahrhunderte zurück.«

»In Ordnung. Werden Sie in dreißig Tagen noch einmal in diesem Büro vorstellig …«

Wenn meine acht Finger mir auch nicht alles Glück bescherten, das ich bei dieser Gelegenheit benötigt hätte, so muss ich gestehen, dass sich am Tag der Prüfung das Glück durchaus bemerkbar machte. Natürlich trat ich an, ohne mir die geringsten Chancen auszurechnen, die Prüfung zu bestehen. Denn einen ganzen Monat lang hatte ich kaum gemalt, sondern mit Jade in einem kleinen Mietshaus festgesessen, in dem uns weder das Öffnen des Fensters noch das Hinaustreten auf den Hof Gelegenheit boten, frische Luft zu schnappen.

Zu meiner Verwunderung bestand die Prüfungsaufgabe darin, einen lateinischen Text auf eine Schale aus Blau-Weiß-Porzellan zu schreiben, die drei Wappen zierten, in denen ein siebenköpfiges Wesen, ein buddhistischer Rosenkranz, eine Pagode, verschiedene Blumen und ein Kranich in einem Lotusteich abgebildet waren. Der Text lautete: *Sapiente nihil novum* (Für den Weisen gibt es nichts Neues).

Die Schale war natürlich für den Export bestimmt, daher die Wappen und die lateinische Inschrift, und natürlich war keiner der Kandidaten in der Lage, jene sonderbaren Buchstaben einer nicht weniger sonderbaren Barbarensprache so getreu zu reproduzieren wie ich.

In der ersten Vollmondnacht nach den Frühlingsfeierlichkeiten wurde das Laternenfest gefeiert, und ganz Jingdezhen strahlte wie ein großer Leuchtkäfer. Weder in Kanton noch in dem Dorf Guling hatte ich je etwas Ähnliches erlebt. Die Straßen füllten sich mit tanzenden Drachen, deren Träger mit Lampions behängt waren. Diese schaukelten hin und her, wann immer das Tier vor- oder zurücklief oder sich um sich selbst drehte. Überall hörte man Trommeln, und

Gruppen von Stelzenläufern unterhielten die Passanten mit ihren Balanceakten. An jedem Haus hingen prächtige Laternen mit Papierstreifen daran, auf denen Rätsel standen, und alle Leute aßen *Yuanxiao*, klebrige, mit Fleisch oder Süßem gefüllte Reisbällchen.

Auch Jade hängte eine rote Laterne mit einem Rätsel an unsere Tür. Es lautete:

»Wie wird aus einer Stahlstange eine Nähnadel?«

Ich lächelte sie an, bevor ich antwortete:

»Ich weiß es nicht. Sag du es mir.«

»Indem man immer wieder darauf schlägt. Beharrlich, ausdauernd, in fortwährender Wiederholung. So wird aus einer Stahlstange eine Nähnadel.«

»Und was ist mit der Liebe? Wie macht man aus einer spitzen Nähnadel eine Stange aus stumpfem Stahl?«

Jade ließ sich einige Sekunden Zeit, bevor sie antwortete:

»Durch Glauben, vermute ich.«

Zwei Wochen später begann ich, im »Drachenofen« zu arbeiten, einem der bedeutendsten Brennöfen von Jingdezhen, an dessen Eingang folgende Losung prangte:

PORZELLAN MUSS WEISS SEIN WIE JADE UND
FEIN WIE PAPIER,
GLÄNZEN WIE EIN SPIEGEL UND KLINGEN
WIE EINE GLOCKE.

Bevor ich meine Stelle antrat, musste ich schwören, niemals irgendein mit meiner Arbeit zusammenhängendes Geheimnis zu verraten. Bald aber entdeckte ich, dass es sich dabei lediglich um eine formale Sicherheitsvorkehrung handelte, eine von vielen Maßnahmen praktischer Art. So war die Arbeit zum Beispiel in Spezialbereiche aufgeteilt, in denen eine strenge Rangordnung herrschte, so dass jeder Facharbeiter nur in seinem eigenen Produktionsabschnitt zum Einsatz kam. Jeder Spezialbereich hatte seine eigene Werkstatt, die von einer unbestimmten Anzahl von Mandarinen überwacht wurde. Außerdem wurden sämtliche Angestellten nach Beendigung ihrer Schicht gewissenhaft durchsucht. Glücklicherweise kamen wir, die Retuschierer, unmittelbar vor ihrem ersten oder zweiten Ofendurchgang mit den Porzellanwaren in Berührung; denn die meisten Farben konnten je nach ihren chemischen Eigenschaften erst im letzten Augenblick aufgetragen werden. Dadurch besaß ich eine gewisse Freiheit und konnte die verschiedenen Bereiche aufsuchen.

Zunächst wurde ich allerdings angewiesen, mich mit den vier typischen Dekorationsstilen des Jingdezhen-Porzellans vertraut zu machen. Das heißt, mit dem blau bemalten *Quinghua*-Porzellan, dem *Jihong* oder »Regenbogenporzellan«, dem mehrfarbigen *Doucai*-Porzellan, und dem *Fencai*, auch *famille rose* genannt.

Zwei Monate verstrichen, bis ich endlich die Erlaubnis erhielt, ein halbgebranntes Keramikstück eigenhändig zu bearbeiten. Es handelte sich dabei um eine große Ziervase, auf die ich, bevor sie zu einem zweiten Brennvorgang in den Ofen geschoben wurde, einen lateinischen Spruch neu aufmalen sollte: *»Credo ut agam; ago ut intelligam«* (Ich glaube, um zu handeln; ich handle, um zu verstehen). Natürlich wären meine Probleme bereits teilweise gelöst gewesen, hätte ich nur ein kleines Stück von dieser Vase mitnehmen können, denn dieses halbgebrannte Porzellan barg ja in seiner stofflichen Zusammensetzung das Geheimnis, nach dem ich so fieberhaft suchte. Doch aus diesem Brennofen ein Stück Keramikmasse zu entwenden war unmöglich, da die kaiserlichen Aufsichtsbeamten die Arbeitskräfte akribisch durchsuchten. Wochenlang grübelte ich vergeblich über verschiedenste Möglichkeiten nach, wie ich ein Stück Porzellan aus dem Ofen herausschmuggeln könnte, bis ich zu dem Schluss gelangte, dass mir nichts anderes übrigblieb, als ein Stückchen Keramik herunterzuschlucken und später wieder zu erbrechen. Natürlich musste dafür erst ein Gegenstand zu Bruch gehen, damit den Aufsichtsbeamten nicht auffiel, dass etwas fehlte. Da es sich dabei um verzierte Keramik handeln würde, die bereits einen Brenndurchgang hinter sich hatte, war ich mir nicht einmal sicher, ob die Farbpigmente nicht unter Umständen meiner Gesundheit schaden würden. Aber ich hatte keine Wahl, ich musste es riskieren. So ließ ich denn eines Morgens in einem Moment der Achtlosigkeit meines Aufsehers einen Porzellangegenstand fallen. Als er zertrümmert am Boden lag, schob ich mir rasch vier kleine Scherben in den Mund und schluckte sie herunter. Der Schmerz, den die harten Stücke auf ihrem mühsamen Weg durch meine Speiseröhre verursachten, war so quälend, dass ich die Tränen nicht zurückhalten konnte.

Ich weiß nicht, ob mir wieder einmal meine acht Finger zu Hilfe kamen, jedenfalls fiel die Rüge des Aufsichtsbeamten, als er sah, wie mir die Tränen herunterliefen, etwas milder aus als erwartet.

Am selben Vormittag ging einem der Arbeiter, deren Aufgabe es war, die Keramikteile nach dem ersten Brenndurchgang vom Ofen in unsere Werkstatt zu bringen, ein weiteres Stück zu Bruch, und während sich gleich mehrere Männer bückten, um ihm beim Auflesen der Scherben zu helfen, und der Aufseher zeterte und den Schuldigen mit Verwünschungen überhäufte, nutzte ich das Durcheinander, um zwei weitere Scherben herunterzuschlucken.

Zu Hause angekommen, übergab ich mich und klaubte die sechs Keramikstücke aus der galligen Masse. Beim Betrachten der Scherben fiel mir auf, dass sie aussahen, als hätte meine Magensäure sie zu Ende gebrannt. Trotzdem spülte ich sie mit viel Wasser ab und verwahrte sie wie einen Schatz in einem Beutel. Jade verfolgte die gesamte Prozedur mit einem fragenden Ausdruck auf ihrem Gesicht.

»Ist es so weit? Hast du es geschafft? Können wir gehen?«, fragte sie.

Ich wusste selbst nicht, was ich auf diese Fragen antworten sollte. Doch nach einigem Überlegen war mir klar, dass ich nun zwar mehrere halbgebrannte Keramikstücke besaß, aber unbedingt noch ein wenig rohe Keramikmasse brauchte. Ganz abgesehen davon, dass ich immer noch keine Ahnung hatte, wie viele verschiedene Zutaten für die Porzellanherstellung benötigt und in welchem Verhältnis sie gemischt wurden. Auch die erforderliche Brenndauer und -temperatur waren mir immer noch ein Rätsel.

»Ich fürchte, die Sache hat gerade erst begonnen«, gestand ich.

Zehn Tage später hatte ich erneut Glück. Es gelang mir, zwei weitere Brocken Keramik, und zwar diesmal ungebrannte Rohmasse, an mich zu bringen. Sie stammten von einem Gefäß, auf das die Konturen mehrerer Stängel und Blätter aufgemalt werden mussten, bevor es zu einem ersten Durchgang in den Ofen geschoben wurde. Mit dem Pinselstiel schabte ich ein wenig Rohmasse ab und bemühte mich, das Keramikgefäß mit den Fingern wieder zurechtzuformen. Dann überwand ich mich erneut und schluckte die Keramikstückchen herunter.

Noch heute erinnere ich mich daran, wie sehr mich der Anblick meiner ersten gebrannten Porzellanstücke beeindruckte, als sie zum Abkühlen im Wasserbad lagen. Die Transparenz des Wassers in Verbindung mit der Transparenz des Porzellans übte eine einzigartige, hypnotisierende Wirkung auf mich aus.

Den folgenden Monat verbrachte ich damit, nach allem Wissenswerten über die Porzellanmasse zu forschen. So erfuhr ich zum Beispiel, aus welchen Rohstoffen sich die Keramik zusammensetzte, die wir bemalten: aus einem Ton, der auf einem Berg namens *Kao-liang* oder »Hoher Gipfel« in der Nähe von Jingdezhen abgebaut wurde, aus Feldspat, einem Mineral, das die Chinesen *Petuntse* oder »kleiner weißer Stein« nannten, und aus Quarz. Kaolin (eine Abwandlung des Namens des chinesischen Berges) galt als wichtigster Bestandteil des Porzellans, während der Feldspat dem entsprach, was die Chinesen den Knochen nannten. Doch leider gelang es mir nicht, irgendetwas über das Mischungsverhältnis und den Brennvorgang herauszubekommen.

In dieser festgefahrenen Situation machte Jade, die es augenscheinlich immer weniger ertrug, den ganzen Tag alleine zu sein und im Haus festzusitzen, während ich in der Brennstatt arbeitete, den Vorschlag, sie könne doch versuchen, einen der Brennmeister auszuhorchen.

»Und wie willst du das anstellen?«, fragte ich sie arglos.

»Natürlich, indem ich mit ihm schlafe«, antwortete sie mit größter Selbstverständlichkeit.

Doch als sie meiner Miene entnahm, wie dieser Vorschlag auf mich wirkte, fügte sie rasch hinzu:

»Ich wünsche mir jede Minute, aus dieser Stadt zu fliehen. Außerdem ertrage ich es nicht mehr, von Schwermut erdrückt zu werden. Wenn ich weine, ist niemand da, der mir zuhört und mich tröstet. Und wenn ich grüble, statt zu weinen, höre ich nirgends eine Stimme, die mich aus meinen Gedanken reißen könnte. Ich muss dringend hinaus auf die Straße und ein wenig Luft atmen.«

Bei aller Verliebtheit ließ sich nicht leugnen, dass ich mit meinem Einfallsreichtum am Ende war. So tröstete ich mich mit dem Gedanken, dass ich Jade ja auch geliebt hatte, als Gu Feng noch mit ihr schlief, und stimmte dem Plan zu. Es war gar nicht so einfach, einen Brennmeister zu finden, der nachts arbeitete, Junggeselle war und dazu noch allein lebte. Denn nur unter diesen Umständen konnte Jade ihren »Ehebruch« vollziehen, während ich bei der Arbeit war. Nur eines verlangte ich von ihr: dass sie in meiner Gegenwart niemals den Namen jenes Mannes erwähnte. Sobald sie herausbekommen hätte, wonach wir suchten, sollte sie es auf einen Zettel schreiben und mir diesen Zettel geben. Dann würden wir aus Jingdezhen fliehen und die Vergangenheit für immer hinter uns lassen.

Leider liegt zwischen Theorie und Praxis ein tiefer Abgrund, und so nagten Eifersucht und Neugier mit der Zeit immer stärker an mir. Um zu vergessen, was Jade tagsüber machte, begann ich, in den Nächten wieder Opium zu rauchen. Dem Opium verdankte ich es, dass ich weder die Geduld noch die Beherrschung verlor. Denn manchmal packte mich unbändige Lust, sie zu schütteln und zu zwingen, mir zu verraten, was sich in jenem fremden Haus abspielte, das sie jeden Vormittag aufsuchte, mir in allen Einzelheiten zu schildern, wie weit sie mit ihren Nachforschungen war, dann aber beruhigte ich mich mit einigen Zügen aus meiner Pfeife, die schließlich allen Unmut in mir abtöteten. Sobald die Droge zu wirken begann, glitt ich in einen Zustand des Sinnierens, der den brennenden Schmerz (niemals hätte ich gedacht, dass die Mischung aus Eifersucht und Neugier ein solches Symptom hervorrufen könnte) in ein erträgliches Gefühl verwandelte. Wenn das Opium eine positive Eigenschaft besitzt, so ist es seine Fähigkeit, alles zu relativieren.

Nun war es aber so, dass der Brennmeister, obwohl er sich innerhalb nur weniger Tage von Jades Reizen hatte verführen lassen, sich weigerte, seine Berufsgeheimnisse mit ihr zu teilen. Obendrein gab der Mann die Behandlung, die er selbst im Brennofen erfuhr, an sie weiter. Das heißt, er war gnadenlos und verletzend wie das Feuer, das dicht an seiner Haut loderte, und nachdem er mit ihr geschlafen hatte, löschte er sein eigenes Feuer, indem er ihren Körper mit Schlägen überzog.

So scheiterte auch Jades Plan, weil ihr Liebhaber sich weigerte zu reden. Mir blieb nun nichts anderes übrig, als die Sache selbst in die Hand zu nehmen.

Eines Tages sagte ich zu Jade, sie solle das Nötigste für eine lange Reise zusammenpacken und mich anschließend zum Haus ihres Liebhabers führen. Dort wartete ich, bis der Mann von der Arbeit zurückkehrte, und stürzte mich auf ihn. Nachdem ich mehrmals auf ihn eingedroschen hatte, gelang es mir, ihn außer Gefecht zu setzen und seine Hände zu fesseln. Im Grunde fand der Mann meine Rage eines betrogenen Gatten gerechtfertigt, weshalb er weniger Widerstand leistete, als man angesichts seines muskulösen Körpers und der Tatsache, dass er mindestens zehn Jahre jünger war als ich, hätte vermuten können.

Ich zückte ein Messer mit geschwungener Klinge, ähnlich dem, das Feng benutzt hatte, um mich gefügig zu machen, und drohte ihm mit den Worten:

»Ich werde dieses Haus nicht verlassen, bevor Sie mir nicht Ihre Berufsgeheimnisse verraten haben. Sollten Sie Widerstand leisten, werde ich Ihnen einen Finger nach dem anderen abschneiden, bis Sie an jeder Hand nur noch zwei Finger haben.«

Ich wählte diese Zahl, weil ich wusste, dass für die Chinesen die Vier ein schlechtes Omen ist; denn das Wort für vier klingt genauso wie das Wort für Tod.

»Und sollten Sie erwägen, mich den Behörden zu verraten, denken Sie daran, welche Folgen das für Sie selbst haben könnte«, fuhr ich fort. »Vergessen Sie nicht, dass Sie mit meiner Frau geschlafen haben, und überlegen Sie sich, wie die kaiserlichen Aufseher diese Tatsache interpretieren werden. Es wäre ein Leichtes für mich, die Aufseher davon zu überzeugen, dass Sie Teil des Komplotts waren und dafür die Liebesdienste meiner Frau in Anspruch genommen haben. Sollten Sie mich verraten, so werde ich sterben, aber ich versichere Ihnen, dass Ihr Los keinen Deut besser aussehen wird. Und jetzt haben Sie noch eine Minute, bevor ich Ihnen den ersten Finger abschneide.«

»Wenn ich Ihnen erzähle, was ich weiß, verschwinden Sie dann für immer aus Jingdezhen?«, fragte er mich.

»Ja, sobald ich weiß, was ich wissen will. Sie werden mich nie mehr wiedersehen noch jemals wieder von mir hören. Darauf gebe ich Ihnen mein Wort.«

»Und wenn die kaiserlichen Beamten Ihren Aufenthaltsort ausfindig machen und Sie auf der Flucht verhaften? Was wird dann aus mir?«, wollte er wissen.

Da ich auch die kaiserlichen Aufseher mit eingeplant hatte, hatte ich in dem Haus, das wir bewohnten, einen Rest Opium gut sichtbar liegenlassen, damit sie glaubten, mein Fehlen im Brennofen habe etwas mit meiner Drogensucht zu tun. Denn trotz der Ermahnungen der Obrigkeit war die Opiumabhängigkeit in China weit verbreitet.

»Die Aufseher brauchen ja nicht zu wissen, dass ich aus Jingdezhen geflohen bin und das Geheimnis der Porzellanherstellung mitgenommen habe. Für den Fall, dass sie mich schnappen, finde ich schon eine Ausrede.«

»Ich versichere Ihnen, die kaiserlichen Aufseher verfügen über unfehlbare Verhörmethoden. Sie werden Sie verfolgen und Sie früher oder später erwischen. Und dann werden sie die Wahrheit aus Ihnen herauspressen.«

»Das müssen Sie eben riskieren und auf mein Glück vertrauen. Jetzt entscheiden Sie sich. Eine Minute ist bereits verstrichen.«

Zur Bekräftigung meiner Worte zeigte ich ihm meine amputierte Hand.

»Schon gut. Was wollen Sie wissen?«

»Das genaue Mischungsverhältnis der verwendeten Rohstoffe Kaolin und Feldspat beim Anrühren der Keramikmasse und bei welcher Temperatur das Porzellan gebrannt wird.«

Ich versuchte zu erkennen, ob ein Fünkchen Zorn oder Fanatismus in seinem Blick lagen, die mein Vorhaben hätten gefährden können, doch hatten seine Augen sich mittlerweile mit Tränen gefüllt. Nach ein paar Sekunden begann er zu reden:

»Alles hängt davon ab, wie oft ein Stück in den Ofen muss. Wenn es nur einmal gebrannt wird, muss die Farbe auf die rohe Keramikmasse aufgetragen werden …«

»Ich bin Maler, diesen Teil des Verfahrens kenne ich …«, unterbrach ich ihn.

»Ich verstehe. Sprechen wir also von den Stücken, mit denen man sich länger beschäftigen muss und die auch von besserer Qualität sind. Zunächst muss das Kaolin gewaschen und von sämtlichen Unreinheiten befreit werden. Dann wird es gemahlen, gesiebt und geknetet, bis es als Basismaterial für die Porzellanherstellung verwendet werden kann. Ebenso verfährt man mit dem *Petuntse*, also dem Feldspat, der mittels eines großen, von einer Windmühle oder einem Rad angetriebenen Mörsers zu Pulver gemahlen wird. Dieses Pulver muss nun ebenfalls mit Wasser angerührt werden. Anschließend werden Teller, Tassen, Gefäße und andere Gegenstände modelliert. Die Teile werden nun ein erstes Mal gebrannt, etwa zehn bis fünfzehn Minuten bei einer Temperatur von sechshundert bis achthundert Grad Celsius. Den Rest kennen Sie ja. Die erkalteten Stücke werden bemalt oder emailliert, das heißt, es werden verschiedene Schichten eines Gemischs aus Farbe und Schmelzstoffen aufgetragen. Dann werden sie noch einmal in den Ofen geschoben. Bei diesem Brennvorgang muss vierzehn Stunden lang eine Temperatur von tausendfünfhundert Grad herrschen.«

»In welchem Mengenverhältnis werden Tonmasse und Feldspat gemischt, damit man die richtige Verglasung erzielt?«, fragte ich weiter.

»Das Verhältnis variiert je nach gewünschter Porzellanqualität. Und vergessen Sie nicht, dass man der Ton-Feldspat-Mischung auch ein bisschen Quarz beimengen muss. Sieben bis acht Anteile Ton auf ein Anteil des Schmelzmaterials garantieren hochwertiges Porzellan. In der zweiten Brennphase schmelzen die Glasuren und verbinden sich mit dem Ton. Auf diese Weise wird das Kaolin zu einem unverformbaren Material. Stücke, auf die Szenen mit Pflanzen oder Tieren gemalt wurden, müssen ein drittes Mal gebrannt werden, diesmal etwas kürzer und bei acht- oder neunhundert Grad. Ich glaube, das ist alles.«

Ich merkte mir alle Geheimnisse, die der Brennmeister mir verraten hatte, lud Jade und das Gepäck auf meine Schultern, und so flohen wir aus Jingdezhen, bevor die kaiserlichen Aufseher zu unserem Haus kamen, um nach mir zu suchen.

Kaum lagen die Stadtmauern hinter uns, stellte ich fest, dass ich eigentlich gar keinen richtigen Fluchtplan besaß, zumindest keinen, der Jade und ihre Lotusfüße berücksichtigte. Natürlich konnte ich unmöglich mit ihr auf dem Rücken bis nach Kanton wandern. Als wir anhielten, um in der Nähe des verlassenen Ofens von Hutiang zu rasten, der vor fast fünfhundert Jahren, zur Zeit der Yuan-Dynastie, erbaut worden war, beschloss ich, bis ins Lushan-Gebirge zu wandern und Lüzi Hsi um Hilfe zu bitten.

Aus Angst davor, entdeckt zu werden, mieden wir die gängigen Verbindungswege und machten einen Bogen um Dörfer und Städte. So blieb uns nichts anderes übrig, als ein wildes Bergleben zu führen, Beeren und Wurzeln zu essen und im Freien zu schlafen. All das zehrte an meinen Kräften, die ich brauchte, um Jade zu tragen, obwohl auch sie von Tag zu Tag leichter wurde. Zu allem Überfluss hatte ich seit einiger Zeit meinen Opiumkonsum gesteigert, nun aber begann die Droge, knapp zu werden, und in unserer Lage hatten wir keinerlei Möglichkeit, Nachschub zu beschaffen. Abgesehen davon verzögerte jede Pfeife unsere Reise um mehrere Stunden. Im Grunde schränkte mich das Opium ebenso ein wie Jade ihre Lotusfüße. Es war eine Behinderung, etwas, was uns bremste in unserem Drang, so schnell wie möglich voranzukommen.

Beerensträucher und wild wuchernde Ranken verwandelten unseren Weg schließlich in einen Dornenteppich. Nun war Jade zugleich mein Kreuz und meine Maria Magdalena.

Kapitel 27

XVI

Nachdem wir zwei Wochen lang kaum einen Bissen zu uns genommen hatten, schlug Jade vor, wir sollten nach einem Dorf Ausschau halten, um uns dort mit Lebensmitteln zu versorgen. Ich stimmte nur deshalb zu, weil sich mir damit die vage Aussicht eröffnete, in dieser verlassenen Gegend ein wenig Opium zu finden.

Kaum hatten wir das Dorf erreicht, hielt uns die Eskorte eines am Morgen desselben Tages eingetroffenen kaiserlichen Beamten an. Sogleich fürchtete ich, wir seien in eine Falle geraten. Doch der Beamte war lediglich auf dem Weg in eine südliche Provinz, um dort seinen Posten zu beziehen. Er gehörte zu jenen jungen Männern, die kürzlich vor dem Tor des Himmlischen Friedens vom Kaiser höchstpersönlich zu Beamten ernannt worden waren. In seiner Begleitung befand sich ein alter Eunuch, der zu seinem Geburtsort unterwegs war. Er hatte sich dort einen Tempel gekauft, um darin beerdigt zu werden. Die beiden bildeten ein überaus malerisches Paar.

Unsere körperliche Verfassung und der erbärmliche Zustand unserer Kleidung verschafften mir ein ideales Alibi: Ich konnte mich als einer der Bauern ausgeben, die durch die Überschwemmungen der vergangenen Winter arbeitslos geworden waren.

Aufgrund der gesellschaftlichen Bedeutung der Bauernschicht und da der junge Beamte sich just für all das interessierte, was unmittelbar mit den Zuständen im Kaiserreich zusammenhing, wurden wir freundlich aufgenommen.

Nach einer Weile richtete der Beamte seine Aufmerksamkeit ganz auf mich, während der Eunuch sich angeregt mit Jade unterhielt.

»Und diese Wassermassen, hat denn der Mensch keinerlei Möglichkeit, sie von den Feldern abfließen zu lassen?«, fragte mich der Beamte.

Mir wurde angst und bange bei dem Gedanken, er werde mich nun mit unzähligen Fragen rund um die Feldarbeit bombardieren oder sich ganz einfach darüber wundern, dass meine Hände keine Schwielen trugen. Daher versuchte ich, mir rasch alle mir bekannten Sprichwörter und Aphorismen in Erinnerung zu rufen, in denen von Rindern, Ochsengespannen, Ernten und Saatfeldern die Rede war.

»Nein. Und man weiß ja: Ein bewölkter Himmel versperrt den Menschen vollkommen den Weg«, rezitierte ich.

Die Miene des jungen Mannes ließ deutlich erkennen, dass er von den Problemen des Ackerbaus keine Ahnung hatte.

»Wie haben Sie denn die Finger an Ihrer linken Hand verloren?«, fragte er mich weiter.

»Der Huf eines Rindes hat sie mir bei der Reissaat zerquetscht«, antwortete ich.

Zum Glück hatte der junge Mann sich gerade zum ersten Mal im Leben von seiner Familie getrennt und war mit seinen Gedanken immer noch in Peking bei seinen Lieben. Mit Stolz und Wehmut in der Stimme verkündete er:

»Auch mein Vater ist Beamter am kaiserlichen Hof. Meine Familie lebt in einem *Siheyuan* des *Ju'er Hutong.*

Siheyuan war die Bezeichnung für eine in Peking typische Art von Wohnhöfen, und das Wort *Hutong* bezog sich auf die Gassen, um die herum diese Wohnanlagen angeordnet waren. Ich kannte Peking nicht, doch hatte ich viel gehört von der Schönheit einiger dieser unweit der Verbotenen Stadt gelegenen *Hutongs.*

»Ich habe zu Wen-Chang gebetet, damit er dafür sorgt, dass dem Kaiser meine Berichte gefallen und dieser mir gestattet, in einigen Jahren an den Hof zurückzukehren«, fügte er hinzu.

Wen-Chang war der Schutzpatron der Gelehrten und Akademiker. Es hieß, er sei dreiundsiebzig Male wiedergeboren worden, stets als hoher Beamter und als ehrlicher und gütiger Mensch, weshalb er im taoistischen Pantheon für die Liste der zukünftigen Hofbeamten zuständig war.

Der Eunuch oder *Huagmen* (ein Wort, das »Palasttor« bedeutet und auf den Einfluss der Eunuchen innerhalb der Verbotenen Stadt anspielt) war seinerseits hingerissen von Jades Schönheit. Er versicherte ihr sogar, sie würde, wäre sie nur fünf oder sechs Jahre jünger, problemlos die Auswahlprüfung zur kaiserlichen Konkubine bestehen, eine Art Examen, an dem alljährlich Tausende junger Frauen aus allen Winkeln des Reiches teilnahmen, das aber nur drei oder vier Dutzend bestanden. Am zweiten Abend fragte

Jade den Eunuchen, wie denn das Ritual ablaufe, wenn der Kaiser eine seiner Konkubinen zu sich rufe. Es seien ja so viele an der Zahl. Darauf antwortete dieser:

»Ganz einfach. Dem kaiserlichen Gemach gegenüber liegen auf einem Tisch lauter Jadetäfelchen, auf denen die Namen der Ehefrauen und Konkubinen geschrieben stehen. Wünscht der Kaiser mit einer von ihnen ein intimes Beisammensein, so dreht er das entsprechende Täfelchen um. Daraufhin bringt der oberste Eunuch die Erwählte zum kaiserlichen Gemach. Die Frau trägt eine rote Tunika und ist darunter natürlich nackt, sie hat ausgiebig gebadet, ist enthaart und parfümiert. Im kaiserlichen Alkoven angekommen, wird die Dame ans Fußende des Bettes gebracht und muss von dort auf allen vieren zu Seiner Himmlischen Majestät krabbeln. Allerdings gibt es auch Konkubinen, die nie vom Kaiser gerufen werden und allein leben wie hübsche Vögel in goldenen Käfigen. Konkubine zu sein ist eine große Ehre, aber es bedeutet auch ein großes Opfer.«

An dem Tag, an dem wir voneinander Abschied nahmen, fiel mir auf, dass der Eunuch eine kleine silberne Dose bei sich trug, von der er sich niemals trennte. Ich fragte Jade, ob sie etwas über diese Dose wisse. Was sie mir sagte, verschlug mir die Sprache.

»In dieser Dose bewahrt er seine Genitalien auf. Eunuchen können nicht auf normalen Friedhöfen beerdigt werden, weil ihr Körper nicht mehr vollständig ist, deshalb heben viele von ihnen ihre amputierten Hoden auf, um mit ihnen beerdigt zu werden. Sie glauben, so könnten sie die Götter täuschen.«

Dann öffnete sie eine ihrer beiden Hände, in der eine

kleine dunkle Kugel lag. Einen Moment lang fürchtete ich, sie hätte dem Eunuchen eine Hode entwendet, doch im nächsten Augenblick erkannte ich Form und Duft des Opiums.

»Wie bist du denn an Opium gekommen?«, fragte ich sie.

»Wer glaubt, er könne die Götter täuschen, glaubt auch, er könne den Kaiser täuschen«, antwortete sie mir.

»Also ist das Opium sogar bis in die Verbotene Stadt gelangt«, stellte ich fest.

»Gerade in der Verbotenen Stadt ist all das erlaubt, was verboten ist«, erklärte mir Jade.

Kapitel 28

Es dauerte eine Weile, bis Böttger begriff, dass August ihm niemals die Freiheit gewähren würde, zumindest nicht das, was er selbst darunter verstand. Einstweilen durfte er sich frei fühlen, weil er lebte, was in der damaligen Zeit für einen Alchimisten bereits ein großer Gewinn war. Und dass er lebte, verdankte er dem Porzellan. Deshalb widmete Böttger seine Existenz von nun an der Suche nach einer Möglichkeit, Porzellan von erlesenem Weiß herzustellen. Er ließ im Innern der Albrechtsburg einen gigantischen Ofen erbauen, einen solchen Koloss, dass die Mauern der Burg ständig mit Wasser besprüht werden mussten, um einen möglichen Brand zu verhindern. Dort verschanzte er sich mit seinen wenigen Helfern. Fast könnte man sagen, er begnügte sich nicht damit, nur zu beobachten, was im Innern des Ofens geschah, sondern durchlebte den Brandvorgang am eigenen Leibe. Es war, als hätte er beschlossen, sich mit diesem Feuer zu läutern, dessen Flammen er sogar gestattete, an seinen verschlissenen Kleidern zu lecken. Wer ihn bei der Arbeit sah, konnte geradezu auf den Gedanken kommen, er wolle sich selbst in eine Porzellanfigur verwandeln. Böttger war jetzt der in seiner Schmiede wirkende

Gott Vulcanus. Und jeder, der sich ihm näherte, um ihn etwas zu fragen oder ihn vor einer drohenden Gefahr zu warnen, erhielt die gleiche Antwort:

»Aber du lagst, umhüllt mit Göttergewanden, und um dich standen Gefäße mit Öl und süßem Honig; und viele Helden Achaias rannten gerüstet zu Fuß und zu Wagen rings um das lodernde Feuer; es stieg ein lautes Getöse auf. Als dich Hephaistos' Flamme verzehrt, da gossen wir morgens lauteren Wein in die Asche und sammelten, edler Achilleus, deine weißen Gebeine, mit zwiefachem Fette bedeckend.«

Aus irgendeinem Grund hatte die Nähe des Feuers ihn an diese Verse aus Homers Odyssee erinnert. Schließlich trug auch er, genau wie Achilles, Züge eines ikonoklastischen Helden.

Obwohl die Hitze des Brennofens schier unerträglich war und dichter Dunst die Atmung und Sicht der dort Arbeitenden behinderte, ihn bis in die hintersten Winkel füllte, löste ein Triumph den nächsten ab. Als Erstes machte Böttger die Entdeckung, dass eine Mine in Aue, einem kleinen Dorf im Voigtland, wesentlich geeigneteres Kaolin barg als die Colditzer Mine, zumindest was Formbarkeit und Weiße betraf.

August, der mit gesteigerter Aufmerksamkeit das Wirken seines Gefangenen verfolgte, begann ernsthaft die Möglichkeit zu erwägen, einen Schritt weiter zu gehen und eine Porzellanmanufaktur zu errichten. Nicht nur, um Geld damit zu verdienen, sondern auch, um Ruhm zu erlangen. Doch um sicher zu sein, keinen falschen Schritt zu tun, rief er eine Kommission aus hohen Hofbeamten ins Leben, welche die Fortschritte des Alchimisten überwachen sollten.

Mit seiner angeborenen Fähigkeit, auch noch in schwierigsten Situationen Optimismus vorzutäuschen, überzeugte Böttger die Kommissionsmitglieder nacheinander von den Vorzügen und dem Nutzen seiner Entdeckung. Die Namen Sachsen und Meißen sowie der Name seines Fürsten würden sich wie ein Lauffeuer bis ans andere Ende des Erdkreises verbreiten und schließlich in den zarten Ohren von Kaiser Kangxi höchstpersönlich zerplatzen.

Nur unwesentlich war dabei die Tatsache, dass die gläsernen Eigenschaften des Porzellans, welches er in der Albrechtsburg herstellte, nicht vergleichbar waren mit denen des chinesischen Porzellans, da er nach wie vor als Schmelzmittel Alabaster statt Feldspat benutzte. So willigte August schließlich ein.

Am 23. Januar 1710 wurde an alle Kirchentüren Sachsens ein königliches Edikt genagelt, welches in vier Sprachen (Deutsch, Holländisch, Französisch und Latein) die Gründung einer Porzellanmanufaktur in der Stadt Meißen verkündete. Außerdem lud der König darin interessierte private Investoren ein, sich an dem Unternehmen zu beteiligen.

Indes blieb Augusts Proklamation gänzlich folgenlos, obgleich er zusätzlich zu anderen Pfründen einen sechsprozentigen Zins anbot. So musste er sämtliche Kosten alleine tragen.

Aus unerfindlichen Gründen beharrte das Fatum darauf, die Geschicke dieser beiden Männer auf ewig miteinander zu verbinden, indem es den einen wie den anderen nötigte, jeweils das aufs Spiel zu setzen, was er am höchsten schätzte: Böttger das Leben, August das Kapital. Böttger war der Körper des Porzellans, August der Knochen.

Kapitel 29

XVII

In Guling nahm sich Lüzi Hsi unserer an. Meine Opiumsucht und der üble Zustand meiner Füße zwangen mich zu einigen Tagen Rast. Da aber meine Anwesenheit im Dorf ein großes Risiko bedeutete, ließ Lüzi Hsi mich zur »Höhle der Unsterblichen« bringen, einem schwer zugänglichen ehemaligen Alchimistenrefugium, das jetzt als Tempel und Meditationsstätte genutzt wurde. Ein Mönch des Donglin-Tempels, ein Angehöriger der buddhistischen »Sekte der Reinen Erde«, kümmerte sich um meine Verpflegung, während ich selbst die Zubereitung der Opiumpfeifen übernahm. In den zwei Wochen meines Aufenthaltes an jenem Ort kam diesem Mann kein einziges Wort über die Lippen, nicht einmal, wenn ich ihn ansprach. Er verbrachte die Stunden damit, in ausgefallenen Körperhaltungen dazusitzen und zu meditieren, und bisweilen hatte ich den Eindruck, das Blut in seinen Adern habe aufgehört zu fließen. Aber wie jeder irdische Heilige, der durch eigene Verdienste zu einem solchen geworden ist, erwachte er stets im richtigen Augenblick aus seiner Versenkung, um das Mittagessen für mich vorzubereiten. Was für einen Anblick wir beide boten, kann ich nicht beurteilen, da ich selbst Teil desselben war, aber ich hätte uns zu gerne von außen beobachtet in jenen Phasen, in denen seine Meditationen mit meinen vom Opium ausgelösten Erschlaffungszuständen zusammenfielen. Zwei Arten der Ruhe, jede auf ihre eigene Weise herbeigeführt. Während es ihm darauf ankam, der Welt der Sinne zu entsagen, strebte ich danach, meine Sinneswahrnehmungen in Sinnestäuschungen zu verwandeln, um so der Wirklichkeit entfliehen zu können.

Zurück in Guling, erwartete mich eine unangenehme Überraschung: Lüzi Hsi hatte Jade zur Abreise in einer von vier Männern getragenen Sänfte genötigt. Seiner Meinung nach erschwerte ihre Begleitung meine Flucht, letztlich also den Erfolg des gesamten Unternehmens. Zudem hatte er ihr die acht Stücke rohe und halbgebrannte Keramikmasse mitgegeben, die ich wie einen Schatz gehütet hatte. Denn anhand dieser Beweisstücke hätte man mir ein Verbrechen nachweisen können, das mich im Falle einer Verhaftung das Leben gekostet hätte.

»Sie werden sie in Kanton zurückerhalten«, sagte er.

»Und was ist, wenn man Jade verhaftet? Dann ist die Hälfte all dessen, was ich herausgefunden habe, verloren.«

»Die kaiserlichen Aufseher suchen nicht nach Jade, sondern nach Ihnen.«

Nicht zu wissen, wer mir die Keramikstücke wiedergeben und wo genau dies geschehen würde, machte mir Angst. Ich fürchtete, dass ich Jade für immer verloren hatte. In Kanton würde man sie Feng übergeben, und der würde mit allen Mitteln zu verhindern suchen, dass Jade und ich uns trafen.

Da ich aber einsah, dass Lüzi Hsis Maßnahme sinnvoll gewesen war, wenn sie auch den Wünschen meines Herzens zuwiderlief, fand ich mich notgedrungen damit ab und zwang mich, Vernunft anzunehmen.

Einige Tage musste ich noch warten, bis Lüzi Hsi für mich eine geeignete Route bis nach Kanton ausgearbeitet hatte, Tage, in denen mich die Schwermut überwältigte und ich unter dem Vorwand, ihr zu entfliehen, die Anzahl meiner täglichen Opiumpfeifen erhöhte. Und trotzdem vermisste ich Jade so schmerzlich, dass mich das Gefühl der Einsamkeit schließlich überwältigte. Selbst wenn ich rauchte, blieb mein Geist dumpf und leer. Nein, in einem Winkel meines Gehirns tauchte Jades Bild auf wie eine Erscheinung, ihre Gestalt umhüllt von einer ovalen Aureole. Im Grunde war dieses Bild der Beweis dafür, dass auch meine Liebe zu einer Sucht geworden war, einer vielleicht noch größeren als das Opium.

Mein Zustand verschlimmerte sich so sehr, dass Lüzi Hsi sich gezwungen sah, seinen Plan aufzugeben und jemanden zu suchen, der sich auf der Reise um mich kümmerte. Er wählte einen jungen *Tschela*, einen Schüler aus einem der im Lushan-Gebirge ansässigen buddhistischen Klöster. Seine Wahl bedeutete, dass auch ich eine safrangelbe Tunika tragen und mich als Mönch ausgeben musste. Doch im Grunde beinhaltete sie zahlreiche Vorteile. Einstweilen erlaubte sie mir, meinen Mandschu-Zopf abzuschneiden. Zudem konnte ich vorgeben, ein Schweigegelübde abgelegt zu haben, was erklärte, warum stets der *Tschela* derjenige war, der die Leute ansprach und sie bat, unsere Näpfe mit Reis zu füllen oder uns eine Tasse Tee zu spendieren. Ich brauchte den Mund nicht aufzumachen, häufig brauchte ich nicht einmal das nächste Dorf oder die nächste Stadt entlang unserer Strecke zu betreten.

Allerdings zog sich die Reise endlos hin. Wie viele Tage sie wirklich gedauert hat, weiß ich heute nicht mehr. Ich erinnere mich nur noch, dass ich hin und wieder einen Blick auf die von Lüzi Hsi erstellte Wegbeschreibung warf, eine Art Landkarte, auf der er die Namen der wichtigsten Städte eingetragen hatte, die wir unbedingt umgehen sollten: Pucheng, Zhenghe, Nanking, Minquing, Quanzhou – allesamt in der Provinz Fujian gelegen – sowie Raoping und Huiyang in der Provinz Guangdong.

Dass Lüzi Hsi eine Route gewählt hatte, die uns durch Fujian führte, war kein Zufall. Die Hälfte dieser Provinz war aufgrund ihrer Bergformationen vom übrigen Land abgeschnitten, und hier sprach jede Bevölkerungsgruppe ihren eigenen lokalen Dialekt. Die sich daraus ergebenden Verständigungsschwierigkeiten trugen erheblich zu unserer Sicherheit bei. Überdies war ja Quanzhou meine angebliche Heimatstadt, weshalb mein Aussehen in Fujian nicht so sehr aus dem Rahmen fiel wie in anderen Provinzen; denn in dieser Gegend lebten zahlreiche Nachfahren arabischer und persischer Kaufleute.

Doch wehte in den Bergen von Fujian ein eisiger Wind, beißend wie Wolfszähne, und die Kälte war dort so schneidend, dass meine safrangelbe Tunika und mein Fettgewebe nicht mehr genügten, um mich warm zu halten. Ganze Tage hindurch wanderten wir über holprige Nebenpfade oder suchten nach Wegen, um diesem oder jenem Ort auszuweichen, der uns hätte gefährlich werden können. Diese langen Märsche zehrten so stark an mir, dass mein Gang langsam und schwerfällig wurde und der *Tschela* sich zwischendurch gezwungen sah, mich hinter sich herzuziehen. Meine nächtlichen Träume waren aufgewühlt wie eine stürmische See. Die Schäferhütten, auf die wir unterwegs stießen, dienten uns oftmals als improvisierte Unterkünfte. Kaum dämmerte der Morgen, zogen wir wieder los, selbst wenn der Boden noch feucht war von Tau oder Raureif. An manchen Tagen aber verließen mich die Kräfte. Dann überwältigte mich mitten im Wald oder auf einer Lichtung das Gefühl, all unsere Mühen seien vergeblich. »Fliehen«, dachte ich, »ist eine ebenso unwürdige Form der Sklaverei wie jene, die den Menschen zum Besitz eines anderen macht.«

So manches Mal, wenn es uns an Nahrung mangelte, erstickte ich den Hunger mit einigen Zügen aus meiner Opiumpfeife, zumeist aber versuchte ich, auf die Droge zu verzichten, um unser Vorankommen nicht noch mehr zu verzögern, als es das Gelände schon tat. Doch fiel mir das ebenso schwer wie das Erklimmen eines Berghangs. Da ich Jade nicht bei mir hatte, war nun das Opium das, was ich auf der Welt am meisten begehrte.

Eines Tages begegneten wir in der Nähe des Hafens von Quanzhou einer Gruppe von Kaufleuten, die sich auf dem Weg ins Landesinnere befanden. Unter ihnen waren einige Männer, die trotz ihres Mandschu-Zopfes und ihrer Schlitzaugen typisch kaukasische Gesichtszüge aufwiesen. Es waren Nachfahren arabischer Seeleute. Diese Entdeckung empörte mich, statt mich zu beruhigen, da ich plötzlich begriff, dass Gu Fengs Amputationen vollkommen unnötig gewesen waren. Inzwischen wusste ich auch, dass nicht einmal die acht Finger die abergläubische Bedeutung besaßen, die Feng ihnen zuschrieb.

Was den jungen *Tschela* betraf, so war er der perfekte Blindenführer. Allein aufgrund seiner emsigen Fürsorge und Geduld hätte er es verdient, in den Rang eines Heiligen aufzusteigen. Gelegentlich überraschte ich ihn dabei, wie er mich mit dem psychologischen Scharfblick dessen betrachtete, der (jenseits seines guten Sehvermögens) zu erkennen vermag, was ein Mensch mit dem bloßen Auge nicht wahrnimmt. Es war, als besäße er die Gabe, meine verlängerte, wiederhergestellte Nase zu sehen und meine Lider ohne ihre Narben und Verdickungen, in ihrem ursprünglichen Zustand also, vor Gu Fengs Eingriffen. Aber er war ein diskreter junger Mann, sparsam mit Worten und von einfühlsamem Wesen, so dass sich das, was er hinter meinen Narben und Verstümmelungen erahnte, niemals in Fragen oder aufdringlichen Bemerkungen äußerte. Er beschränkte sich darauf zu lächeln wie Maitreya, der freundliche Buddha.

Eines Nachmittags, während wir uns ausruhten und die tieffliegenden Kraniche beobachteten, fragte ich ihn nach seinem Namen. Er antwortete mir voller Stolz:

»Meinen Namen habe ich abgelegt. Namen fördern die Eitelkeit, so wie die Schminke aus Reispuder die Schönheit der Frauen steigert.«

Seine Antwort überraschte mich natürlich, vor allem weil sie unverhohlen zu erkennen gab, dass er von dieser *chenshi*, wie die chinesischen Buddhisten die schmutzige, staubige Welt nannten, auf der sich unser Leben abspielt, nichts Brauchbares erwartete.

Mir aber wurde klar, dass ich, hätte ich bereits früher den großen Wert des Verzichts kennengelernt, niemals in meine gegenwärtige Lage geraten wäre. Allein durch den Verzicht auf meine Ehre hätte ich es mir erspart, meine Hände mit Blut zu besudeln. Mit sauberen Händen hätte ich mich auch nicht gezwungen gesehen, aus Spanien zu fliehen. Ja, Ehre muss nicht auch ehrenhaftes Verhalten bedeuten, genau wie ein Mann großer Worte nicht immer ein großer Mann ist.

Kapitel 30

XVIII

Der *Tschela* hatte die Anweisung erhalten, sich in Kanton mit Yuan zu treffen. In der Zwischenzeit sollte ich außerhalb der Stadtmauern auf ihn warten. Meine Sehnsucht nach einem vertrauten Ort war so groß, dass ich meinen jungen Führer um die Erlaubnis bat, in meinem eigenen Laden in der Straße der Dreizehn Faktoreien zu warten. Denn das europäische Viertel lag jenseits der Stadtgrenze, und angesichts seiner Einwohnerdichte und der vielen Boote im schwimmenden Viertel bot der Ort ideale Möglichkeiten unterzutauchen.

Ich war hocherfreut festzustellen, dass die Stadt Kanton immer noch nach gekochtem Huhn roch, gewürzt mit den aus dem Boden aufsteigenden Betelpfefferdüften.

Da ich seinerzeit Lu Fu die Ladenschlüssel überlassen hatte, damit er und seine Leute im Lager unterkommen konnten, bis sich für mich eine Möglichkeit ergab, nach Manila zurückzukehren, war die Tür offen. Das einzige sichtbare Zeichen, dass dieser Raum einmal zur Lagerung von Porzellan gedient hatte, waren die herumliegenden, als

Verpackungsmaterial genutzten Reisstrohmatten. Sie lagen ausgebreitet auf dem Boden, weshalb ich vermutete, dass meine Männer sie als Schlafunterlage benutzt hatten. Wo waren sie jetzt wohl? Was war aus ihnen geworden? Die Leere des Lagerraums entsprach der Verfassung meiner von Opium, Hunger und langen Märschen ausgehöhlten Seele. Ich streckte mich auf einer der Strohmatten aus und deckte mich mit einer zweiten zu. Es war lange her, dass mein Körper auf einer so weichen Unterlage gelegen hatte. Ich war müde und fühlte mich wie ein zerbrechliches Stück feinstes Porzellan, das vor den Gefahren der Reise geschützt werden musste, vor den rauen Händen der Hafenarbeiter, der stürmischen See, dem Entladenwerden in fernen Häfen und der Reise in Fuhrwerken über staubige Wege … Eine Minute nachdem ich mich zugedeckt hatte, war ich eingeschlafen.

Als ich die Augen aufschlug, hielt Yuan mich in den Armen.

»Oso, was für eine Freude, dass du am Leben bist! Auch wenn du nicht mehr so aussiehst wie früher. Was ist mit deiner Nase passiert? Und mit deinen Augen?«

Ich hob meine verstümmelte Hand, damit er auch diese sah.

»Bei allen Göttern Chinas!«, rief er.

Sein Gesicht hatte in der Zeit meiner Abwesenheit Falten bekommen und war härter geworden, und seine Hautfarbe kam mir gelber vor als früher. Die Fingernägel dagegen sahen tadellos aus: lang und glänzend.

»Eine Schönheit mit Mängeln und Fehlern, erinnerst du dich an den Satz, den du immer gesagt hast? Die Geschichte ist sehr lang, mein lieber Freund, und das Einzige, was ich jetzt möchte, ist, mich auszuruhen«, erwiderte ich, an seine Unterarme geklammert.

»Nichts überschattet die Gesichtszüge so sehr wie Müdigkeit. Obwohl du ehrlich gesagt sogar aussiehst, als seiest du gar nicht mehr derselbe.«

»Ich bin nicht mehr derselbe. Was ich jetzt bin, verdanke ich zum Teil Gu Feng«, gestand ich.

Ich musste mich sehr zusammenreißen, damit mir die Stimme nicht vor Ergriffenheit brach. Im Grunde war mir unendlich nach Weinen zumute. Aber dies war nicht der richtige Augenblick für Klagen und schon gar nicht für Tränenausbrüche. Eigentlich war er das nie. In meiner gegenwärtigen Lage konnte schon das Zulassen einer leichten Schwäche zu bedingungsloser Kapitulation führen. Und genau das sah ich immer stärker auf mich zukommen, zumal es mir schon seit geraumer Zeit nicht mehr gelang, mich selbst wiederzuerkennen.

»Ich werde dir Essen und Decken bringen. Außerdem werde ich mich um alles kümmern, was deine Rückreise nach Manila betrifft. Wir mussten einen Piraten anheuern; der wird dich auf einer der kleinen Inseln an der Mündung des Perlenflusses an Bord nehmen. In einer Woche kannst du abreisen«, sagte Yuan und offenbarte einmal mehr sein organisatorisches Talent.

Der vertraute Ort und die Gegenwart meines Freundes riefen in mir die Sehnsucht nach vergangenen Zeiten wach. Ich wünschte mir, alte Erlebnisse zurückholen, alte Gefühle aufleben lassen zu können, um so die verlorene Zeit wiederzufinden, obwohl ich wusste, wie unmöglich das war.

»Wie viel Zeit ist eigentlich vergangen?«, fragte ich ihn.

»Was genau meinst du?«

»Wie lang ist es her, dass ich von Kanton fortgegangen bin?«

»Fast zwei Jahre, Oso. Aber wie ist es bloß möglich, dass du dich nicht einmal daran erinnerst?«

Mein Schweigen und nicht zuletzt mein abgemagerter Körper und meine kränkliche Kurzatmigkeit verrieten mich.

»Opium?«

»Gu Feng hat es mir als Betäubungsmittel verabreicht oder einfach, um meinen Willen zu brechen, ich weiß es nicht. Dann ist es zur Gewohnheit geworden und später zur Sucht.«

»Laster kommen als Reisende, besuchen uns als Gäste und bleiben als Gebieter«, sagte Yuan, ein altes Sprichwort rezitierend. »Wie viele Pfeifen rauchst du am Tag?«

»Zu viele, um geheilt werden zu können.«

»Und was ist mit deinem Geheimnis?«, erkundigte er sich neugierig.

»Gut aufgehoben, irgendwo in meinem Kopf.«

»Wirst du dich denn daran erinnern können?«, fragte er mich, ohne seine Besorgnis zu verhehlen.

»Keine Bange. Was ich erlebt habe, könnte ich niemals vergessen.«

»Herr Gu Feng hat mich gebeten, dir dies hier zu übergeben. Es handelt sich um eine äußerst ungewöhnliche Halskette. Sie sieht aus wie aus Porzellanperlen gebastelt.«

Yuan zeigte mir eine Schnur, an der sich kleine Keramikstücke wie Perlen aneinanderreihten. Es war die Kette, die Jade nach Kanton mitgenommen hatte.

»In der Tat. Die Perlen dieser Kette bestehen aus Keramikrohmasse und halbgebrannter Keramik. Ich musste jedes einzelne dieser Bröckchen herunterschlucken, um sie aus der Brennstatt, in der ich gearbeitet habe, herauszuschmuggeln.«

»Verstehe.«

Plötzlich hatte ich das Bedürfnis, offen mit Yuan zu reden, ihm ehrlich meine Gedanken mitzuteilen. Und dazu drängte es mich nicht von ungefähr, denn zur Durchführung meiner Pläne war ich unbedingt auf seine Hilfe angewiesen.

»Ich bin nicht bereit, ohne die junge Frau abzureisen. Ich habe ihr versprochen, sie mitzunehmen«, gestand ich.

Yuans sah mich staunend an.

»Und wie planst du, sie zu befreien?«, fragte er. »Dazu noch, wo sie nicht einen einzigen Schritt gehen kann.«

»Im rechten Augenblick werde ich alles Notwendige tun.«

»Eher bringt Gu Feng dich um, als dass er dir erlaubt, das Mädchen mitzunehmen«, warnte er mich.

»Das wäre den Acht Trigrammen aber gar nicht recht. Damit Kangxi gestürzt werden kann, muss ich lebend nach Manila gelangen und meine Entdeckung an die Öffentlichkeit bringen. Gu Feng weiß das. Ich werde mich in sein Haus einschleichen und ihn zusammenschlagen, und nachdem ich ihn außer Gefecht gesetzt habe, hacke ich ihm zwei Finger ab, amputiere ihm die Nase und verunstalte seine Augenlider. Dann nehme ich das Mädchen mit. In der Zwischenzeit besorgst du mir das Boot, das uns zum Schiff dieses Piraten bringt. Danach ist alles vorbei.«

»Wie ich sehe, hast du deine Rache schon bis ins kleinste Detail geplant.«

»In den vergangenen zwei Monaten habe ich nichts anderes getan. Der Gedanke an Rache war das Einzige, was in den Bergen von Fujian mein Blut in Wallung gebracht hat.«

»Konfuzius hat gesagt, wer seinen Zorn beherrscht, beherrscht seinen schlimmsten Feind«, bemerkte er. »Oso, der Wunsch nach Rache gleicht dem Drang, Durst mit Meerwasser zu stillen. Ein Mensch aber, der nur Meerwasser trinkt, wird wahnsinnig und stirbt, noch bevor sein Durst gestillt ist.«

Obwohl Yuan meinen Plan nicht guthieß, verstand er, wie sehr meine Wunden schmerzten und weshalb ich mir wünschte, eigenhändig Gerechtigkeit zu üben, zumal ich mich nicht an die chinesische Justiz wenden konnte. Auch Feng war ja dazu paradoxerweise nicht in der Lage, da ich im rechtlichen Sinne gar nicht existierte. Ich war ein Phantom, dem er zwei Finger und ein Stück Nase abgehackt und die Augenlider eingeschlitzt hatte. Und unter den Chinesen herrscht der Glaube, dass es für einen lebenden Menschen nichts Gefährlicheres gibt als ein Phantom.

Yuan blickte sich im Lagerraum um.

»Glaubst du, hier bist du sicher?«

»Mach dir keine Sorgen. Ich habe meine eigene ›Tür des Friedens‹.«

China war ein von Unruhen geschütteltes Land und besaß eine mächtige Bauernschaft, die sich auch dann nicht kleinkriegen ließ, wenn der Boden schlechte Erträge lieferte. Deshalb hatten die meisten Reichen in ihrem Haus eine Fluchttür. Im Grunde war diese Tür ein nutzloser

Notausgang, der im Volksmund als »Tür des Friedens« bezeichnet wurde, ein Euphemismus, mit dem die wohlhabenden Schichten ihre Feigheit zu verschleiern suchten. Angesichts der heiklen Lage der Ausländerkolonie, die stets abhängig war von den wechselnden Launen des Kaisers, besaß auch ich eine solche Tür, durch die ich im Notfall flüchten konnte.

»Ich muss dich noch um eine weitere Sache bitten. Ich will, dass du mir eine ›Bambusgattin‹ besorgst«, sagte ich.

»Eine ›Bambusgattin‹? Aber das ›Erwachen der Insekten‹ hat doch gerade erst begonnen! Die heiße Zeit ist doch noch gar nicht angebrochen«, erwiderte er.

Von den vierundzwanzig Klimaperioden, in die das chinesische Jahr aufgeteilt ist, trägt jene, die in der ersten Märzwoche beginnt, diesen Namen.

»Ich weiß. Bring sie mir trotzdem. Außerdem brauche ich ein scharfes Messer und ein paar Schnüre.«

Meine körperliche Verfassung bewog Yuan, Nachsicht mit mir zu üben. Überdies besaß er einen gutmütigen Charakter und ein weiches Herz, vor allem wenn es darum ging, über Sünden anderer zu urteilen. Mit einer Kopfbewegung gab er mir zu verstehen, dass er meinen Bitten nachkommen würde.

»Konfuzius hat gesagt, ein Mensch, der weiß, was gerecht ist, ist ein Mensch, der das Gerechte liebt. Versprich mir, bevor du handelst, an diesen Satz zu denken«, bat er mich.

Diesmal war ich es, der zustimmte.

Als ich ihn fortgehen sah, wurde mir bewusst, dass ich in dieser ganzen Zeit nicht nur seinen aufrechten Gang vermisst hatte, sondern auch sein aufrechtes Handeln.

Kapitel 31

XIX

Ich ging vor Gu Fengs Haus in Stellung und wartete ab, bis kurz nach Mitternacht die Stunde des *Chou* (des Büffels) gekommen war, ausgerüstet mit einer drei Finger dicken »Bambusgattin«, einer langen Schnur und einem Messer. Dann kletterte ich über den Balkon bis ins zweite Stockwerk hinauf und schlich mich vorsichtig ins Haus. Blind tastete ich mich vorwärts, wobei ich versuchte, mich zu erinnern, wo die als Trennwände dienenden Wandschirme gestanden hatten. Fengs Kopulationsgestöhn war nicht zu überhören; es überdeckte das Geräusch meiner Schritte vollkommen und schürte noch meinen Hass. Ich stellte mich hinter den Wandschirm, der mich von Fengs Alkoven trennte, und wartete reglos ab, bis der Orgasmus ihn erfasste. Als es so weit war, stürzte ich aus meinem Versteck, und da er immer noch auf Jade lag, nahm ich seine Gesäßbacken als Anhaltspunkte und zielte mit der »Bambusgattin« auf seine Hoden. Es war, als stieße ich ein Ruder ins Wasser. Ein Schmerzensgeheul brach aus seiner Kehle hervor, in dem eine Frage mitschwang. Die Antwort erhielt er, als er den Kopf drehte und sich aufzurichten versuchte. Genau in diesem Moment schlug ich erneut zu, einmal von unten gegen die Nasenscheidewand, dann auf die rechte Schläfe. Die Schläge klangen wie Peitschenhiebe, dann fiel sein schwerer Körper auf den von Jade, die vorsichtshalber die Knie angezogen hatte. Mit einem Bein, den Bambusstock zu Hilfe nehmend, schob ich Fengs Körper zur Seite, vergewisserte mich, dass er bewusstlos war, und reichte Jade die Hand, um ihr beim Aufstehen zu helfen. Sie zitterte wie ein Herbstblatt, das jeden Moment vom Baum fällt, und ihre weit aufgerissenen Augen waren so starr vor Staunen, dass es aussah, als hätte sie ihr jemand ins Gesicht gemalt.

»Ich habe dir doch versprochen, dir bei der Flucht zu helfen, weißt du das nicht mehr?«, fragte ich sie.

Eigentlich hatte ich es ihr nicht versprochen, sondern nur angeboten. Aber mein plötzliches Auftauchen in diesem Haus verlangte eine bessere Rechtfertigung als etwas, was man einander irgendwann auf dem Kopfkissen zugeflüstert hatte. Ich fürchtete plötzlich, dass sie vielleicht gar nicht mehr daran interessiert war, unsere Beziehung wiederaufzunehmen, und vor lauter Beklemmung setzte mein Herz einige Sekunden aus.

Jade antwortete auf meine Frage, indem sie die Lippen zu einem Lächeln verzog, so dass sich eine zarte Linie bildete, die sich immer mehr krümmte, bis eine Reihe weißer Zähne, klein und rundlich wie Perlen, zum Vorschein kam. Es war das erste Mal, dass sie mir ihre Zähne zeigte, und ich deutete es als Zeichen ihres unendlichen Danks. Kurz darauf zog sie sich auf ihre typische kokette Art ihren rosafarbenen Seiden-*Cheongsam* wieder zurecht.

»Pack alles zusammen, was du brauchst. Ich kümmere mich in der Zwischenzeit um Gu Feng«, sagte ich.

»Wirst du ihn töten?«, fragte sie.

In der Nacht hatte ich lange wach gelegen und darüber nachgedacht. Schließlich war ich zu dem Schluss gelangt, dass der tiefe Hass, den ich für Feng empfand, mich sogar davon abhielt, ihn zu töten. Denn der Tod hätte für ihn ein Ende seines Leidens bedeutet, aber ich wünschte mir ja, dass er litt.

»Lust hätte ich schon, aber ich bin kein Mörder. Nein, ich hatte eigentlich vor, ihm dasselbe anzutun, was er mir angetan hat. Aber ich glaube, es genügt, wenn ich ihn betäube. Wenn er erwacht, wird er entdecken, dass er sein begehrtestes Gut verloren hat: dich.«

»Ich will, dass du ihn tötest. Wenn du es nicht tust, tue ich es.«

Der bestimmte, entschlossene Ton ihrer Stimme, aus der Überzeugung und Selbstbewusstsein sprachen, überraschte mich.

»In einer Stunde bist du eine freie Frau. Wenn du dagegen Gu Feng tötest, wird sein Phantom dich überallhin verfolgen«, versuchte ich, sie umzustimmen.

Diese Aussicht bremste Jade. Ihre Angst vor Phantomen übertraf noch ihren Hass auf Feng.

»Nun gut. Machen wir es so, wie du sagst«, willigte sie ein.

»Gib mir bitte die Opium-Utensilien.«

Jade gehorchte mit den gewohnten flinken Bewegungen, die sie mit ihren kurzen, geschmeidigen Schritten zierte.

»Pack jetzt deine Sachen zusammen. Wir haben nicht viel Zeit.«

Als Jade das Zimmer verlassen hatte, fesselte ich Feng und bereitete eine Pfeife mit einer doppelten Dosis Opium zu. Dann gab ich ihm ein paar leichte Klapse auf die Wangen, bis er wieder zu Bewusstsein kam.

»Was zum Teufel tun Sie hier? Sie hätten China schon längst verlassen sollen«, stammelte er.

Sein Nasenbein war gebrochen, und er blutete stark. Außerdem war er nackt und an Händen und Füßen gefesselt, so dass er aussah wie ein für die Opferung vorbereitetes Tier.

»In zwei Stunden laufen wir aus.«

Dass ich den Plural benutzte, entging Feng nicht. Er sah mich an wie das, was ich ja auch tatsächlich war: sein erbittertster Feind. Dann stieg ihm Zornesröte ins Gesicht. Seine Empörung wandelte sich in heftigste Rage, als er merkte, dass seine Versuche, sich von den Fesseln zu befreien, vergeblich waren. Sich meiner Gnade ausgeliefert zu sehen war zweifellos das Erniedrigendste, was ihm widerfahren konnte.

»Laufen wir aus? Wen meinen Sie mit diesem ›laufen wir aus‹?«, brüllte er.

Jetzt waren es seine Augen, die brannten.

»Jade und ich, Gu Feng. Ich nehme das Mädchen mit, und Sie werden nichts dagegen tun können. Ich will, dass Sie diese Pfeife rauchen. Wenn Sie sich weigern, wird mir nichts anderes übrigbleiben, als Ihnen dieses Messer in den Magen zu rammen. Und dann werden Sie ganz langsam verbluten.«

»Ich glaube nicht, dass Sie fähig sind, mich zu töten«, erwiderte er herausfordernd und spuckte zwischen den Worten Blut.

Mir fiel wieder ein, dass auch ich den herben Geschmack des Blutes kennengelernt hatte, und zwar seinetwegen.

»Vielleicht haben Sie recht. Aber Sie vergessen das Mädchen. Sollte ich es nicht tun, tut sie es. Wenn Ihnen also Ihr Leben lieb ist, bleibt Ihnen nur, mir zu gehorchen.«

Feng bezweifelte zwar, dass ich den Mut haben würde, ihn kaltblütig zu ermorden, wusste aber genau, dass Jades Hass auf ihn so rein war wie vierundzwanzigkarätiges Gold.

»Na gut, dann rauche ich eben«, sagte er resigniert.

Ich hielt ihm die Pfeife an den Mund. Mit der Wut, die in seinem Innern zu einem Ungeheuer herangewachsen war, atmete er den Rauch in einem einzigen tiefen Zug ein.

»Ich werde Ihnen ein Odermennig-Pflaster gegen die Blutungen bringen. Alles Übrige wird das Opium erledigen. Wenn Sie aufwachen, werden wir für immer aus Ihrem Leben verschwunden sein.«

»Sie wird Ihnen niemals gehören. Niemals wird sie sich Ihnen vollkommen hingeben. Jades Herz spricht die *Nushu*-Sprache, eine Sprache, die kein Mann versteht«, rief er.

»Ich will gar nicht, dass sie mir gehört«, entgegnete ich. »Ich begnüge mich damit, dass sie mir erlaubt, sie zu lieben. Mehr brauche ich nicht.«

Erneut war es Jade, die sich um die Zubereitung der Medizin kümmerte. Unterdessen bewachte ich Feng mit der einsatzbereiten »Bambusgattin«, für den Fall, dass er sich herumwarf oder irgendeine unverhoffte Bewegung machte. Mich erstaunte seine Fähigkeit, klaglos Schmerzen zu ertragen. Doch seine starre Miene hatte begonnen, sich zu verkrampfen.

»Wenn Sie sie mitnehmen, werde ich erneut dazu verdammt sein, ein *Sian Kou* zu werden, begreifen Sie das nicht?«, sagte er in einem letzten Versuch, mich umzustimmen.

»Sie irren sich, Gu Feng. Sie haben nie aufgehört, ein *Sian Kou* zu sein. Ihre Seele und Ihr Geist leben immer noch in Nan-Fou.«

»Haben Sie Nan-Fou gesagt? Sie und ich, wir hätten uns in Nan-Fou kennenlernen sollen. Ja, in Nan-Fou war alles anders … Dort gab es einen Teich mit Goldfischen und die hübschesten jungen Männer im ganzen Land, allesamt versiert in der ›Leidenschaft des abgeschnittenen Ärmels‹ …«

Ich blieb so lange bei ihm, bis das Opium seine Stimme endgültig besiegt hatte.

Währenddessen stand Jade wartend neben dem Wandschirm, der Gu Fengs Alkoven vom Wohnzimmer des Hauses trennte. Sie hatte ein Bündel mit ihrer Habe geschnürt und so viele Sachen in den Bausch ihres *Cheongsam* gepackt, dass sie aussah wie ein schwangeres junges Mädchen. Schließlich lud ich sie mir wie am Tag unserer Flucht aus Jingdezhen mitsamt unserem Gepäck auf den Rücken.

Als wir in das Boot stiegen, das uns bis zum Delta des Perlenflusses bringen sollte, wurde mir bewusst, dass ich nie wieder chinesischen Boden betreten würde. Deshalb sagte ich zu Yuan, er solle für die Räumlichkeiten, die ich in der

Straße der Dreizehn Faktoreien besaß, einen Abtretungsvertrag zu seinen Gunsten aufsetzen.

»Du kannst sie dem Europäer vermieten, der mich ersetzen wird«, sagte ich zu ihm.

»Vielleicht wird überhaupt kein Europäer mehr kommen, wenn du erst einmal das Geheimnis verbreitet hast, das du gerade aus China mitnimmst«, erwiderte er.

»Du irrst dich, Yuan. China ist eine Kuh mit einem viel zu vollen Euter, als dass die Europäer darauf verzichten würden.«

Dann umarmten wir uns immer wieder und überschütteten uns mit Worten des Lobes. Yuan sprach sogar davon, vielleicht eines Tages auf die Philippinen zu kommen; er fühle sich immer heimischer im katholischen Glauben, und ein Jesuit aus Kanton habe ihm erzählt, wie sehr die christlichen Chinesen auf dem Archipel das Jesuskind von Cebu verehrten.

Bevor ich mich endgültig von ihm verabschiedete, sagte ich zu ihm:

»Feng wirst du gefesselt und betäubt vorfinden, aber unversehrt; na ja, nur mit ein paar Quetschungen und einem Knochenbruch. Ich habe einen Brunnen mit frischem Wasser gefunden und konnte so meinen Durst nach Rache stillen.«

Die Begegnung mit dem Meer versetzte Jade in Furcht und Schrecken, da sie nie zuvor etwas Derartiges gesehen hatte. Das Auf und Ab der Wellen, das Stampfen des Bootes und die winzigen Schuppen, die das Salzwasser auf ihrer Haut hinterließ, machten ihr Angst. Doch als die Männer zu rudern begannen und die Abendbrise ihre Haut streichelte und ihr das Haar zerzauste, begriff sie, dass die endlose, niemals ruhende Wasserfläche vor ihren Augen in ihrem Innersten das Geheimnis dessen barg, was sie schon so lange ersehnte: Freiheit.

Ich traute meinen Augen nicht, als wir uns in der Reede einer kleinen Insel dem Schiff näherten, das uns nach Manila bringen sollte: Es war die *Batavia*. Sie war überholt worden und sah jetzt in gewisser Weise orientalischer aus, auch die Takelage war erneuert worden, aber es war eindeutig mein Schiff.

Als ich an Bord ging, hatte ich mich noch nicht ganz von meiner Fassungslosigkeit über diese Entdeckung erholt, brannte zugleich aber darauf zu erfahren, wie die *Batavia* in den Besitz chinesischer Piraten geraten war. Nachdem ein Dutzend Männer uns weitergereicht hatte, deren Haut so dunkel und ölig glänzend war wie die Meeresoberfläche, wurden wir zum Kapitän geführt. Der Mann musterte mich neugierig, und ich tat dasselbe mit ihm. Wenige Sekunden später, als der Lichtstrahl einer Kompasslaterne genau auf sein Gesicht fiel, erkannte ich, wer der Mann mit dem Seidentuch um den Kopf war, an dessen Ohrläppchen mehrere goldene Ringe hingen – das Symbol, mit dem die Piraten verkündeten, den Globus umrundet zu haben, selbst wenn es gelogen war.

»Wenn schlechte Geschäfte, essen *nugaw*«, sagte ich, »aber wenn gute Geschäfte, essen *patay manok*. Wie geht es dir, Lu Fu? Versuchst du immer noch, nach Manila zu kommen?«

Trotz seines wilden, unerschrockenen Aussehens huschte etwas wie Furcht über sein Gesicht, denn er glaubte, ein Phantom vor sich zu haben.

»Bist *ikaw* – du –, Señor Ossorio?«, fragte er mich und fasste mich dabei an, um sich zu vergewissern, dass er auch wirklich nicht mit einem Gespenst sprach.

»Ja, ich bin es, Lu Fu.«

Ich freute mich zu erfahren, dass die *Batavia* schließlich doch in gute Hände gelangt war. Aus irgendeinem merkwürdigen Grund verspürte ich das Bedürfnis, mich bei Lu Fu zu entschuldigen, so als sei ich es gewesen, der diese Situation herbeigeführt hatte. Denn schließlich lag es an mir, dass er und die übrigen Männer Piraten geworden waren. Aber ich fand nicht die passenden Worte. Lu Fus Pidgin-Spanisch war zu schablonenhaft, um einen so komplexen Begriff wie Schuld zu erfassen. Plötzlich stieg mir ein intensiver Duft nach Opium in die Nase.

»Opium? Handelst du mit Opium?«, fragte ich.

Lu Fu nickte.

»Gute Geschäft, *patay manok*«, sagte er.

Von Deck kamen lärmende Geräusche, die unsere Unterhaltung unterbrachen. Es war Zeit, in See zu stechen.

In den sechs Nächten unserer Überfahrt tat Jade kein Auge zu. Jede neue Entdeckung (die Gischt einer Welle, ein Delphinschwarm, die Arbeit der Männer an Deck, die Sonne, die wie ein in Flammen stehendes Schiff am Horizont versank, und vieles andere) schien eine lebensnotwendige Nahrung für ihren Geist zu sein. Ab und an trippelte sie mit ihren kleinen Schritten bis zum Bug und stand dort stundenlang wie eine Galionsfigur, die ihren Seinsgrund in der Betrachtung der Unendlichkeit des Ozeans gefunden hat.

Kapitel 32

XX

Lu Fus Leben war in all dieser Zeit ebenso schwierig gewesen wie meines. Zumindest entnahm ich dies der Geschichte, die er mir erzählte. Er und die übrigen Männer hatten mit dem Silberbarren, den ich ihnen gegeben hatte, ihre Rückreise zu den Philippinen bezahlt, auf hoher See aber hatten der Kapitän ihres Schiffes und dessen Mannschaft sich als Piraten zu erkennen gegeben und gestanden, dass sie keinesfalls vorhätten, einen bekannten Hafen anzulaufen. Daraufhin musste jeder der Männer wählen, ob er ebenfalls Seeräuber werden oder über Bord springen wollte. Die Wahl zwischen Leben und Tod schien leicht. Lu Fu aber verzieh dem Kapitän die Täuschung nicht. Sechs Monde später, nachdem er sein Vertrauen gewonnen hatte, zettelte er eine Meuterei an. Ihm und seinen Mitstreitern gelang es, die im Frachtraum untergebrachten Waffen an sich zu bringen. Lu Fu seinerseits ließ den Besiegten nicht die Wahl. Alle mussten über Bord springen. Der Einzige, der eine Sonderbehandlung erfuhr, war der Kapitän, den er eine Woche lang im Kielraum einsperrte, inmitten von Dreck und kotigem

Wasser, bevor er befahl, ihn an den Großmast zu hängen. Lu Fu und seine Männer beschlossen, mit dem gestohlenen Schiff, das sie soeben gewaltsam an sich gebracht hatten, trotz des damit verbundenen Risikos Kurs auf den philippinischen Archipel zu nehmen. Doch gleich einem plötzlich umschlagenden Wind trieb das Schicksal sie in eine andere Richtung. Dreißig Meilen vor der Küste von Kanton stießen sie unverhofft auf die führerlos umhertreibende *Batavia*. An Bord des Schiffes fanden sie ein Dutzend Leichen. Wenig später entdeckten sie ein Leck und vermuteten, dass die Mannschaft selbst den Schaden verursacht hatte, weil es ihr wohl lieber gewesen war, ihr eigenes Schiff zu zerstören, als es in die Hände ihrer Kaperer fallen zu lassen. Nun galt es, das Leck der *Batavia* zu reparieren und die Dschunke in einen sicheren Hafen zu bringen. Plötzlich waren sie Besitzer zweier Schiffe, die nicht ihnen gehörten. Dies war der Augenblick, in dem sie beschlossen, Piraten im wahrsten Sinne des Wortes zu werden, eines Wortes, das aus dem Griechischen kommt und »der Unternehmende« oder »der, der sein Glück versucht« bedeutet. Sie begannen, zwischen verschiedenen chinesischen Küstenorten und den südlichen Häfen der Philippinen, in denen sich nur wenige Spanier aufhielten, einen Opiumhandel zu betreiben.

Lu Fu setzte uns in Puerto Galera ab, einem der Häfen, die er auf seinen Fahrten durchs Philippinische Meer anlief und in dem er einen Teil seiner Opiumladung abliefern musste. Und in Begleitung der Droge reisten wir weiter, von der Insel Mindoro bis zur Insel Luzón, wo wir zunächst den Hafen von Batangas anliefen und später den von Cavite.

Nach meiner langen Abwesenheit erschien mir die

Stadt Manila bezaubernd. Verglichen mit dem hektischen Treiben in Kanton wirkte die dortige Geschäftigkeit wie die einer kleinen Provinzstadt. Gewiss, Manila zählte weit weniger Einwohner, was natürlich weniger Lärm bedeutete und mehr Hygiene. Auch der gerade Verlauf der Straßen und die ordentlich aneinandergereihten Häuser trugen dazu bei, eine Atmosphäre der Ordnung und Sauberkeit zu schaffen. Alles schien an seinem Platz zu sein. Dennoch hatte ich erst in dem Moment das Gefühl, wieder zu Hause zu sein, als mir die Gesichter einiger Spanier begegneten. Ich staunte über die Größe ihrer Nasen und die Länge mancher Wörter und Sätze. Im Grunde waren die Wörter der chinesischen Sprache ebenso klein wie die Nasen derer, die sie benutzten.

Jade dagegen fielen andere Dinge auf. Zum Beispiel der rote Schopf einer Dame, die mit einem Sonnenschirm durch die Straße lief. Staunend schaute sie ihr hinterher, überwältigt wie jemand, der glaubt, er sähe auf einem menschlichen Kopf Feuerzungen lodern. Sie ergriff sogar meinen Arm, um mich zu warnen. Ihr Geist sah ganz offensichtlich nicht dasselbe wie ihre Augen. Genauso war es mir in China ergangen, wo ich die Bedeutung jedes neuen Bildes und jeder Geste hatte entziffern müssen. Hinzu kam, dass Jade nicht ein Wort Spanisch beherrschte und folglich das, was sie sah und erlebte, noch weniger verstand. In dieser Hinsicht gleicht die Sprache einem Gefängnis; zwar wurde sie erfunden, um uns Freiheit zu gewähren, gleichzeitig aber verbannt sie uns in ihre Grenzen. Wie dem auch sei, in vielen von Jades Missverständnissen offenbarte sich der argloseste und zarteste Teil ihres Wesens.

Mein Haus kam mir gealtert und verdreckt vor, aber da auch ich mich alt und dreckig fühlte, fiel die Wiederversöhnung nicht schwer. Ich brauchte eine bequeme Umgebung und Ruhe, und mein Haus hatte ich so angelegt, dass dort beides zu finden war.

Nachdem ich mich ausgeruht hatte, stürzte ich mich in Betriebsamkeit, befreite Möbel, Teppiche und andere Einrichtungsgegenstände von Staub und suchte in Kisten und Schränken nach tragbarer Kleidung. Ich fand ein paar mottenzerfressene Hosen, Wämser und Hemden.

Als ich in den Spiegel schaute, erblickte ich das Gesicht eines westlichen Mannes mit fernöstlichen Augen und ebensolcher Nase. Das genaue Gegenteil von dem, was ich in China gesehen hatte, als Gu Feng mir einen Spiegel gebracht hatte.

Dieses Gesicht zeigte mir aber auch, dass mein eifriges Bemühen darum, wieder ich selbst zu werden, ganz und gar vergeblich war, und nichts von dem, was ich getan hatte, um mir eine Zukunft zu sichern, mir irgendetwas nützen würde. Die Gründe dafür lagen im Gewicht der Dinge: Hätte ich Vergangenheit und Zukunft jeweils in eine Waagschale gelegt, wäre der Zeiger in Richtung Ersterer ausgeschlagen, und zwar deshalb, weil ich opiumabhängig und mein Körper verstümmelt war. Es schien, als würden meine gegenwärtigen Mängel meine vergangenen Fehler nur noch stärker betonen, als hätten sie sie zu unüberwindlichen Hindernissen auf dem Weg in meine Zukunft gemacht. Mit anderen Worten, ich war gezeichnet.

Mit dieser Vorahnung bat ich um eine Audienz beim Kolonialgouverneur.

Als ich die Steintreppe, die in den ersten Stock des Gouverneurspalastes führte, hinaufzusteigen begann, kam ich mir vor wie der diplomatische Vertreter eines Landes, welches von dem, in dem er sich gerade befindet, in Kilometern und Gebräuchen so weit entfernt liegt, dass er im Voraus um die Unmöglichkeit einer Verständigung weiß. Oder besser gesagt, ich stellte in diesem Moment fest, dass ich zu einem Fremden im eigenen Land geworden war.

Mein Denken verstummte, als mich der Glanz der silbernen Leuchter blendete, in dem der Empfangssaal des Gouverneurs erstrahlte.

»Stimmt das, was Sie meinem Sekretär gesagt haben? Dass Sie eine Information von lebenswichtiger Bedeutung für das Königreich besitzen? Wer sind Sie, und was ist das für eine Sache, die Sie so dringend loswerden möchten? Sprechen Sie, Señor«, forderte mich der Gouverneur in einem Ton auf, aus dem Unmut sprach.

Kein Zweifel, mein Gesicht, mein abgemagerter Körper, der nicht einmal meine Kleidung auszufüllen vermochte, und deren vernachlässigter Zustand verliehen mir ein wunderliches Aussehen.

»Ich bin der zukünftige Porzellan-Marquis. Erinnert sich Eure Exzellenz etwa nicht mehr an mich?«, antwortete ich, um seinem Gedächtnis auf die Sprünge zu helfen, und konnte mir dabei einen gewissen spöttischen Ton, wenn auch gemischt mit Selbstmitleid, nicht verkneifen.

Ich sah ihm deutlich an, dass er mich völlig vergessen hatte. Seine Exzellenz war so verwirrt, dass er stumm blieb.

»Sie haben mich mit einer Mission beauftragt, und ich habe sie erfüllt. Hier bringe ich Ihnen einen Teil des Schatzes«, sagte ich und zog die Kette mit den Porzellanperlen hervor, die Jade gebastelt hatte.

»Was haben diese Chinesen Ihnen nur angetan, Señor Ossorio? Sie sehen ja aus wie ein europäisch gekleideter *Sangley*«, antwortete er schließlich.

»Ich habe bei der Erfüllung der Mission, die Eure Exzellenz mir aufgetragen hat, mehrere Amputationen erlitten.«

Die helle Gesichtshaut des Gouverneurs erbleichte schlagartig, und Schweißperlen traten ihm auf die Stirn, während sein dicker Hals, der plötzlich so unruhig wurde, dass sein Adamsapfel ununterbrochen auf und nieder hüpfte, nach den passenden Worten zu suchen schien.

»Ich habe schlechte Nachrichten für Sie. Vor sechs Monaten ist Ihre Mission gegenstandslos geworden. Eigentlich dachte ich, Sie wären tot. Außerdem hatte ich keine Ahnung, wo ich Sie hätte finden können«, sagte er und verzog bedauernd die Lippen.

Ich nahm die Erklärungen des Gouverneurs mit einer Gelassenheit auf, die mich selbst erstaunte. Vielleicht weil ich inzwischen begriffen hatte, dass Enttäuschung und Verzweiflung ihre eigene Balance, ihre eigene Daseinsberechtigung besitzen. Andererseits hatte ich den Gedanken an eine materielle Belohnung schon seit geraumer Zeit aufgegeben. Es war mir bei meinen Taten nur darum gegangen, mein Leben zu retten. Alles andere war jetzt unwichtig. Doch meine Neugier gewann die Oberhand über meine Resignation.

»Gegenstandslos? Könnten Sie mir das bitte genauer erklären?«, bat ich ihn.

»In Sachsen ist es erstmals gelungen, Porzellan herzustellen. Hier muss irgendwo die Mitteilung liegen, in der Näheres zu den Ereignissen steht. Der Monarch des Landes Sachsen hat in Meißen eine Manufaktur errichten lassen. War es in Meißen oder in Dresden? So genau weiß ich es nicht mehr. Ah ja, hier ist das Schreiben. Es ist mit der letzten Galeone aus Neuspanien gekommen. Lesen Sie selbst.«

Aus irgendeinem mir unbegreiflichen Grund durchsuchte ich das Schreiben nach dem Namen der Person, die meine Reise nach China nutzlos gemacht hatte. In der Mitte der Seite entdeckte ich, was mich interessierte: den Namen Johann Friedrich Böttger.

»Johann Friedrich Böttger. Er heißt Johann Friedrich Böttger«, sagte ich laut, obwohl ich nur mit mir selbst sprach.

»Was sagen Sie, Señor Ossorio?«

»Und unsere Vereinbarung?«, fragte ich.

Erneut war es Neugier, die mich zu dieser Frage veranlasste.

»Ebenfalls gegenstandslos. Glauben Sie mir, ich bedaure das. Sie müssen verstehen, das Porzellangeheimnis ist mittlerweile wertlos. Zumindest besitzt es nicht mehr den Wert, den es noch vor einigen Jahren besessen hat. Porzellan, wie man es heute in Sachsen herstellt, wird bald auch in Preußen, in Wien und in Kürze in allen Ecken Europas fabriziert werden. Es fehlt nur noch, dass die Spione das Geheimnis ausposaunen. Dank eines geschickten Handstreichs hat unser König Madrid zurückerobert, und der Kriegswind bläst jetzt zu seinen Gunsten. Und überhaupt, wie lange würde es wohl dauern, bis Ihr Geheimnis in Spanien angekommen ist? Mindestens ein Jahr. Bis dahin sind die Truppen der Verbündeten höchstwahrscheinlich endgültig besiegt. Trotz alldem und angesichts Ihres Einsatzes für die Sache unseres Souveräns werde ich, als höchster Vertreter dieser Kolonie, Ihnen eine Vereinbarung vorschlagen, die Ihnen den üblen Nachgeschmack Ihrer Enttäuschung ein wenig vertreiben wird. Falls Sie bereit sind, Ihren Beruf als Porzellanhändler aufzugeben, und versprechen, ein zurückgezogenes Leben ohne öffentliche Aktivitäten zu führen, will ich mich dazu verpflichten, dem Königshof nichts von Ihrer Rückkehr zu sagen. So bleibt Ihnen ein Gerichtsverfahren erspart, welches Sie, wenn ich Sie mir so ansehe, gewiss nicht verdienen. Aber erzählen Sie mal, stimmt es, dass die chinesischen Barbaren uns als Barbaren bezeichnen? Stimmt es, dass sie ihre Hunde essen und ihren Frauen die Füße verbinden, damit sie nicht aus den Frauengemächern flüchten, in die sie sie einsperren wie hübsche Vögel in Käfige?«

»Alles stimmt, und alles ist gelogen, Eure Exzellenz.«

Vielleicht war es jenes Vergehen, auf das der Gouverneur angespielt hatte und das noch immer auf meinem Gewissen lastete, welches mich schließlich dazu bewog, seinen Vorschlag anzunehmen. Möglicherweise hatte das Schicksal beschlossen, zum Ausgleich für meine früheren Sünden meine Entdeckung des Porzellangeheimnisses wertlos zu machen. Letztlich kann, wie die Chinesen zu sagen pflegen, »Unglück auch ein getarnter Segen sein«.

Kapitel 33

Vor sechs Jahren lud mich die Geographische Gesellschaft Sachsens zu einer Vortragsreihe ein. Natürlich besichtigte ich die Stadt Meißen, und man zeigte mir die berühmte Porzellanmanufaktur, die aus Platzgründen von ihrem ursprünglichen Standort in der Albrechtsburg in das benachbarte Triebischtal verlegt worden war. Unter den wertvollsten Gegenständen, die dort aufbewahrt werden, befinden sich auch einige von Böttger hergestellte Stücke, in der Mehrzahl Teller, Tassen und Schüsseln aus rotem Porzellan. In der Tat beherbergte das Lager der Königlichen Porzellanmanufaktur anderthalb Jahre nach deren Gründung Tausende unverkaufter Porzellangegenstände dieser Farbe.

Es heißt, die Meißener Manufaktur habe sich im Jahr 1711 in einer ähnlich heiklen und labilen Lage befunden wie die Gesundheit ihres Gründers. Dennoch adelte August der Starke Böttger noch im selben Jahr zum Baron.

Wenngleich die Situation des Alchimisten sich in jeder Hinsicht verbesserte, weigerte sich August nach wie vor, ihm die Freiheit zu schenken, diesmal mit der Begründung, ebenso wenig wie die Goldformel dürfe das Porzellangeheimnis jemals die Mauern der Manufaktur verlassen.

Obwohl die Kommission im April 1712 endlich ein positives Gutachten über die Handelstauglichkeit des hergestellten Porzellans abgab, ging es mit der Meißener Manufaktur in den folgenden zehn Monaten so stark bergab, dass August, der inzwischen in Polen erneut die Macht errungen hatte, von Böttger verlangte, seine Goldexperimente wiederaufzunehmen. Die Frist, die der Herrscher dem Gefangenen setzte, sollte diesmal am 20. März des Folgejahres auslaufen.

Wie Jahre zuvor im Labor des Apothekers Zorn gelang es Böttger auch jetzt wieder, Kupfer in Silber und Blei in Gold zu verwandeln, nachdem er beide Mineralien in je einen Schmelztiegel getan und mit einer Tinktur beschmiert hatte. Im Grunde bestand der einzige nennenswerte Unterschied zwischen beiden Experimenten außer in ihrem Zeitpunkt darin, dass Böttger nun einen Adelstitel trug. Und genau wie damals in Zorns Apotheke war das zahlreich erschienene Publikum sprachlos.

Die Vorführung besänftigte Augusts Gemüt, die Gesundheit des Gefangenen hingegen begann nun, unumkehrbare Schädigungen aufzuweisen. Der chronische Alkoholismus, die starken Depressionen, eine vermutlich durch die Brenngläser seines Meisters Tschirnhaus verursachte Erblindung und die Auswirkungen der giftigen Dämpfe, die er jahrelang eingeatmet hatte (»der Rauch, mit dessen Hilfe der Teufel sich in einen Engel verwandelt«, hatte Böttger diese Dämpfe immer genannt), vermochten das Herz des Monarchen schließlich zu erweichen.

Am 19. April 1714 gewährte August Böttger die Freiheit, allerdings mit der Auflage, Sachsen nicht zu verlassen. Seine Haft hatte über zwölf Jahre gedauert.

Zumindest hat das Gefängnis keine Eisenstäbe mehr, sagte sich der Alchimist, ohne zu bedenken, dass er noch immer ein Gefangener seiner üblen Lage war.

Es geschah nun bisweilen, dass Böttger im Fieberwahn in den Gecken, die Augusts Hofstaat bildeten, Modelle für seine Porzellanfiguren erblickte. Eines Tages sagte er sogar zu einem Vicomte mit kindlichen Zügen und langen, gleich einer Goldkaskade herabfallenden Locken:

»Trefflich redet Ihr und tut dies in rechtem Ton, Ihr speiset wie ein Vögelchen, und es ist eine Wonne, Euch eine Dame freien zu sehen, denn man möchte meinen, da umwerbe ein Weib ein anderes, ich aber bin der einzige Mensch in diesem Königreich, der in Euer Innerstes zu schauen vermag. Glaubt Ihr vielleicht, Eure erlesene Blässe und Eure steifen Bewegungen seien mir entgangen? Doch sorget Euch nicht, ich werde niemandem verraten, dass Ihr in Wahrheit aus Porzellan seid. Ihr habt mein Wort.«

Einige Biographen behaupten, Böttger habe noch Zeit gehabt, sich zu verlieben. Andere versichern, es habe sich dabei um eine eigennützige Liebe gehandelt, ausgerechnet der Geliebten habe der Alchimist das Porzellangeheimnis verraten; denn nach einem halben Leben hinter Gittern sei es das Einzige gewesen, was er mit ihr habe teilen können. Genau in diesem Augenblick war das Porzellanrezept nicht mehr länger ein Staatsgeheimnis.

Vor seinem Tod im März des Jahres 1719 verbrachte Böttger, so seltsam es scheinen mag, noch einmal einige

Zeit in Haft, nachdem er sich bei dem verzweifelten Versuch, den Bankrott der mühevoll aufgebauten Manufaktur zu verhindern, verschuldet hatte. Die Verwalter der Manufaktur, von dem in Polen weilenden August nicht länger überwacht, hatten sie in den Ruin gewirtschaftet. Diesmal hatte Böttger, wie er seinem Herrn schriftlich gestand, lediglich aus sentimentalen Gründen gehandelt:

> Diese Werke (er bezog sich auf die gewaltige Menge noch unverkaufter Porzellanobjekte) sind gewissermaßen meine Erstgeborenen, daher vertraue ich darauf, dass Ihr es mir nicht verübelt, wenn ich für meinen Teil sage: Ich liebe sie innig.

Böttger ist heute ein sächsischer Held, doch auch jenseits seiner Meisterleistung, der Entdeckung der Porzellanformel, zeigt uns sein Leben, dass im Grunde jeder Mensch ein Alchimist ist, der im Laufe seines Lebens gegen die unsichtbaren Elemente ankämpfen muss, aus denen der Stoff der Seele besteht. Ja, mit Mühe und Beharrlichkeit vermag der Mensch, der mit einem Herzen aus Kupfer geboren wurde, dieses in ein goldenes zu verwandeln.

Der Vollständigkeit halber muss darauf hingewiesen werden, dass das Meißener Porzellan in qualitativer Hinsicht erst vor wenigen Jahren mit dem vergleichbar wurde, welches man in China herstellte; denn es dauerte eine ganze Weile, bis die sächsischen Fachleute das Alabasterpulver aus Nordhausen durch Feldspat ersetzten.

Mittlerweile war das Porzellangeheimnis wie ein Vogel an andere Königshöfe davongeflattert, so dass sich die schlimmsten Befürchtungen Augusts II., des Kurfürsten von Sachsen und Königs von Polen, bewahrheiteten. Im Jahr 1718 errichtete ein gewisser du Paquier eine Porzellanmanufaktur in Wien. Auf die Wiener Fabrik folgte eine in Venedig, und so ging es weiter, von einem europäischen Land zum nächsten. Während des Siebenjährigen Krieges (1756–1763) besetzte der preußische König Friedrich der Große Sachsen. Damals verlor das als *Peking de Saxe*, als sächsisches Peking bekannte Meißen, endgültig seine Vormachtstellung.

Einige Tage später hatte ich Gelegenheit, das prunkvolle *Grüne Gewölbe* im Dresdener Königspalast zu besichtigen, das den Schatz Augusts des Starken beherbergt. Ich erinnere mich noch daran, wie mir inmitten von Kronen aus Edelmetallen, besetzt mit Steinen von unschätzbarem Wert, Diademen, prächtigen Zeptern, Goldschmiedearbeiten, bronzenen Statuetten, elfenbeinernen Zierobjekten, Kelchen und Tassen aus wunderschönem, hochempfindlichem Porzellan einige Goldmünzen auffielen, zu denen folgende Erklärung zu lesen stand:

GOLDMÜNZEN
HERGESTELLT VON JOHANN FRIEDRICH BÖTTGER
FÜR SEINEN HERRN, AUGUST II.
KURFÜRST VON SACHSEN UND KÖNIG VON POLEN.

Noch heute, viele Jahre später, muss ich unwillkürlich lächeln, wenn ich mich an den Anblick jener Münzen erinnere, die nicht größer waren als ein Jackenknopf, und immer wieder aufs Neue drängt sich mir die eine Frage auf:

Ist es Böttger, nachdem er das Geheimnis des Porzellans entdeckt hatte, vielleicht doch noch gelungen, Gold herzustellen?

Kapitel 34

XXI

Obwohl der Kolonialgouverneur mich soeben mit der Gewalt, mit der ein Schakal seiner Beute die Eingeweide aus dem Leib reißt, meiner Zukunft beraubt hatte, vermochte ich den Namen Johann Friedrich Böttgers nicht aus meinen Gedanken zu verscheuchen. Nichts war mir wichtig außer dem Namen jenes Mannes, der mir zuvorgekommen war. Meine Lippen waren nur noch fähig, diesen einen Namen zu formen; einmal würgte ich ihn sogar in der Luft mit wütend verkrampften Händen. Vom ständigen Wiederholen dieses Namens aber wurde mir schließlich übel. Mochten meine Kiefer sich noch so sehr bemühen, langsam und genüsslich auf ihm herumzukauen, bis er in meinem Mund vollständig zermalmt war, niemals würde ich diesen Namen verdauen können, der mir, ohne dass sein Träger es wusste, meinen Ruhm gestohlen hatte. Dennoch war die Magenverstimmung, die er mir verursachte, nicht von weiteren, meine seelische Gesundheit beeinträchtigenden Symptomen begleitet wie etwa Verbitterung, Neid oder Groll. Nein, das Wort, welches am besten beschreibt, was ich im Innersten empfand, lautet »Resignation«. Resignation füllte all mein Denken aus. Resignation hatte auf mein Bewusstsein die betäubende Wirkung des Opiums. Und eine ordentliche Dosis Betäubung war genau das, was ich brauchte, damit das Echo des Namens Böttger aufhörte, in meinem Kopf widerzuhallen. Ich sagte mir, dass sicher vielerlei Erleichterungen und Annehmlichkeiten seine Entdeckung ermöglicht hatten. Ich redete mir ein, ich hätte viel mehr gelitten als er, und sagte mir, dass nun wenigstens die vielen Momente der Sorge und Ungewissheit für immer vorbei seien. Das verschaffte mir Erleichterung. Wenn ich fortan so lebte, wie es mir der Kolonialgouverneur geraten hatte, so würde dies auch sein Gutes haben. Zunächst einmal würde ich meine Beziehung zu Jade nicht zu verbergen brauchen. Das Gleiche galt für meinen Opiumkonsum. Zügellos und nach Lust und Laune würde ich mich den Annehmlichkeiten des Opiums hingeben können. Mir bliebe nur noch zu entdecken, welche Art von Mensch aus mir wurde, falls die Verwandlung sich nicht bereits vollzogen hatte.

Lehren werde ich meinen Körper zu vergessen,
ob er jung ist oder alt,
und meine Seele,
Leben und Tod gleichermaßen zu schätzen.

Außerdem war Jade an meiner Seite, und ein Mann ist, wie die Chinesen sagen, »so alt wie die Frau, die er liebt«.

Nun hatte ich auch Zeit, an Yuan, Gu Feng und die Acht Trigramme zu denken, die bald erfahren würden, dass es den Europäern gelungen war, in ihren eigenen Öfen hochwertiges Porzellan herzustellen. Vielleicht würden sie sogar glauben, all das sei mir zu verdanken. Aber ob die Entdeckung nun in Sachsen oder in Spanien gemacht worden war, wichtig war einzig die Tatsache, dass in Zukunft auch in Europa Porzellan hergestellt werden konnte, was der chinesischen Wirtschaft beträchtlichen Schaden zufügen würde. Wäre Kaiser Kangxis Herrschaft damit beendet? Ich glaubte es nicht. Wie ich bereits zu Yuan gesagt hatte, war China eine Kuh mit prallvollem Euter.

Über einen Strohmann – denn ich war ja nicht auf legalem Weg aus China zurückgekehrt – verkaufte ich den Besitz, über den ich in Manila verfügte, und erwarb ein bescheidenes Häuschen im Stadtviertel Quiapo. Dort eröffnete ich einen Opium-Rauchraum. Alles Übrige ist für diese Geschichte ohne Belang. Jade und ich lebten in wilder Ehe zusammen und erfreuten uns einer zahlreichen Nachkommenschaft. Und natürlich vergaß ich für alle Zeiten Spanien und das Porzellan.

Kapitel 35

Miguel Blasco starb eine Tagesreise vor Port Said. Sein Leichnam wurde, gehüllt in eine spanische Flagge, dem Meer übergeben. Nur fünf Personen wohnten der Zeremonie bei: der Kapitän der *Santo Domingo*, ein Priester, der Schiffsarzt, die *Sangley* und ich.

Am selben Abend suchte mich der Priester, der gebeten worden war, dem Sterbenden die Letzte Ölung zu spenden, in meiner Kajüte auf, um mir einen Brief zu überreichen, den der Offizier eigenhändig geschrieben hatte.

»Er trug mir auf, Ihnen nach seiner Bestattung diesen Brief auszuhändigen«, sagte er.

Das Schreiben, in einer zittrigen, schwankenden Schrift verfasst, die jedoch nicht einiger kunstvoller Schnörkel entbehrte, lautete wie folgt:

Lieber Freund,
ich schreibe Ihnen diese Zeilen, um einige Dinge bezüglich des Ihnen überlassenen Heftes, der *Sangley* und meiner Person klarzustellen.

Ich nehme an, Sie haben inzwischen erraten, dass das Opiumlokal, von dem in dem Heft die Rede ist, und jenes, das ich in den letzten Monaten in Manila aufzusuchen pflegte, ein und dasselbe sind.

Natürlich bestehen auch noch einige andere Übereinstimmungen.

Aber es ist wohl besser, ich erzähle von Anfang an …

Nachdem Bonifazius mich hatte foltern lassen und einem seiner Männer erlaubt hatte, mir zwei Finger der linken Hand abzuhacken, musste ich mich, wie Sie ja bereits durch unsere Gespräche erfahren haben, einer therapeutischen Opiumbehandlung unterziehen. Dadurch hat sich unglücklicherweise eine Opiumabhängigkeit entwickelt.

Da die chinesische Kolonie in Manila zahlenmäßig recht stark ist, gibt es dort Opiumhöhlen in großer Zahl, besonders im Viertel Quiapo. Es sind kleine, zweistöckige Holzhäuser, an deren Eingängen Löwenhunde sitzen, die vor bösen Geistern schützen sollen. Ihre Fenster tragen statt Glas durchscheinende Muscheln, die das Licht dämpfen und verhindern, dass man von der Straße aus sieht, was sich im Inneren abspielt. An einigen dieser Häuser hängen Zierobjekte an der Tür, von den Chinesen *Bagua* genannt, die gemäß den Prinzipien des *Feng-shui* Harmonie und Gleichgewicht in konstanter Bewegung darstellen. Andere sind geschmückt mit roten Papierfahnen, die den Wohlstand anlocken sollen. Aber hinter all diesem Aberglauben verbirgt sich eine viel prosaischere Wirklichkeit.

Nach einem Besuch in einem dieser Häuser muss man häufig feststellen, dass man beraubt wurde; denn die einschläfernde Wirkung des Opiums wird von Dieben genutzt, um ihre Opfer auszuplündern. Es ist sogar vorgekommen, dass den Kunden die Schuhe gestohlen wurden.

In Manila gab es jedoch einen Opiumladen, der einen recht guten Ruf genoss. Er war vor über fünfzig Jahren von einem Spanier namens Damián Ossorio gegründet worden, einem gescheiterten Porzellanhändler, der in wilder Ehe mit einer Festland-Chinesin zusammenlebte. Das Geschäft war über all die Jahre in den Händen der Nachfahren des Señor Ossorio geblieben und hatte sich zu der von den Spaniern bevorzugten Opiumhöhle entwickelt, einem Ort, an dem sie sich einigermaßen sicher fühlen konnten. Asiatische Kundschaft dagegen war dort rar.

Obwohl die Strecke zwischen Intramuros, dem Stadtteil von Manila, in dem ich lebte, und Quiapo höchstens anderthalb Meilen betrug, war ich nach meiner ersten Kaleschenfahrt bis zu Señor Ossorios Opiumladen so erschöpft, dass ich mich an der Eingangstreppe des Ladens erst einmal hinsetzen und verschnaufen musste.

Ich erinnere mich noch gut daran, dass ich mich auf die dritte Stufe setzte, weil eine Minute später eine junge *Sangley* aus dem Haus kam, um mich zurechtzuweisen. In perfektem Spanisch sagte sie zu mir, der Besitzer des Geschäfts, Señor Ossorio, sei ein überaus abergläubischer Mann, und ich hätte es gewagt, mich auf die »Todesstufe« zu setzen. Natürlich bat ich sie um eine Erklärung.

»Die erste Stufe ist Reis, die zweite Brot, die dritte der Tod«, sagte sie.

»Und die vierte?«, fragte ich.

»Die vierte ist wieder Reis und so weiter. Ein Treppenabsatz darf nie mit der Todesstufe zusammenfallen, das hätte verheerende Folgen für das Schicksal des Hauses und seiner Bewohner.«

Zehn Minuten später saß ich auf einem Sofa und rauchte meine erste Opiumpfeife, während aus dem Mund der *Sangley* der Anfang von Damián Ossorios Geschichte sprudelte. Wie sich herausstellte, hatte ich es mit einer alten Familientradition zu tun. Allen spanischen Kunden, die das Haus betraten, wurde die Geschichte ihres Gründers erzählt, damit ihnen bewusst wurde, welches Unrecht die spanische Krone an dem Ahnen der Familie begangen hatte. Bis man schließlich nicht nur Sklave des Opiums war, sondern auch Sklave dieser Geschichte, der man Tag für Tag lauschte wie einem Mantra. In meinem Fall wurde die Sache noch etwas verwickelter, weil ich mich in die *Sangley* verliebte.

Natürlich war es keine feurige Liebe, aufgrund meines Alters, meiner Gebrechen und meiner Opiumsucht war mir eine solche Liebe verwehrt. Ich musste mich mit einer, wenn man so sagen will, herbstlichen Liaison begnügen.

Die *Sangley* ihrerseits hat mich nie geliebt und wird mich auch niemals lieben, zumindest nicht mit dem Gefühl, das wir Europäer darunter verstehen. Zwar ist sie fähig, ihren Körper ohne Reue hinzugeben, nicht aber, dem anderen Einblick in ihre Seele zu gewähren. Das heißt nicht etwa, dass sie sich dagegen wehrt, vielmehr bedeutet das, was wir »Liebe« nennen, in ihrer Kultur etwas anderes, beziehungsweise äußert sich anders, auf anderen Wegen als den unseren. In Asien haben alle Frauen ihre eigene *Nushu*-Sprache, eine Sprache, die jenseits des Begriffsvermögens des männlichen Geschlechtes liegt.

Schon beim ersten Mal, als ich der Geschichte von Damián Ossorio lauschte, fiel mir darin eines besonders auf: Uns beiden waren die gleichen Finger der gleichen Hand amputiert worden. Das brachte mich auf den Gedanken, dass derjenige, der mich so verstümmelt hatte, Damián Ossorios Geschichte gekannt haben musste. Angesichts der wenigen asiatischen Kunden des Hauses Ossorio, größtenteils alte Chinesen, gelangte ich zu dem Schluss, der Mann, der mir die Finger amputiert hatte, sei womöglich einer der Angestellten des Ladens gewesen, einer von den zehn oder zwölf jungen Chinesen und Filipinos, deren Aufgabe es war, die erschlafften Körper der Opiumsüchtigen von den Sofas wegzuschaffen und sie notfalls auf dem Rücken nach Hause zu schleppen wie Reissäcke. Kräftige, aufgeweckte junge Männer, die, wenn es sein musste, für ihre Kunden als Blindenführer fungierten und ihnen Augen, Arme, Füße und die nötige Energie ersetzten.

Da ich aufgrund meines labilen Gesundheitszustandes unfähig war, eigenmächtig Nachforschungen anzustellen, leitete ich meinen Verdacht an die Behörden weiter, die das Lokal zu überwachen begannen und Erkundungen über dessen Kundschaft einzogen.

Es würde den Rahmen dieses Briefes sprengen, wollte ich hier sämtliche Einzelheiten der polizeilichen Ermittlungen und deren Ergebnisse wiedergeben. Es genügt, wenn ich Ihnen sage, dass Señor Ossorio, auch bekannt als »der Chinese Ossorio«, mit der philippinischen Unabhängigkeitsbewegung kollaboriert hat. Seine Aufgabe war es, die spanischen Kunden auszuhorchen, denen er mysteriöse Fragen stellte, sobald sie im Drogenrausch waren. Wie es scheint, hatten die Ossorios über ein Jahrhundert lang auf eine geeignete Gelegenheit gewartet, sich für ihren Vorfahren zu rächen. Wie dies in Familien geschieht, die gesellschaftlich abgestiegen sind und die Schuld an dieser Entwicklung äußeren Faktoren zuschreiben, hassten die Ossorios die Spanier in dem Maße, in dem sie sie fürchteten. Der Aufstand der *Katipuneros* bot ihnen Gelegenheit, ihre Angst abzulegen und ihrem Hass freien Lauf zu lassen. Aber wie Rache war auch Hass mit dem Versuch vergleichbar, seinen Durst mit Meerwasser zu stillen.

Wie Sie sehen, war die Amputation meiner Finger also alles in allem nicht umsonst.

Aber da ist noch etwas.

Als es der Guardia Civil schließlich gelang, die regierungsfeindliche Organisation zu zerschlagen, erfuhr ich, dass die *Sangley*, die mich bedient, mir die Pfeifen zubereitet und mir die traurige Geschichte von Damián Ossorio erzählt hatte, die jüngere Schwester des Chinesen Ossorio war. Ihr Name, mein lieber Freund, lautete Jade Ossorio, genau wie der ihrer Ururgroßmutter.

Dank meiner Intervention entging die junge Frau einer Verfolgung wegen Komplizenschaft mit den kriminellen Aktivitäten ihres Bruders. Na ja, ich liebte sie eben auch, wie ich bereits gesagt habe, aber das war nicht der wichtigste Grund, weshalb ich ihr half. In gewissem

Sinne war ich ebenso abhängig von ihr, wie mein Organismus es von der Droge war. Und damit meine ich keine mentale Abhängigkeit, wie Liebe sie schafft.

Als die Opiumhöhle von den Behörden geschlossen wurde und angesichts meines heftigen Bedürfnisses, weiterhin Opium zu rauchen, bot ich der jungen Frau schließlich an, für mich zu arbeiten.

»Und wie wird diese Arbeit aussehen?«, fragte sie mich.

»Du wirst meine Krankenschwester sein«, antwortete ich ihr.

»Ich würde lieber als Haushälterin arbeiten.«

Lassen Sie sich vom Schein nicht trügen. Jade ist keineswegs naiv. Im Gegenteil. Als gute Chinesin (obwohl auch ein wenig spanisches Blut in ihren Adern fließt) ist sie eine ungemein praktische Frau. Niemals zeigt sie sich misstrauisch, und sie vermeidet jede Äußerung von Ärger oder Enttäuschung. Gelegentlich könnte man sogar meinen, sie sei wenig aufnahmefähig. Doch nichts ist weiter entfernt von der Wirklichkeit. Sie vertritt eindeutige Standpunkte zu den Dingen, die sie für wesentlich hält, und alles, was sie hört oder was ich ihr sage, prägt sich ihrem Gedächtnis für immer ein. Ihre Verschlossenheit rührt einzig und allein daher, dass sie sich von Männern nie respektiert fühlte.

Ihre große Vorliebe für die Rolle der Haushälterin hat sie aus Emily Brontës Roman *Die Sturmhöhen*, den einer ihrer Kunden in der Opiumhöhle ihr in einer spanischen Übersetzung geschenkt hat, damit sie aufhörte, ihm die Geschichte von Damián Ossorio zu erzählen. Ein Blick auf ihre wenigen Habseligkeiten zeigt, dass sie das Buch bis heute aufgehoben hat. Ich würde sogar wagen zu behaupten, dieses Buch ist für sie eine Art Bibel; sie ist schlichtweg fasziniert von der Figur der Haushälterin, die sich um Mister Lockwood kümmert. Und wenn man es recht bedenkt, unterscheiden sich die Aufgaben der Haushälterin in *Die Sturmhöhen* gar nicht so sehr von denen einer Zubereiterin von Opiumpfeifen. Denn im Grunde besteht die Tätigkeit der Haushälterin im Roman darin, den erkrankten Mister Lockwood zu pflegen und ihm unterdessen die Geschichte von den einstigen Bewohnern des Hauses zu erzählen.

Doch kommen wir zu Ihnen, wenn es recht ist.

Ich weiß sehr wohl, dass ich, seit wir uns kennen, Ihr Vertrauen missbraucht habe, aber was konnte man von einem verzweifelten Mann wie mir anderes erwarten? Von Anfang an habe ich Ihre Gesellschaft gesucht, doch tat ich es ausschließlich in der lobenswerten Absicht, Jade zu retten, denn ich selbst war ja bereits ein hoffnungsloser Fall. In dieser Zeit durfte ich feststellen, dass Sie ein Mann mit einem Gespür für die sich in der Welt vollziehenden Veränderungen sind. Falls Ihnen daran gelegen ist, dass diese Veränderungen sich stabilisieren, bestünde in meinen Augen ein guter erster Schritt darin, die junge *Sangley* bedingungslos zu unterstützen. Ich verfüge kaum über materiellen Besitz; jedoch vertraue ich darauf, dass Damián Ossorios Buch im Falle einer Veröffentlichung im geeigneten Rahmen einen gewissen Gewinn für die junge Frau abwerfen wird. Dieser könnte ihr dazu dienen, sich in Spanien niederzulassen und ein neues Leben zu beginnen. Für eine tatsächliche Buchveröffentlichung aber ist Ihre Unterstützung unverzichtbar. Ich weiß, Sie sind ein Ehrenmann und werden sich dem letzten Wunsch eines Todgeweihten nicht widersetzen.

Was den Roman betrifft, so haben Sie vermutlich bemerkt, dass es in der Geschichte von Widersprüchen wimmelt. Als Damián Ossorio zum Beispiel von der Prüfung erzählt, die er ablegen muss, um als Arbeiter in einer kaiserlichen Brennstatt zugelassen zu werden, behauptet er, die Prüfungsaufgabe habe darin bestanden, einen lateinischen Satz auf ein Porzellangefäß zu schreiben, welches für den Export hergestellt wurde. Soweit ich weiß, produzierten die kaiserlichen Öfen von Jingdezhen aber gar kein Exportporzellan. Wir müssen also annehmen, dass Señor Ossorio in Wirklichkeit in einer privaten Brennstatt gearbeitet hat. Außerdem ist mir eine kleine zeitliche Verschiebung aufgefallen, was die Rolle des *Cohong* in dieser Geschichte betrifft; diese Kaufmannsgilde hat sich nämlich erst 1720 fest etabliert, das heißt, zehn Jahre nach Señor Ossorios Chinareise. Was die Korrektur dieser und anderer Dinge angeht, so empfehle ich Ihnen, sich mit einem Sinologen in Verbindung zu setzen (der natürlich nicht allzu misstrauisch sein sollte). Vergessen Sie nicht, dass die Geschichte über hundertfünfzig Jahre lang von Mund zu Mund gegangen ist und die mündliche Überlieferung sicher vieles verwischt hat. Zum anderen geht die Benutzung von Celsius-Graden, dort, wo von den Temperaturen beim Brennen des Porzellans die Rede ist, auf mein Konto. Denn ich wollte dem Leser das Verständnis erleichtern. Ebenso verhält es sich mit dem Wort Kaolin, das erst in der ersten Hälfte des 18. Jahrhunderts dank der Verbreitung der in Ching Te Chen vom Jesuitenpater D'Entrecolles verfassten *Lettres édifiantes et curieuses* in Umlauf kam. Aber ich will Sie nicht länger mit Einzelheiten langweilen. Schließlich handelt es sich bei dem Text um einen Roman, und ich nehme an, die Leser werden es uns nachsehen, wenn wir uns einige Freiheiten erlauben. Wie Sie sehen, verwende ich den Plural; denn wenn ich nicht mehr bin, steht es Ihnen zu, dem Werk den letzten Schliff zu geben.

Lassen Sie mich Ihnen im Voraus meinen aufrichtigsten Dank aussprechen und Sie noch einmal bitten, mir alle Unannehmlichkeiten zu verzeihen, die ich Ihnen bereitet haben mag oder in Zukunft noch bereiten könnte. Seien Sie in diesem Sinne aufs Herzlichste gegrüßt von Ihrem

Miguel Blasco Castiñeira

Kapitel 36

Ich wartete ab, bis Solórzano alleine war, um ihn dann anzusprechen. Seit ich Vorträge besuchte, hatte ich noch nie eine derartige Geschichte gehört.

»Ich hatte erwartet, Sie hier zu sehen, lieber Rambaud. Ich hoffe, der Vortrag hat Ihnen gefallen.« Mit diesen Worten kam er mir zuvor und reichte mir dabei die Hand zu einem liebenswürdigen Gruß.

»Meinen Glückwunsch«, erwiderte ich. »Allerdings habe ich Ihnen, um ganz ehrlich zu sein, kein einziges Wort geglaubt. Ich vermute, der Name Miguel Blasco Castiñeira ist ein Alibi, hinter dem Sie selbst und Ihr literarisches Talent sich verbergen.«

»Wozu sollte ich ein Alibi, wie Sie es nennen, benötigen, wo ich doch meinen eigenen Namen besitze und einen Ruf, den ich mir im Schweiße meines Angesichts errungen habe?«

»Um Ihrer Erzählung einen Anstrich von Wahrhaftigkeit zu verleihen, den sie andernfalls nicht besäße. Romane, in denen ein Heft oder ein Manuskript geheimnisvoller Herkunft auftauchen, sind im Allgemeinen bei den Lesern sehr beliebt.«

Eingangs habe ich erwähnt, dass Solórzano in erster Linie ein Abenteurer war und als solcher jeden Schritt, den er im Leben tat, selbst den unwichtigsten, mit einem gewissen Maß an Risiko zu würzen pflegte. Und so fragte er, nachdem er mich mit einem selbstgefälligen Lächeln gemustert hatte, das allein schon genügt hätte, um meine Theorie zu widerlegen:

»Was würden Sie dafür geben, wenn ich Ihnen innerhalb einer Stunde bewiese, dass die Geschichte, die ich soeben in diesem Saal erzählt habe, ebenso real ist wie Sie und ich?«

Natürlich wäre ich nie auf den Gedanken gekommen, dass er meinen Kommentar zum Anlass für eine Wette nehmen würde.

»Ich werde Ihnen geben, worum Sie mich bitten. Was aber geben *Sie* mir, wenn sich herausstellt, dass ich recht hatte?«

»Selbstverständlich gebe auch ich Ihnen das, worum Sie mich bitten.«

»Dann schlage ich ein.«

»Sie werden mich auf meinem Heimweg begleiten müssen.«

Wir nahmen ein Taxi, und als wir es uns im Wagen bequem gemacht hatten, fragte er mich:

»Wie steht es eigentlich mit der Malaria? Haben Sie ein Mittel dagegen gefunden?«

»Ich fürchte nein. Wir wissen immer noch genauso viel wie vor hundert Jahren, nämlich dass der Krankheitsüberträger die weibliche Anopheles-Mücke ist und die wirkungsvollste Prophylaxe gegen deren Stiche darin besteht, in den frühen Morgenstunden und nach Einbruch der Dunkelheit die Haut zu bedecken. Britische Ärzte empfehlen auch die Einnahme von Chinin.«

Da wir gerade über Krankheiten sprachen, bekundete ich mein Interesse an dem auffälligen Verband an seiner linken Hand.

»Was ist denn mit Ihrer Hand passiert?«

»Können Sie sich das nicht vorstellen?«

Doch statt mir Zeit zum Antworten zu lassen, fragte er gleich hinterher:

»Haben Sie wirklich nicht erraten, was sich unter diesem Verband verbirgt?«

»Nein«, antwortete ich entschieden.

Er gönnte mir ein mildes Lächeln und sagte:

»Drei Finger, lieber Rambaud. In diesem Verband stecken die drei Finger, die mir an der linken Hand geblieben sind. Möchten Sie, dass ich Ihnen erzähle, wie ich die beiden anderen verloren habe?«

»Natürlich.«

»Miguel Blasco hat in seiner Geschichte gelogen. Das junge Mädchen war stärker in den Komplott gegen die Spanier verwickelt, als er dies in seinem Brief angedeutet hat. Ich wage sogar zu behaupten, dass Jade – und nicht ihr Bruder, der Chinese Ossorio – es war, die das Feuer des Hasses auf Spanien und alles Spanische schürte. Miguel Blasco wusste das, zog es aber vor, sie nicht zu denunzieren, falls sie im Gegenzug seine Wünsche erfüllte.«

»Seine Wünsche?«

»Das Opium, lieber Rambaud. Sie haben ja gehört, was Yuan sagt: Die Laster kommen als Reisende, besuchen uns als Gäste und bleiben als Gebieter. Das Opium war Don

Miguels Gebieter, und die *Sangley* war sozusagen die Herrin des Opiums.«

»Sie sollten sie den Behörden melden«, riet ich ihm.

»Dafür ist es schon zu spät. In der Zeit, in der ich die behördlichen Angelegenheiten der jungen Frau geregelt habe, worum mich Don Miguel ja gebeten hatte, habe ich mich an sie gewöhnt, daran, sie in der Nähe zu wissen, ohne dass sich ihre Gegenwart bemerkbar machte. Ihre Hauptbeschäftigung bestand in der Lektüre dieses verflixten englischen Buches *Die Sturmhöhen*. Nur von Zeit zu Zeit genehmigte sie sich eine Opiumpfeife, die sie dann für einige Stunden in eine Art Dämmerzustand versetzte. Ich nahm an, jeder andere Mensch in ihrer Lage hätte das Gleiche getan: Sie gab sich auf und flüchtete vor der unbekannten, feindseligen Welt, die Madrid für sie darstellte. Irgendwann begann ich sogar, sie zu bemitleiden, doch von Woche zu Woche wurden meine Gefühle komplexer. Und aus ebendiesen Gefühlen wurde schließlich Liebe.«

»Wenn Sie sie nicht anzeigen, tue ich es«, warnte ich ihn.

»Nichts da! Sie sind doch ein Ehrenmann, Sie haben gewettet und verloren. Der Preis, den Sie zu zahlen haben, ist Ihr Schweigen.«

Die Sache wurde immer komplizierter, und mittlerweile bereute ich es, Solórzano nach seinem Vortrag angesprochen zu haben.

»Wenn Sie es wünschen, gebe ich Ihnen mein Wort«, erwiderte ich. »Doch eigentlich müssten Sie derjenige sein, der sie aus eigenem Antrieb der Polizei übergibt.«

»Ich habe Ihnen bereits gesagt, dass das unmöglich ist.

Baudelaire hat einmal geschrieben, die Unregelmäßigkeit, das heißt das Unerwartete, die Überraschung, das Staunen seien ein wesentlicher und charakteristischer Bestandteil der Schönheit. Ich würde dieses Zitat auf den Bereich der Liebe ausdehnen.«

»Auch Baudelaire war opiumsüchtig«, stellte ich fest.

»Falls Sie nichts dagegen haben, würde ich Sie gerne mit ihr bekannt machen. Vielleicht verstehen Sie dann …«

Die Gewissheit, dass erst Miguel Blasco und nach ihm auch Solórzano es vermieden hatten, die junge Frau anzuzeigen, obwohl ihnen bekannt war, dass sie in eine Verschwörung verwickelt war mit dem Ziel, die Spanier vom philippinischen Archipel zu vertreiben, hatte meine Neugier geweckt.

»Einverstanden, ich begleite Sie auch noch in Ihr Domizil«, erwiderte ich und nahm sein Angebot an. »Ich hoffe, dort kommen Sie wieder zur Vernunft.«

Wir betraten sein Haus, in der vollkommene Lautlosigkeit herrschte, eine Stille, die von Mal zu Mal hörbarer wurde, je eingehender ich mir die verschiedenen eigenartigen Gegenstände ansah, welche die Wände zierten: sonderbare Masken von Eingeborenenstämmen, kleine hölzerne und tönerne Gottheiten, Stöcke, Bögen, Pfeile, Blasrohre, Musikinstrumente, Teppiche aus Zebrafell, ein ausgestopfter Löwenkopf, der Schädel einer Bergziege und der eines mir unbekannten Säugetieres sowie ein halbes Dutzend Elefantenstoßzähne. Das Nebeneinander all dieser so unterschiedlichen Objekte löste in mir ein Gefühl tiefen Unbehagens aus.

Wir trafen die *Sangley* in einem kleinen, neben dem Esszimmer liegenden Raum an, den Solórzano als Lesezimmer benutzte, weil sich in der Decke ein riesiges Oberlicht befand, und aus den auf einem kleinen Tisch liegenden Pfeifen zu schließen, auch als Rauchsalon.

Natürlich war ich auf einen beunruhigenden Anblick eingestellt, doch um ganz ehrlich zu sein, war neben der ethnischen Herkunft der *Sangley* nichts Auffälliges an ihrer äußeren Erscheinung. Wie die meisten asiatischen Frauen war sie klein und zart und schien von der Leichtigkeit eines Vögelchens; sie hatte rabenschwarzes Haar und einen etwas mürrischen Gesichtsausdruck, und ihre Haut wirkte glatt und fest wie das Fell einer Trommel. Diese vollkommene Faltenlosigkeit war wohl das Auffälligste an ihrem Aussehen und machte es mir unmöglich, ihr Alter zu schätzen. Zwanzig Jahre? Fünfundzwanzig? Dreißig? Auch stach mir der Schmuck ins Auge, den sie um den Hals trug: eine Kette aus Porzellanperlen.

»Jade, ich stelle dir Luis Rambaud vor, er ist Arzt und ebenfalls Mitglied der Geographischen Gesellschaft«, sagte Solórzano.

So als habe Solórzano ihr gerade erzählt, wie sein Tag verlaufen sei, ignorierte die junge Frau meine Gegenwart vollkommen und beschränkte sich darauf, fügsam das Handgelenk ihres Partners oberhalb der verbundenen Hand zu streicheln.

Vielleicht drückte die *Sangley* ihre Gefühle in dieser gänzlich oberflächlichen Geste aus. Doch mochte sie ebenso gut der Ausdruck von etwas sein, das zu begreifen ich nicht fähig war.

»Sie haben mir noch immer nicht gesagt, wer Ihnen die Finger amputiert hat. War sie es?«, fragte ich Solórzano.

»Sagen wir mal, dies ist ein ebenso wertvolles Geheimnis wie das der Porzellanherstellung, lieber Rambaud. Was wäre das Leben schließlich ohne Geheimnisse? Vielleicht erzähle ich Ihnen eines Tages, wie ich zu einem menschlichen Glücksbringer wurde. Jetzt aber würde ich Sie gerne, wenn Sie gestatten, zu einer Opiumpfeife einladen. Anschließend werden wir noch genügend Zeit haben, unser Gespräch fortzusetzen. Habe ich Ihnen eigentlich erzählt, dass ich bereits einen Verleger für den Porzellan-Roman gefunden habe? Der Mann ist so begeistert davon, dass er mir ein hübsches Sümmchen als Vorschuss gezahlt hat …«

Ein katzenartiges Lachen unterbrach Solórzanos Satz, und ich bildete mir ein, es sei der Kehle eines der ausgestopften Tiere entwichen. Doch augenblicklich begriff ich, dass ich mich geirrt hatte. Es kam von Jade Ossorio. Sie hatte miaut.

Instinktiv umfasste ich mit meiner rechten Hand die linke.

Da sagte Solórzano:

»Ja, Rambaud, genau wie die Liebe kommen die Laster als Reisende, besuchen uns als Gäste und bleiben als Gebieter.«

In diesem Augenblick fiel ein breiter Lichtstrahl durch das Oberlicht in den Raum und traf genau auf das Gesicht der Frau, auf deren Lippen ein breites Lächeln lag. Das Funkeln ihrer strahlend weißen Zahnreihe blendete mich. Da ahnte ich plötzlich, vielleicht geleitet durch jene Erscheinung, was es mit Jade Ossorio auf sich haben mochte: Sie war aus Porzellan.

Nachwort und Dank

Ich war höchstens neun oder zehn Jahre alt, als ich eine Beziehung zu Porzellan entwickelte. Damals brachte mein Vater, der unter anderem den Beruf des Antiquars ausübte, erstmals Porzellan aus den Manufakturen von Meißen, Sèvres und Limoges mit nach Hause, außerdem einige Stücke aus Imari-Porzellan sowie chinesisches Porzellan aus der berühmten Ming-Dynastie. Zweifellos hob sich Letzteres aufgrund seiner ausgesprochen feinen Endverarbeitung von allen anderen Stücken ab.

In den folgenden fünfundzwanzig Jahren vergaß ich das Porzellan, bis meine Frau Ende der Neunzigerjahre eine Tätigkeit im Nationalmuseum der Philippinen in Manila annahm. Wir hatten am Roxas Boulevard im Herzen des Viertels Malate eine Wohnung gemietet, in einer Gegend, in der zahlreiche Antiquariate liegen. Nach wie vor eignet sich die philippinische Hauptstadt, um zu vernünftigen Preisen chinesisches Porzellan zu erwerben. Eines Tages kam meine Frau mit einer kleinen Porzellanschale aus der Zeit der Tang-Dynastie nach Hause, die sie in einem jener Antiquariate erstanden hatte. Es war eine schlicht geformte Schale aus Seladonkeramik, ganz ohne Verzierungen, von mattgrüner Farbe mit grauen Schattierungen. Obwohl es sich nicht um ein sehr wertvolles oder besonders raffiniertes Stück handelte, besaß es die Schönheit feinsten Porzellans. Von diesem Augenblick an interessierte ich mich erneut und diesmal bewusst für Porzellan.

Als wir vergangenes Jahr zur Weihnachtszeit in Hongkong ein Antiquariat aufsuchten, in dem in Hülle und Fülle chinesisches Porzellan aus allen Epochen angeboten wurde, stellte – wie konnte es anders sein – meine Frau die magische Frage, die man im Nachhinein als den Auslöser für diesen Roman bezeichnen könnte: »Wusstest du eigentlich, dass die Porzellanformel einmal ein Staatsgeheimnis war und die Europäer bis zum Beginn des 18. Jahrhunderts keine Ahnung hatten, wie man Porzellan herstellt?«

»Nein, das wusste ich nicht«, antwortete ich.

Seit damals und bis zum heutigen Tag, da ich diese Zeilen niederschreibe, habe ich nicht aufgehört, an Porzellan und an jenes Geheimnis zu denken.

Das gesamte erste Kapitel des Romans habe ich auf unserem Rückflug nach Europa verfasst. Dreizehn Stunden, in denen ich zudem bereits detailliert die Romangeschichte umreißen konnte.

In Madrid angekommen, verlegte ich meinen Arbeitsplatz in die Nationalbibliothek und begann, Bücher über Porzellan zu lesen. Dort entdeckte ich auch die Arbeit von Janet Gleeson mit dem Titel: »The Arcanum. The Extraordinary True Story of the Invention of European Porcelain«. Janet Gleesons Buch ist vielleicht die beste jemals verfasste Biographie von Johann Friedrich Böttger, dem traditionell die Erfindung des Porzellans in Europa zugeschrieben wird.

Doch obwohl ich Frau Gleesons Beschreibungen gefolgt bin, was die Chronologie von Böttgers Geschichte und sein Verhältnis zum sächsischen Kurfürsten und polnischen König August dem Starken betrifft, deckt sich, da ein Roman nun mal Fiktion ist, der Johann Friedrich Böttger meiner Geschichte nicht wirklich mit der historischen Persönlichkeit.

Freuen Sie sich auf den neuen Roman

von Marion Henneberg

DIE TOCHTER DES MÜNZMEISTERS

Historischer Roman

Goslar im 11. Jahrhundert: Die junge Hemma, Tochter des Vogts, muss nach der Enteignung der Familie und dem Tod des Vaters durch die Hand eines adligen Verehrers aus Not den Sohn des örtlichen Münzmeisters heiraten. Gleich bei der Geburt ihres ersten Kindes stirbt Hemma. Ihre Tochter Henrika wächst ohne Mutter bei dem sie liebevoll umsorgenden Vater auf. Als Henrika sich in einen Gefolgsmann des Königs verliebt, erlangt sie Zugang zu gesellschaftlichen Kreisen, in denen sich auch der Mörder ihres Großvaters bewegt …

Lesen Sie auf den nächsten Seiten, wie der Roman beginnt.

PROLOG

Auf dem Gut des Vogts der Goslarer Pfalz
Anfang Okober im Jahre des Herrn 1056

He, mach das Tor auf!«
Esiko sprang auf und stieg hastig auf einen Eimer. Der Blick zum Tor blieb dem jungen Bergmann versperrt, da er vom Keller aus nur einen kleinen Ausschnitt des Hofes sehen konnte. Wieder hörte er einen harschen Befehl, vermochte die Stimme aber nicht zuzuordnen.

»Öffne das Tor, oder euer Vogt hat nur noch einen Sohn!«

Esiko zuckte zusammen und presste den Kopf gegen die Gitterstäbe, doch so sehr er sich auch bemühte, er konnte einfach nichts erkennen. Wütend schlug er mit der flachen Hand gegen die Mauer neben der vergitterten Fensteröffnung. Der Schweiß lief ihm vor lauter Anstrengung über das Gesicht, und einzelne Strähnen seiner blonden, halblangen Haare klebten auf Wangen und Hals. Gleich darauf hörte er, wie das schwere Tor geöffnet wurde und schnelle Schritte über den Hof eilten. Für einen kurzen Augenblick sah er ein paar Beine, die in derben grauen Wollhosen steckten, und nahm an, dass es sich um einen von Gottwalds bewaffneten Männern handelte, wobei er auf Christian tippte. Er hatte den Gedanken kaum zu Ende gebracht, da preschten auch schon mehrere Pferde in den Hof. Das Donnern der Hufe vermischte sich mit dem Toben des Windes, und fast wäre Esiko dadurch entgangen, dass sie das Tor wieder schlossen.

Mindestens fünf Pferde konnte er ausmachen, und die Reiter, die fast gleichzeitig zu Boden sprangen, trugen allesamt schwere Lederstiefel.

Ein Paar davon hätte Esiko unter hundert anderen erkannt.

Nur mit Mühe konnte er seine Wut zügeln, als er die gedrungene und massige Gestalt von Azzo mit einem Blick erfasste. Der finstere Geselle war der Scherge Burchards von Hanenstein, dem abgewiesenen Verehrer *seiner* geliebten Hemma. Auch wenn er die Personen bloß von den Knien abwärts sah, so stachen ihm die schweren schwarzen Stiefel mit der silbernen Schnalle sofort ins Auge. Damit hatte Azzo ihn vor ein paar Monaten derbe getreten, und der Rohling schien sich auch in den Sommermonaten nicht davon zu trennen.

»Einer ans Tor, zwei dorthin, und ihr kommt mit mir!«

Scharf erklang der Befehl, und Esiko erkannte nun auch die Stimme Burchards wieder. Inbrünstig betete er darum, dass Hemma sich noch verstecken konnte, aber im selben Moment erblickte er starr vor Schreck ihre knöchelhohen, einfachen braunen Schlupfschuhe, die sie im Haus so gern trug. So auch am vergangenen Abend, als Hemma ihn aufgesucht hatte. Ihre Füße standen dicht vor denen eines Mannes, und Esiko vermutete, dass die braunen Stiefel zu Burchard gehörten. Anhand der Haltung konnte er erkennen, dass Hemma mit dem Rücken zu ihm stand.

»Bring ihn ins Haus und binde ihn irgendwo fest. Der Knebel bleibt am besten drin, sonst schreit er uns noch alles zusammen. Das kleine Kerlchen hat eine kräftige

Stimme. Aber das liegt wohl in der Familie, nicht wahr, mein Täubchen?«

Die erstickte Antwort ließ Esiko vor Wut fast wahnsinnig werden. Er sprang von dem Eimer, der ihm als Tritt diente, und lief zur Tür. Doch so sehr er auch daran rüttelte, sie blieb verschlossen.

Gottwald trieb seinen Hengst gnadenlos an, genau so wie die Sorge um seine Familie ihn antrieb. Die anderen fünf Begleiter hatten Mühe mitzukommen, denn sein Fuchshengst Rufulus war um einiges ausdauernder und kräftiger als die anderen Pferde. Besonders die Stute seines Knappen Randolf fiel deutlich zurück, und einer seiner Männer blieb auf den Befehl von Hemmas Vater hin an der Seite des Knappen. In der Dämmerung fanden die Männer ihren Weg nur noch mit Mühe, und der Vogt der Goslarer Pfalz hoffte, dass sie die Burg vor Einbruch der Dunkelheit erreichten. Mit seiner behandschuhten Hand fuhr er sich kurz über die müden Augen. In den letzten Nächten hatte er kaum geschlafen. Erst die Wache am Bett des todkranken Kaisers und dann, nach dessen Tod, die Trauerwache.

Heinrich hatte noch ein paar Worte mit seinem Vogt wechseln können, doch Gottwalds Frage nach dem Brief mit dem verleumderischen Inhalt blieb unbeantwortet, da der Kaiser immer wieder in einen unruhigen Fieberschlaf gefallen war. Heinrich hatte vor seinem Ableben noch schnell alles geregelt, sofern das möglich war. Etwa erwies es sich als äußerst beruhigend, dass Papst Viktor ebenfalls anwesend war. Der Kaiser legte vor seinem Tod ein umfangreiches Sündenbekenntnis ab und bekräftigte im Beisein des Heiligen Vaters nochmals den Wunsch, seinem sechsjährigen Sohn das Königtum zu sichern. Papst Viktor bestimmte er kurzerhand zum Berater für den unmündigen jungen König und dessen Mutter, Kaiserin Agnes.

Zuletzt traf Heinrich noch einige Bestimmungen über seine Beisetzung. Sein Leichnam sollte in einer feierlichen Prozession im Dom zu Speyer bestattet werden. Sein Herz dagegen sollte in Goslar zur letzten Ruhe gebettet werden, wo Gottwald es hinbringen sollte. Nachdem alle Regelungen getroffen waren, verschied der Kaiser am fünften Oktober.

Gottwald hatte schwer mit sich gerungen, als ihn bei Hofe die Nachricht seiner Frau erreichte. Trotz ihrer drängenden Worte wurde er nicht ganz schlau daraus, aber da er Edgitha gut kannte und wusste, dass sie ihn niemals mit Nichtigkeiten behelligen würde, hatte er Kaiserin Agnes gebeten, frühzeitig aufbrechen zu dürfen.

»Seht, Herr, fast der gesamte Hof liegt im Dunkeln«, rief einer seiner Begleiter ihm zu, als sie zum ersten Mal freie Sicht auf sein Haus hatten. »Dabei habe ich Christian eingeschärft, ständig mehrere Fackeln brennen zu lassen.«

Sie befanden sich ein gutes Stück oberhalb des Guts, und Gottwald zügelte sein Pferd, während er den anderen ein Zeichen gab.

»Da stimmt etwas nicht«, murmelte er leise und mehr zu sich selbst.

Hemma glaubte, sich in einem Alptraum zu befinden. Nachdem Azzo mit ihrem bewusstlosen kleinen Bruder auf dem Arm aus der Hütte herausgetreten war, in der die Gerätschaften für den Garten der Stiftskirche lagerten, hatten sie das Gelände verlassen. Es war unerwartet leicht gewesen, Hemma hatte dem Mann an der Pforte gegenüber wie befohlen behauptet, dass der kleine Brun krank sei und nach Hause gebracht werden müsse. Sein Messer unter Bruns Umhang verborgen, konnte sich Azzo der Unterstützung Hemmas sicher sein. Nach der ersten Wegbiegung warteten weitere fünf Männer hinter einer Baumgruppe, und die junge Frau fragte sich, ob sie sich zuvor auch schon dort befunden hatten, als sie an der Stelle vorbeigehetzt war.

Mit einer angedeuteten Verbeugung war Burchard vor sie getreten. »Es freut mich sehr, Euch wiederzusehen, edles Fräulein. Auch wenn Euer Anblick beim letzten Mal deutlich angenehmer war.« Dabei war sein spöttischer Blick über ihre tropfnasse Erscheinung geglitten.

»Das kann ich nur zurückgeben, Herr Burchard«, hatte sie erwidert und wütend sein lautes Lachen vernommen, in das die anderen Männer eingestimmt hatten. Wenn sie die Möglichkeit gehabt hätte, hätte sie ihm auf der Stelle die kalten, dunklen Augen ausgekratzt.

Dann hatte er sie gepackt, auf sein Pferd gehoben und sich selbst hinter ihr in den Sattel geschwungen. Dicht an seinen kräftigen Körper gepresst, konnte sie sich kaum rühren, und auf ihre drängenden Fragen hatte sie keine Antworten erhalten. Die Sorge um ihren jüngeren Bruder steigerte sich ins Unermessliche, denn noch immer hielt die Bewusstlosigkeit Brun umfangen, während er gegen Azzo lehnte. Niemandem war die Bedrohung aufgefallen, der die beiden Geschwister ausgesetzt waren, und Hemma rechnete auch nicht so schnell damit, dass ihr älterer Bruder Goswin zurückkehrte. Bestimmt würde er so lange auf dem Gelände der Pfalz und in Goslar nach Brun suchen, bis die Dunkelheit ihn vollends daran hinderte.

Hemma war sich sicher, dass Goswin ein schlechtes Gewissen plagte, schließlich hatte er die prekäre Angelegenheit zwischen seiner Schwester und Esiko nicht diskret gelöst, nachdem Brun ihm davon vertraulich berichtet hatte, sondern Esiko im Keller festgesetzt. Der kleine Brun hatte ungeschickterweise mitbekommen, dass der junge Bergmann für seine Liebe zu Hemma mit dem Leben bezahlen sollte, sobald ihr Vater zurückkehrte, und war seither verschwunden. Das Verhalten des Achtjährigen war nur die logische Reaktion auf die Panik, die er empfunden haben musste, angesichts der schlimmen Lage, in die seine geliebte Schwester und Esiko aufgrund seiner Aussage gekommen waren.

Als die Männer den direkten Weg zu ihrem Zuhause einschlugen, war Hemma überrascht, denn sie hatte eigentlich damit gerechnet, dass Burchard vorhatte, sie und ihren kleinen Bruder mit sich auf seine Burg zu nehmen, um doch noch eine Heirat zu erzwingen.

Das kalte Grauen hatte sie gepackt, als Christian und Othmar kaltblütig ermordet wurden. Die Soldaten ihres Vaters hatten sich den Eindringlingen nicht in den Weg gestellt, als sie sahen, dass sich die beiden Kinder des Vogts in deren Gewalt befanden. Das hatte Azzo jedoch nicht davon abgehalten, jeden Einzelnen von ihnen mit einem gewaltigen Schwertstreich niederzustrecken. Hemma würde Othmars erstaunten Gesichtsausdruck niemals vergessen, bevor er zu Boden ging. Nun hatte Azzo ihren Bruder, der zum Glück endlich aus seiner Bewusstlosigkeit erwacht war, ins Haus getragen, und Hemma hoffte inständig, dass ihre Mutter einen Beruhigungstrank zu sich genommen hatte und nichts von dem ganzen Unglück mitbekam. Obwohl eine innere Stimme ihr zuflüsterte, dass der Wunsch völlig absurd war.

»Was ist? Ihr seid wohl überrascht, dass wir uns direkt in die Höhle des Löwen begeben haben?«, raunte Burchard ihr zu, während er sie zu sich heranzog. »Ihr könnt unbesorgt sein, denn ich bin bestens im Bilde. Euer von mir hochgeschätzter Vater befindet sich bei unserem verstorbenen Kaiser. Ja, da staunt Ihr, was?«, fügte er erheitert hinzu, als er ihren überraschten Gesichtsausdruck bemerkte. »Auch ich habe meine Späher. Doch jetzt wollen wir es uns gemütlich machen, schließlich sollten Gäste nicht im Regen stehen.«

Burchard stieß Hemma grob vor sich her ins Haus hinein. Die junge Frau wunderte sich über die Stille und betete erneut, dass ihre Mutter verschont bleiben möge.

»Wir schleichen uns von hinten an, Johann, und klettern beim Waschhaus über die Mauer. Einer von euch reitet vorne ans Tor und begehrt Einlass, die anderen kommen mit mir.«

Gottwalds langjähriger Weggefährte erteilte Emmerich, einem ungeduldig wirkenden Mann Anfang zwanzig, den Auftrag. Er wirkte nicht begeistert, als er zum Zeichen des Verstehens kurz nickte.

»Gib Acht! Wenn dir irgendetwas seltsam vorkommt, dann verschwinde und reite bloß nicht hinein«, warnte Gottwald ihn eindringlich. »Wir warten auf ein Zeichen von dir, bevor wir über die Mauer klettern. Sollte alles in Ordnung sein, so entzünde eine Fackel im Hof. Viel Glück!«

Emmerich nickte erneut, wobei er dieses Mal einen weitaus erfreuteren Eindruck machte. Anscheinend wurde ihm jetzt erst die Wichtigkeit seines Auftrags klar. Kaum war er außer Sichtweite, gab Gottwald den anderen ein Zeichen, ihm langsam zu folgen. Etwa einhundert Meter von seinem Gut entfernt blieben sie stehen und banden die Pferde an einer Baumgruppe an. Mittlerweile konnten sie nur noch die Umrisse der Mauer und Gebäude erkennen, denn der Wind fegte dichte, dunkle Wolken über den abendlichen Himmel, die fast ständig den Mond verdeckten und dadurch die einzige Lichtquelle raubten, die sie im Moment hatten. Seit einiger Zeit schlug ihnen auch noch der Regen ins Gesicht. Die Männer, die bis auf die Haut durchnässt waren, schlichen leise und in gebückter Haltung zur Mauer, wobei sie angestrengt darauf achteten, ob sie irgendetwas hören oder sehen konnten.

Sie waren ungefähr zwanzig Meter von der Mauer entfernt, die den Hof umgab, als sie ein lautes Pochen in der Stille vernahmen.

»Wer da?«, ertönte prompt die Frage.

Gottwald hatte die Stimme noch nie zuvor gehört. Alarmiert beschleunigte er seinen Schritt, und gleich darauf befanden sich alle unterhalb der Stelle, die den einzigen Schwachpunkt der Mauer darstellte. Die Außenmauer des Waschhauses war in die schützende Steinmauer integriert. Damals hatte Gottwald den Fehler zu spät erkannt und ihn stets beheben wollen. Jetzt war er froh, dass er es versäumt hatte, denn so konnten sie ohne große Schwierigkeiten durch die verriegelte Fensteröffnung ins Haus gelangen.

»Ich bin Emmerich, ein Bote des Vogts, und begehre Einlass«, folgte nach einer kurzen Pause die Antwort.

Gottwald hoffte, die kleine Verzögerung ließe darauf schließen, dass Emmerich gewarnt war, weil er die Stimme ebenfalls nicht erkannt hatte. Andererseits war der junge Mann noch nicht lange bei ihm und dadurch vielleicht zu arglos.

Ungeduldig beobachtete er, wie Johann und zwei weitere Männer aufeinanderkletterten und der oberste von ihnen mit seinem Messer den Riegel bearbeitete. Die kurzen Schläge kamen Gottwald unheimlich laut vor, und er hoffte, dass niemand sie drinnen hörte. Mittlerweile war er nämlich davon überzeugt, dass jemand von seinem Grund und Boden Besitz ergriffen hatte. Weiter wagte er gar nicht zu denken.

Das Tor öffnete sich knarrend. Schon hundertmal hatte Gottwald dieses Geräusch gehört und jedes Mal beschlossen, es nicht ölen zu lassen, denn seltsamerweise gab es ihm ein Gefühl von Sicherheit.

Damit war es nun vorbei.

Ihre Peiniger hatten Hemma und ihren Bruder in den großen Raum im Erdgeschoss getrieben, in dem die Familie immer gemeinsam ihre Mahlzeiten einnahm. Hier hatten sie auch Burchard damals empfangen. Vor einer halben Ewigkeit, wie es der jungen Frau nun schien.

»Erhebt Euch, oder wollt Ihr etwa auf dem Boden liegen bleiben?«, schnauzte Burchard sie an.

Hemma, die nach einem Stoß ins Zimmer gestolpert und hingefallen war, rappelte sich auf, während ihr einige nasse Strähnen ihres langen kastanienbraunen Haares ins Gesicht fielen. Mit zwei Schritten war ihr Peiniger bei ihr und riss ihr das wollene, triefend nasse Tuch vom Kopf.

»Ihr habt viel zu viel an, meine Liebe«, murmelte er und presste blitzartig seine schmalen Lippen auf ihren Mund.

Der Kuss erfolgte brutal und ohne jedes Gefühl, eher wie eine Bestrafung. Als er genauso abrupt von ihr abließ, taumelte Hemma. Schlagartig wurde ihr klar, warum er sie in ihr Elternhaus gebracht hatte. Er wollte sie demütigen, so wie er sich von ihrem Vater gedemütigt gefühlt hatte. Allerdings vermutete sie, dass ihre Demütigung bitterer ausfallen würde.

»Beweg dich nach oben und suche nach der Dame des Hauses. Ich will sie hier unten haben, damit sie dem Schauspiel beiwohnen kann.«

Ein unterdrückter Schrei entwich Hemmas Kehle. Sie rannte los und drängte sich an dem überraschten Burchard vorbei, genau bis zur Tür. Dort hielt dessen brutaler Scherge sie auf und stieß sie zurück ins Zimmer. Mit dem für ihn typischen lauernden Blick betrachtete Azzo anschließend hämisch grinsend die erneut am Boden liegende Hemma.

»Bitte, ich flehe Euch an! Ihr könnt mich haben, aber verschont meine Mutter und die anderen hier! Sie bedeuten Euch doch gar nichts!«

Schluchzend rutschte sie vor ihrem Peiniger auf den Knien, während sie nach seiner behandschuhten Hand griff.

»Da täuscht Ihr Euch aber gewaltig, denn auch Ihr bedeutet mir nichts!«, sagte er und schüttelte ihre Hände ab wie ein lästiges Insekt.

Zwei seiner Männer erschienen in der geöffneten Tür. Einer von ihnen hatte an jeder Hand einen Stallburschen am Kragen gepackt, während der andere eine der Küchenmägde vor sich ins Zimmer schob. Das Mädchen, Reinhild war ihr Name, weinte lautlos, und Hemma fragte sich, wo die beiden anderen waren und welches Schicksal ihnen bevorstand.

»Wir haben alles durchsucht und keine weiteren Leute gefunden. Was sollen wir mit den beiden machen?«, fragte der ältere, ein grobschlächtiger Mann mit pockennarbigem Gesicht. An der linken Hand fehlten ihm zwei Finger.

»Sperr sie in den Stall, und anschließend siehst du noch im Keller nach«, befahl Burchard, ohne Hemmas schreckensbleiche Miene zu beachten.

Voller Sorge dachte sie an den im Keller eingesperrten Esiko, der Burchard und vor allem Azzo nicht unbekannt war. Würde auch er durch einen Schwertstreich sterben? Ihre Gedanken jäh unterbrechend, griff Burchard brutal nach ihrem nassen Zopf und zog sie zu sich heran. Unbewusst wanderte Hemmas Blick zu seinem Mund, um den sich ein harter Zug eingegraben hatte, den selbst der gestutzte dunkle Bart nicht verdeckte.

»Dein Brüderchen hat uns ein großes Problem erspart. Ich konnte kaum mein Glück fassen, als der kleine Kerl dem lieben Azzo in die Arme lief, um sich in der Hütte zu verstecken. So mussten wir nur noch warten, bis alle auf der Suche nach ihm waren. Zu guter Letzt hat uns der nette Junge auch noch zugeflüstert, dass nur du von seinem Versteck wissen kannst. Tja, der Rest ist dir bekannt.«

Hemma warf einen Blick auf Brun und versuchte, ihm ein aufmunterndes Lächeln zuzuwerfen, was allerdings kläglich scheiterte. Ihr jüngerer Bruder saß verschnürt und mit einem Knebel im Mund auf dem Boden in einer Ecke des Raumes. Das Leid in seinen sonst so schelmisch dreinblickenden blauen Augen und das verweinte Gesicht zerrissen Hemma fast das Herz.

In dem Moment war vom Treppenhaus her ein lauter Schlag zu hören, dem ein ebenso lautes Poltern folgte. Burchard zerrte Hemma am Handgelenk mit hinaus, während er die andere Hand auf den Schwertgriff legte.

Die junge Frau stieß einen Schrei aus, als sie oberhalb der Kellertreppe Esiko stehen sah, mit einer dicken Eisenstange in der Hand. Hinter ihm, an die Wand gepresst, stand ihre Amme Waltraut mit blasser, entschlossener Miene.

»Sieh an, der Bote des Vogts«, spottete Burchard. »Ich vermute, am Ende der Treppe befindet sich nun einer meiner Männer.«

Esiko nickte mit eisigem Blick, während sein drahtiger und muskulöser Körper die Anspannung widerspiegelte. »Ganz genau, und wenn es Euch nicht genauso ergehen soll, würde ich Euch raten, das Fräulein sofort loszulassen und von hier zu verschwinden.« Dabei ließ er die Hand Burchards, die noch immer locker auf dem Schwertgriff ruhte, nicht aus den Augen.

Im selben Moment zog Burchhard seine Waffe, stieß Hemma zurück in den Raum und holte aus.

»Große Worte für einen einfachen Mann«, brüllte er Esiko zu, der dem wuchtigen Schlag auswich und Waltraut gleichzeitig zurief, dass sie verschwinden solle. Burchard stieß von unten zu, und Esiko hechtete zur Seite. Im Fallen schlug er seinem Gegner die Eisenstange gegen das linke Knie und sprang, während dieser vor Schmerz aufheulte, auf die Beine, um gleich noch einmal zuzuschlagen. Mit Verblüffung sah er, wie Burchard in sich zusammensackte und den Blick auf Hemma freigab, die hinter ihm stand. Zitternd ließ sie den Stuhl ihres Vaters fallen und lief zu Esiko, der sie für einen kurzen Moment fest in die Arme nahm.

»Wir müssen sofort hier weg, Azzo ist bestimmt nicht weit«, drängte er, während er sie sanft von sich schob.

»Er soll meine Mutter holen, und Brun ist auch noch dort«, antwortete Hemma.

Sie spähte nach oben und schwankte für einen Moment, als sie am oberen Ende der Treppe Burchards Schergen stehen sah. Mit wutverzerrtem Blick trug er ihre Mutter, die an Händen und Füßen gefesselt war und in deren Mund sich ein Knebel befand. Esikos schlimmste Befürchtungen bestätigten sich, als er dem entsetzten Blick Hemmas folgte und mit Bestürzung beobachtete, wie Azzo die Herrin des Hauses unsanft zu Fall brachte. Sofort ließ er Hemma los, um nach der Eisenstange zu greifen. Kurz entschlossen überlegte er es sich aber anders, hastete zu Burchard und nahm dessen Schwert, das neben dem bewusstlosen Körper lag.

»Hol deinen Bruder und lauf weg! Los, mach schon!«, schrie der Bergmann, während er vorauseilte und gleich darauf die Fesseln durchschnitt.

»Du musst mit deiner Schwester Hilfe holen, hörst du!«, raunte er ihm eindringlich zu und nahm ihm den Knebel aus dem Mund.

Hemma, die zwischenzeitlich neben Esiko hockte, schüttelte den Kopf. »Ich lasse dich nicht alleine! Was ist mit meiner Mutter? Ich kann nicht gehen, verstehst du?«

»Tu einmal, was ich sage. Denk an deinen Bruder!«, flehte Esiko und erhob sich nach einem besorgten Blick zur Tür.

»Zu spät, du Hundsfott.«

Breitbeinig stand Azzo im einzigen Ausgang zum Flur und versperrte den Fluchtweg. In der Hand hielt er sein Schwert und grinste die kleine Gruppe bösartig an. Erst jetzt sah Hemma, dass sich auf seiner linken Gesichtshälfte blutige Kratzspuren entlangzogen.

»Komm her und hol dir deine zweite Tracht Prügel ab. Nur wirst du dieses Mal nicht mit deinem elenden Leben davonkommen!«, schleuderte er Esiko in ätzendem Tonfall entgegen.

Hemma warf ihrem Liebsten einen verzweifelten Blick zu, der ihr hastig etwas ins Ohr flüsterte und mit zwei Schritten bei einer der beiden Fensteröffnungen war. Schnell griff die junge Frau nach der Hand ihres Bruders und zog ihn mit sich. Esiko machte sich derweil an der Holzluke zu schaffen, die den kalten Wind abhalten sollte.

Azzo brauchte einen Augenblick, bis er begriff, was sie vorhatten. Dann stürmte er mit einem furchteinflößenden Schrei ins Zimmer.

»Jetzt!«, brüllte Esiko, und Hemma, die nur darauf gewartet hatte, rannte mit Brun im Schlepptau um den Tisch herum, auf die Tür zu. Sie hätte aus dem Fenster springen können, da sie sich im Erdgeschoss befanden, allerdings waren die Holzluken von außen verriegelt. Das konnte Azzo jedoch nicht ahnen, und so hatte Esikos kleines Ablenkungsmanöver den gewünschten Erfolg.

Hemma zwang sich weiterzulaufen, ohne sich nach den Kampfgeräuschen umzudrehen. Im Flur angekommen, konnte sie niemanden entdecken, und für den Bruchteil einer Sekunde überlegte sie, nach oben zu ihrer Mutter zu laufen. Doch sie wusste, dass sie dafür kostbare Zeit benötigte, die sie nicht hatte.

Burchard lag noch immer bewusstlos quer im Gang und versperrte den Weg. Brun stieg mit einem großen Schritt über den Körper hinweg und zog seine Schwester hinter sich her. Just in dem Augenblick, als Hemma ihren Fuß nachziehen wollte, packte eine Hand sie am Fußgelenk, und sie fiel mit einem Aufschrei der Länge nach hin. Geistesgegenwärtig hatte sie im letzten Moment die Hand ihres Bruders losgelassen. Voller Panik sah Hemma über die Schulter, während sie versuchte, sich aus dem Griff zu befreien, und blickte direkt in die noch immer leicht benommen wirkenden Augen Burchards.

»Lauf!« Ihr Schrei gellte durch den Flur.

Brun, der wieder an den Händen seiner Schwester zog, hörte nicht auf sie, sondern schüttelte weinend den Kopf.

»Lass los und hol Hilfe, Brun!«, flehte die junge Frau, und nach einem unsicheren Blick ihres Bruders fielen ihre Arme auf den Boden. Im dem Moment, als der Junge aus dem Haus verschwand, wurde ihr zarter, schmaler Körper am Fußgelenk zurückgezogen. Ihre Hände glitten über den Holzboden, wobei sich ihr ein Splitter schmerzhaft ins Fleisch schob. Der Druck um ihr Fußgelenk verschwand, doch bevor sie reagieren konnte, riss ihr jemand den Kopf an den Haaren hoch, und sie schrie vor Schmerzen auf.

»Du Miststück! Los, steh auf!«, raunzte Burchard sie an, und Hemma hatte keine andere Wahl, als seinem Befehl Folge zu leisten. Auch als sie ihm gegenüberstand, ließ er ihre Haare nicht los, sondern bog ihr den Kopf nach hinten und flüsterte dicht an ihrem Ohr: »Dafür wirst du büßen!«

Dann ließ er sie abrupt los und schlug ihr mit der flachen Hand hart ins Gesicht. Hemma flog zur Seite und knallte gegen die Wand. Wie in einem fürchterlichen Traum nahm sie wahr, dass in dem großen Raum nebenan ein schrecklicher Kampf tobte. Sie wurde hochgerissen und ins Zimmer geschoben. Hemmas Benommenheit wich augenblicklich blankem Entsetzen, als sie Esiko sah. Sein linker Arm hing schlaff herunter, Blut sickerte aus einer tiefen Wunde an der Schulter. Mit der rechten Hand hielt er Burchards Schwert, wobei er sein Gewicht auf das linke Bein verlagerte, da auch das rechte verletzt schien. Deutlich war ihm die Erschöpfung anzusehen, und Hemma wurde bewusst, dass er nicht mehr lange durchhalten würde. Er war kein Schwertkämpfer, auch wenn er ihr erzählt hatte, dass er vor zwei Jahren bei einem Schmied gearbeitet hatte und mit den Waffen ein wenig üben konnte.

Azzo hingegen war kampferprobt. Breitbeinig stand

er mit dem Rücken zu Hemma und Burchard, so als wollte er die letzten Atemzüge seines Gegners auskosten. Zu Hemmas großer Genugtuung war auch er verletzt. An seinem linken Oberschenkel entdeckte sie einen blutigen Fleck, der ihn jedoch augenscheinlich kaum behinderte.

»Du scheinst großen Anteil an dem Schicksal dieses Burschen zu nehmen. Dann sieh gut hin, damit du sein Ende nicht verpasst«, zischte Burchard ihr zu, während er mit der Hand genüsslich über ihren Körper strich. Er hielt sie dicht vor sich umklammert, und die junge Frau schloss die Augen.

»Sieh genau hin, habe ich gesagt«, fuhr er sie an und zog sie erneut brutal an den Haaren.

Übelkeit stieg in ihr auf, als er mit den Lippen über ihren Hals fuhr, und nur der Schmerz an ihrer Kopfhaut ließ sie weiter bei dem ungleichen Kampf zusehen. Tränen liefen ihr über die Wangen, als sie sah, dass Esiko sich nur noch mit Mühe verteidigen konnte.

Angespannt wartete der hochgewachsene Vogt auf den kleinen Lichtschein einer Fackel hinter der Mauer, doch nichts geschah. Just in dem Augenblick, als ein Pferd wieherte und etwas Schweres zu Boden fiel, sprang der Riegel des Fensterverschlags zur Seite, und der erste seiner Männer verschwand im Dunkeln des Hauses. Gleich darauf fiel neben Gottwald ein dickes Seil zu Boden, das er packte und an dem er sich hochzog, wobei es ihn unheimlich viel Kraft kostete, da er alles mit einem Arm bewältigen musste. Jedes Mal, wenn er losließ, um nachzufassen, musste er das Seil zwischen den Knien kräftig zusammendrücken, um nicht wieder herunterzurutschen. Endlich hatte er den Mauervorsprung erreicht und zog sich mit einer letzten Kraftanstrengung ins Zimmer, doch er verlor keine Zeit und war sofort wieder auf den Beinen, denn die Sorge trieb ihn weiter an. Das Schwert in der Hand, ging er vorsichtig die Treppe hinunter, immer darauf gefasst, plötzlich angegriffen werden zu können. Hinter ihm hörte er seine Männer, die ihm fast lautlos folgten, und ohne sich umzudrehen, wusste er, dass auch sie ihre Schwerter gezogen hatten.

Vom Hof drangen keine Geräusche zu ihnen, außer dem gelegentlichen Wiehern eines Pferdes aus dem nahen Stall. Bevor sie die Tür zum Hof öffneten, wandte sich Gottwald kurz zu seinen Männern um.

»Ihr kommt mit mir ins Haus«, sagte er leise zu Johann und wies dabei auf einen weiteren Mann. »Ihr übernehmt die Stallungen und den Rest des Hofes«, befahl er den beiden anderen. Einer von ihnen war sein Knappe Randolf, dessen ängstlicher Gesichtsausdruck sich in der Dunkelheit verlor.

Der Vogt öffnete vorsichtig die Tür und spähte hinaus. Kein Licht erhellte den Hof, nur aus dem Haus drang ein schwacher Schein, und Gottwald erkannte schnell, dass die Haustür einen Spaltbreit offen stand. Bis aufs Äußerste angespannt verließ er vorsichtig das Haus und schlich behutsam weiter. Dabei presste er sich dicht an die Mauer. So sehr er sich auch anstrengte, er konnte niemanden entdecken. Selbst in der kleinen Kammer neben dem Tor, wo Christian sitzen sollte, war es stockfinster, und dicht daneben befand sich ein dunkler Haufen, der wie ein Stapel Decken aussah. Gottwald schauderte, als er erkannte, dass es sich um Emmerich handelte, und der Blick seiner oft so warmen braunen Augen verfinsterte sich.

Während Esiko im letzten Augenblick einem Hieb auswich, hörte die gepeinigte Hemma dicht neben sich Burchards leise Stimme: »Wenn du auf Hilfe hoffst, so muss ich dich enttäuschen. Deinen Bruder wird spätestens einer meiner Männer am Tor aufhalten. Ich hoffe nur, dass Goswin dabei nicht verletzt wird. Wäre doch schade, so jung sterben zu müssen.«

Er ließ ihre Haare los, griff blitzschnell in Hemmas Ausschnitt und riss mit einem kräftigen Ruck das Oberteil ihrer Kotte entzwei. Sofort legte sich seine freie Hand auf ihre Brüste, die nur noch von dem dünnen Unterkleid bedeckt waren. Hemma, die sich in der eisernen Umklammerung kaum bewegen konnte, trat blindlings kräftig mit dem Fuß nach hinten, und der unterdrückte Aufschrei ihres Peinigers zeigte ihr, dass sie getroffen hatte.

Ohne Vorwarnung stieß Burchard sie von sich und schlug mit der geballten Faust zu. Hemma blieb die Luft weg, und sie sackte zusammen. In gebückter Haltung hockte sie auf den Knien und presste beide Hände auf ihren Magen. Das Geräusch eines fallenden Schwertes, verbunden mit einem schmerzhaften Aufschrei, ließ sie den Kopf heben.

Hoffnungslos sah sie zu Esiko hinüber, der ohne Waffe dastand. In die Ecke gedrängt, schien er ihren Blick zu spüren, denn er wandte sich von Azzo ab und sah ihr direkt in die Augen. Für einen kurzen Moment lagen so viel Ruhe und Zärtlichkeit darin, dass es die junge Frau fast zerriss. Dann brach sein Blick, und Hemma, die immer noch nach Luft rang, stöhnte auf, als sie seinen durchbohrten Leib sah. Dass Azzo sein Schwert mit einem triumphierenden Schrei aus Esikos Körper zog, bekam Hemma gar nicht mehr mit, denn eine gnädige Ohnmacht hatte von ihr Besitz ergriffen.

Ein kalter Schwall Wasser brachte sie wieder zurück in die schreckliche Wirklichkeit. Prustend kam sie hoch und hustete erbärmlich. Ihre Wange brannte, und in ihrem Magen pochte ein dumpfer Schmerz, doch das alles war nichts im Vergleich zu der furchtbaren Erinnerung an Esikos Tod, die sich mit aller Macht an die Oberfläche drängte.

Hemma hätte sich am liebsten wieder hingelegt und die Augen gar nicht erst geöffnet. Fast hätte sie ihrem Wunsch auch nachgegeben, wenn nicht ein langes Stöhnen ihre Aufmerksamkeit erregt hätte. Unterhalb von ihr lag ihre Mutter zusammengeschnürt wie ein Bündel auf dem Boden. In ihrem schönen, sinnlichen Mund steckte ein schmutziger Lappen, und die sonst so gepflegten kastanienbraunen Haare hingen ihr wirr ins Gesicht. Als Hemma das Entsetzen in den dunkel schimmernden blauen Augen ihrer Mutter sah, wurde ihr plötzlich klar, wo sie sich befand. Ihre Benommenheit verschwand, und sie richtete sich schnell auf dem großen Tisch auf, nur um gleich darauf wieder heruntergedrückt zu werden. Voller Panik bemerkte sie über sich das Gesicht Azzos, der ihr die Arme nach hinten bog und sie auf den Tisch presste. Dabei grinste er anzüglich und ließ den Blick über ihren Körper nach unten wandern. Automatisch folgte Hemma ihm und stellte schreckensbleich fest, dass Burchard an der gegenüberliegenden Seite des Tisches direkt vor ihr stand.

Panisch wand sie sich wild hin und her, so weit der eiserne Griff Azzos es zuließ, und trat um sich, doch Burchard war nach dem letzten schmerzhaften Tritt gewarnt und wich geschickt aus. Behände packte er ihre Beine und drängte seinen Körper dazwischen. Hemma, die sich kaum noch bewegen konnte, musste hilflos zusehen, wie er ihr den Rock hochschob und seinen Gürtel losband. Seltsamerweise fiel ihr erst jetzt auf, dass ein Rinnsal geronnenes Blut seitlich an seinem Gesicht klebte, das augenscheinlich seinen Ursprung in der Kopfwunde hatte, die er von ihrem Hieb mit dem Stuhl bekommen hatte.

Als sie ihre Mutter erneut stöhnen hörte, schloss sie die Augen, und im nächsten Moment drang Burchard brutal in sie ein. Doch anstatt weiter in ihren geschundenen Körper zu stoßen, legte er sich auf sie und raunte ihr zu: »Damit du dich immer an mich erinnern wirst, liebste Hemma, möchte ich dir gerne ein Geschenk dalassen. Ach, und bevor ich es vergesse, dein kleiner Bruder ist bei seinem Fluchtversuch schwer verletzt worden. Wahrscheinlich ist er bereits krepiert.«

Während die Last seines Oberkörpers verschwand und Burchard seine brutalen Stöße fortsetzte, zwang Hemma ihre Gedanken weit fort von diesem schrecklichen Ort.

Das Scheppern eines Eimers durchfuhr den Vogt wie ein Blitz, und gleich darauf wurde die Tür zum Haus aufgerissen. Der Umriss eines Mannes erschien, der nach einem schnellen Blick über den Hof die beiden Männer an der Stallwand entdeckte.

»Alarm!«, hallte es über den Hof, der Mann rannte augenblicklich los, und im selben Moment löste sich aus der Schwärze des Tores eine weitere Person.

Gottwald, der wusste, dass sie schnell handeln mussten, umfasste sein Schwert und schrie: »Auf, Männer! Macht sie nieder!«

Zu dritt rannten sie direkt auf den Mann zu, der sein Augenmerk auf die beiden Soldaten an der Stallwand gerichtet hatte. Gottwald nutzte den Überraschungsmoment und erschlug ihn ohne zu zögern mit einem wuchtigen Schlag.

Ohne auf die Kampfgeräusche hinter ihm zu achten, raste er ins Haus, dicht gefolgt von den anderen. Im letzten Moment konnte er einem Schlag ausweichen, den jemand aus der kleinen Kammer heraus ausführte, und gleich darauf übernahm Johann den Kampf. Gottwalds zweiter Gefolgsmann war dicht hinter seinem Herrn, als dieser nun äußerst vorsichtig in Richtung des Lichtscheins ging.

Das Schwert zum Angriff erhoben, trat Gottwald ins Zimmer und erlebte den schlimmsten Moment seines Lebens. Langsam ließ er die Waffe sinken, ohne jedoch den Blick von Azzo zu nehmen, der neben seiner gefesselten Frau kniete und ihr einen Dolch an den Hals setzte. Edgithas hohe Wangenknochen traten in dem blassen, schmalen Gesicht noch deutlicher zum Vorschein.

»Ihr seid zu früh, mein lieber Vogt«, schallte ihm eine wohlbekannte Stimme vom anderen Ende des Raumes entgegen. Voller Unbehagen drehte Gottwald den Kopf langsam in die Richtung, und eine heftige Übelkeit erfasste ihn, als er seine Tochter sah, die zusammengerollt auf dem großen Esstisch lag. Der Rock war über ihre Beine hochgeschoben, und das Oberteil ihrer Kotte hing in Fetzen vom Körper. Dicht neben dem Tisch stand Burchard von Hanenstein und zog gerade mit einem süffisanten Lächeln seinen Gürtel durch die Schnalle.

»Ich habe wirklich noch nicht mit Euch gerechnet, obwohl ich sagen muss, dass mir der Empfang für Euch über alle Maßen gelungen ist«, sagte Burchard selbstgefällig und strich sich über seine Kotte.

Eine unbändige Wut stieg in Gottwald auf, und er umklammerte den Griff seines Schwertes so fest, dass die Fingerknöchel weiß hervortraten. Wie durch einen Nebel nahm er wahr, dass die Kampfgeräusche vom Flur verebbt waren und auch Johann sich hinter ihn gestellt hatte.

Eine Hand legte sich schwer auf seine Schulter, und

er hörte Johann flüstern: »Nicht, Herr, es hat keinen Sinn!«

Vom Hof her drang Manfreds Stimme zu ihnen herüber, die sich schnell näherte. »Herr Gottwald, wir haben sie überwältigt! Alle waren im Stall eingesperrt, und Randolf hilft ihnen dabei, die Fesseln zu lösen.«

Der Mann, der mit Gottwalds Knappen zusammen den Stall übernommen hatte, kam keuchend ins Haus gepoltert. »Nur Eure Familie war nicht darunter, Herr …«

Nach einem warnenden Blick Johanns waren die letzten Worte kaum mehr als ein Flüstern. Manfred blieb mit einem furchtsamen Blick auf die starre Gestalt des Vogtes stehen und verstummte.

»Ihr habt nicht die geringste Chance, hier lebend herauszukommen, Gottwald. Gebt meine Frau und meine Tochter frei, und ich verspreche Euch, nicht an Ort und Stelle über Euch zu richten, sondern es dem Kaiser zu überlassen.«

»Wie überaus großzügig von Euch«, höhnte Burchard, »wo doch unser geschätzter Kaiser bereits von uns gegangen ist.«

Gottwalds überraschter Blick entging ihm nicht, und er grinste bösartig. »Da staunt Ihr, was? Ich bin immer bestens unterrichtet, und Eurer Tochter hätte an meiner Seite eine große Zukunft bevorgestanden. So aber … nun ja, ich fürchte, dass Pfalzgraf Friedrich Abstand von seinem Eheversprechen nehmen wird. Wer will schon ein gebrauchtes Eheweib?«

Johanns Griff auf Gottwalds Schulter verstärkte sich, und nur mit größter Kraftanstrengung gelang es dem Vogt, sich zurückzuhalten. Ihm war klar, dass sich bei der kleinsten Bewegung Azzos Dolch in Edgithas Hals bohren würde. Zumindest den Knebel hatte Azzo aus ihrem Mund entfernt. Gottwald traute seinen Ohren kaum, als seine Gemahlin ihn just in dem Moment traurig anlächelte und mit heiserer, aber fester Stimme sagte: »Tu es, Gottwald!«

Ihre Worte hallten durch den Raum, und Burchard griff wutentbrannt nach Hemmas Hand, um sie grob vom Tisch herunterzuziehen.

»Halt's Maul, Weibsstück!«, brüllte er Edgitha an.

Mit dem einen Arm umklammerte er Hemma, während er mit der freien Hand nach seinem Messer griff und es ihr ebenfalls an den Hals setzte.

Entsetzt betrachtete Gottwald die geschundene Gestalt seiner Tochter. Ihre linke Gesichtshälfte war rot geschwollen, die offenen Haare fielen ihr in nassen Strähnen über die Schulter und verdeckten ihre halb entblößte Brust. Schaudernd sah er auf den Boden, und erst da bemerkte er die zusammengekrümmte Gestalt Esikos. Eine große Blutlache verteilte sich unter dem Bergmann auf dem Holzboden.

»Und jetzt sagt den beiden hinter Euch, dass sie ihre Waffen weit von sich werfen sollen«, befahl Burchard.

Er näherte sich langsam mit Hemma, die er brutal vor sich herschob. Dabei zog er das Bein nach, das Esiko mit der Eisenstange getroffen hatte. Just in dem Augenblick stürmten zwei weitere Männer ins Haus, die Schwerter kampfbereit in der Hand. Kurz vor Gottwald, Johann und Manfred blieben sie stehen und richteten bedrohlich ihre Waffen auf sie.

»Herr Burchard, seid Ihr da drin?«

Der Angesprochene verzog das Gesicht. »Wo wart Ihr denn die ganze Zeit?«

Gottwald sah, wie einer von den beiden rot anlief.

»Ich war in dem kleinen Wachzimmer neben dem Tor eingesperrt, und Hugo hat erst jetzt etwas von dem

Überfall mitbekommen. Er hat sich wohl den Magen verdorben und war außerhalb des Hofes, bei den Bäumen. Verzeiht, Herr, es wird nicht wieder vorkommen«, sagte er kleinlaut.

Auch Azzo hatte sich mittlerweile erhoben und zerrte Edgitha weiter mit sich, nachdem er ihre Fußfesseln durchschnitten hatte. Burchard stand nun direkt vor Gottwald und warf einen verächtlichen Blick in Richtung seiner beiden zerknirscht wirkenden Männer.

»Dafür haben wir die Stalltür verriegelt. Da kommt keiner raus«, versuchte es Hugo.

Burchard achtete nicht weiter auf ihn, sondern wandte sich an Gottwald. »Wir werden die beiden freilassen, sobald wir in Sicherheit sind. Was eine mögliche Anklage von Euch betrifft, so wird mein Vetter Otto von Northeim jederzeit bestätigen, dass ich mich bei ihm aufgehalten habe. Ohne den Schutz Heinrichs werdet Ihr dem nichts entgegenzusetzen haben.«

Gottwald und Johann traten einen Schritt zur Seite, um Platz zu machen. Hinter ihnen hörten sie schleppende Schritte, die vom Keller heraufkamen.

»Ach, gibt es dich auch noch! Nach und nach tauchen alle wieder auf. Mach dich nützlich und sperr den edlen Herrn Vogt in den Keller. Vorher nimmst du ihm aber noch sein hübsches Schwert ab. Um die beiden anderen kümmert ihr euch.« Er fuhr sich mit der flachen Hand über die Kehle, was ein hämisches Grinsen bei seinen Männern hervorlockte.

Der zuerst Angesprochene rieb sich den Kopf und zog ein Messer aus dem Gürtel. Seine Haare waren blutverschmiert und klebten an der Kopfhaut, denn es handelte sich um den Mann, den Esiko mit seiner Eisenstange außer Gefecht gesetzt hatte. Johann und sein Gefährte spannten die Muskeln und ballten die Fäuste.

Dann ging alles sehr schnell. Aus den Augenwinkeln heraus bemerkte Gottwald, wie Hemma mit dem Fuß nach einem Messer tastete, das sich in ihrer Reichweite befand. Burchard hielt mit der rechten Hand noch immer ihren linken Arm fest und richtete seine ganze Aufmerksamkeit auf den Mann an der Treppe. Der Vogt war sich nicht sicher, ob sie es schaffte, aber er hatte nicht mit seiner Frau gerechnet. Die stets kühle und gefasste Edgitha schien ebenfalls gemerkt zu haben, was ihre Tochter im Schilde führte, und tat das Einzige, was sie in ihrer Lage tun konnte. Urplötzlich drehte sie den Kopf zur Seite und biss Azzo in den Arm.

Durch den Aufschrei wurde Burchard vollends abgelenkt, und Hemma nutzte den Augenblick. Sie bückte sich und versuchte dabei, sich ruckartig und mit aller Kraft aus Burchards Griff zu befreien. Er fasste zwar sofort nach, aber der kurze Moment hatte gereicht. Hemma packte das Messer und rammte es ihm mit aller Wucht in den Oberschenkel, woraufhin Burchard stöhnend zusammensackte. Gottwald, der noch immer sein Schwert in der Hand hielt, fackelte nicht lange. Er holte aus, stieß nach hinten und zog es sofort wieder mit einem Ruck zurück. Der Getroffene ließ mit weit aufgerissenen Augen das Messer fallen und polterte zum zweiten Mal die Treppe hinunter. Johann und Manfred hatten auch sehr schnell reagiert und gingen mit erhobenen Schwertern auf Burchards Männer los. Mit wutverzerrtem Blick strebte Gottwald Azzo entgegen, der ebenfalls seine Waffe zog.

Ohne hinzusehen schrie er seiner Tochter zu: »Kümmere dich um deine Mutter und verschwindet!«

Edgitha lag nach einem brutalen Faustschlag Azzos mit blutendem Kinn auf dem Boden. Hemma kroch zu ihr, ohne dabei Burchard aus den Augen zu lassen, der noch immer eine Hand auf seine Wunde presste. Dadurch konnte sie rechtzeitig reagieren, als dieser blitzschnell sein Schwert zog und mit einem grauenerregenden Schrei ausholte. Hemma sprang zur Seite, und die scharfe Waffe verfehlte sie um Haaresbreite. Sofort rappelte sie sich wieder auf und eilte zu ihrer Mutter, um ihr aufzuhelfen. Ein gehetzter Blick auf ihren Vater zerstörte ihre Hoffnung auf Hilfe, denn der Vogt kämpfte noch immer verbissen mit Azzo, der sich als ebenbürtiger Gegner erwies.

Geistesgegenwärtig versetzte Hemma ihrer Mutter einen Schubs, und Burchard stieß sein Schwert direkt zwischen die beiden Frauen. Hemma war klar, dass sie ein drittes Mal nicht mehr so viel Glück haben würden. Für einen flüchtigen Moment überlegte sie, ob sie ihren Peiniger mit dem Messer angreifen sollte, verwarf den unsinnigen Gedanken aber gleich wieder, da sie gegen ihn nicht die geringste Chance hätte. Verzweifelt verfolgte sie, wie ihr Gegner mit langsamen Schritten und höhnischem Grinsen auf sie zuhinkte. Draußen im Flur kämpften Johann und Manfred noch immer mit den beiden Schergen Burchards, so dass sie auf deren Hilfe auch nicht hoffen konnte. Hemma krabbelte auf allen vieren zu ihrer Mutter, die anscheinend das Bewusstsein verloren hatte, und drehte sich dabei zu ihrem Verfolger um.

Drohend stand er über ihr, hob sein Schwert mit beiden Händen weit über den Kopf und sagte: »Auf Wiedersehen, meine Schöne!«

Hemma legte ihren Körper schützend über den ihrer Mutter, schloss die Augen und wartete auf den Schlag. Ein überraschter Schrei, dem ein dumpfer Aufprall folgte, ließ sie zusammenzucken. Sie fuhr herum und sah als Erstes Azzos Körper dicht neben der Wand liegen, während ihr Vater mit Burchard auf dem Boden rang. Beide hatten anscheinend ihre Schwerter verloren. Hemma sprang auf und suchte mit gehetztem Blick nach der Waffe ihres Vaters. Ein erstickter Schrei aus dem Flur ließ sie in der Bewegung innehalten, und mit Entsetzen stellte sie fest, dass Manfred am Boden lag. Sein Kopf ruhte seltsam abgeklappt auf der Seite und gab eine klaffende Wunde am Hals frei. Sein Gegner kam langsam in den Raum, wobei er den Blick auf die beiden Männer richtete, die verbissen miteinander kämpften, und Hemma völlig unbeachtet ließ. Sie nutzte die Möglichkeit, packte Azzos Schwert und rannte los. Als sie mit aller Kraft zuschlug, stieß sie einen hasserfüllten Schrei aus. Der Mann war viel zu verblüfft, um rechtzeitig zu handeln. Mit starrem Blick und dem Schwert in seinem Bauch fiel er wie ein gefällter Baum der Länge nach hin.

Gottwald, der bei dem Zweikampf wegen seines fehlenden Armes eindeutig im Nachteil war, hatte es mit einem gezielten Tritt ins Gemächt des Gegners geschafft, sich zu befreien. Er rollte zur Seite, und Hemma, die noch immer wie hypnotisiert auf den Mann vor ihr starrte, kam wieder zu sich. Sie zwang sich, nicht auf dessen weit geöffnete Augen zu achten, und zog mit aller Kraft das Schwert aus dem Körper.

»Vater!«, schrie sie und warf Gottwald die blutige Waffe zu, der sie geschickt auffing.

Gerade noch rechtzeitig konnte er Burchards Schlag parieren. Hemmas Alptraum nahm kein Ende, denn just in dem Augenblick sah sie, wie Azzo sich langsam regte, den Gottwald anscheinend durch einen Faustschlag nur kurzzeitig außer Gefecht gesetzt hatte. Die junge Frau griff nach dem Messer, das neben ihrer Mutter lag, und stürzte sich mit einem Schrei auf Azzo. Die Klingenspitze blieb kurz vor seiner Brust in der Luft stehen, denn er hatte ihr Handgelenk gepackt, und mit einem Ruck flog das Messer aus ihrer Hand. Er richtete sich auf und drückte sie zu Boden. Eine tiefe Wunde zog sich quer über seine linke Gesichtshälfte, und voller Grauen blickte Hemma in die blutige und wutverzerrte Fratze.

Dann schlug er zu.

Hemma hatte das Gefühl, als würde ihr Unterkiefer in tausend Stücke zerbersten, und wie durch eine Nebelwand hörte sie den seltsamen Akzent seiner Worte: »Den Rest überlasse ich meinem Herrn.«

Schritte entfernten sich, und Schwerter klirrten. Hemma wurde übel, aber sie zwang sich hochzukommen. Ihr Blick war trübe, als sie sah, wie Azzo langsam auf ihren Vater und Burchard zuging. Im Gehen bückte er sich und griff nach seinem Schwert, das auf dem Boden lag. Hemma wollte schreien, doch kein einziger Ton kam über ihre Lippen. Im dem Augenblick, als Burchard von Gottwalds Klinge getroffen wurde, stieß Azzo sein Schwert in den Rücken von Hemmas Vater. Erst jetzt wandelte sich der lautlose Ton in einen gellenden Schrei, und Hemma hatte das Gefühl, den Schmerz nicht mehr ertragen zu können. Der Körper ihres Vaters sackte in sich zusammen, nachdem Azzo seine Waffe herausgezogen hatte, und nur undeutlich sah Hemma, wie eine Gestalt mit lautem Geschrei und gezogenem Schwert in den Raum stürmte. Azzo konnte sich gerade noch zur Seite drehen, aber es reichte nicht ganz, und er zuckte zusammen, als er getroffen wurde. Fast ohne jede Regung nahm sie wahr, dass der Scherge gleich darauf seinen deutlich kleineren Gegner mit einem Schlag niederstreckte. Ohne einen Laut sackte Randolf zusammen, fast im selben Augenblick, in dem auch Johann stöhnend zusammenbrach.

Als Hemma die lauten Pferdehufe und Rufe vom Hof hörte, dauerte es einen Moment, bis sie wusste, was es zu bedeuten hatte. Trotzdem war sie nicht in der Lage, sofort den Kopf zu heben.

»Vater, Mutter, wo seid ihr?«

Die Worte ihres älteren Bruders drangen in ihr Bewusstsein, fast gleichzeitig mit dem Geruch nach Rauch. Erschreckt drehte sich Hemma um und riss die Augen auf. Azzo und Burchard waren wie vom Erdboden verschwunden, dafür brannten der Tisch und die Holzverriegelung der Fensteröffnung. Blitzartig kam Hemma auf die Beine. Sie lief zu ihrem Vater, der dicht neben dem Tisch auf dem Boden lag,und griff nach seinem Arm.

»Hemma!«

Ohne in ihrer Anstrengung nachzulassen, sah die junge Frau über die Schulter, direkt in das entsetzte Gesicht Goswins.

»Hilf mir!«, schluchzte sie. »Ich schaffe es nicht alleine!«

Mit zwei Sätzen war Goswin an ihrer Seite. Er schob sein Schwert zurück in die Scheide, bückte sich und hob den Körper seines Vaters hoch.

»Verschwinde!«, schrie er sie an, bevor er mit seiner Last zur Tür ging.

In dem Augenblick stürmten drei weitere Männer in den brennenden Raum. Sie brauchten nicht lange, um die Situation zu erfassen. Einer von ihnen hob vorsichtig Edgitha hoch, während der andere das Gleiche mit Hemma tun wollte.

»Nein, mir fehlt nichts«, sagte sie energisch, ihre Schmerzen im Gesicht ignorierend, »ihm musst du helfen.« Dabei zeigte sie auf Randolf, der sich noch immer nicht regte.

Nachdem der Mann den verletzten Knappen hochgehoben und den Raum verlassen hatte, schwankte Hemma hinter ihm her. Sie stolperte in den Hof hinaus, wo ein furchtbares Durcheinander herrschte. Die Ställe brannten ebenfalls, und Hemma sah, wie sich einige Männer um die verängstigten Tiere bemühten. Immer mehr Menschen strömten durch das geöffnete Tor, um mit anzupacken. Viele trugen Eimer mit Wasser, andere kümmerten sich um die Verletzten. Voller Verzweiflung sah die junge Frau sich nach ihren Eltern um, bis sie schließlich Goswin entdeckte, der direkt auf sie zulief.

»Vater und Mutter sind außerhalb des Tores.«

Für einen kurzen Moment legte er beide Hände auf ihre Schultern und sah ihr tief in die Augen. Sein Gesicht und die schwarze Kleidung waren rußverschmiert. Im nächsten Augenblick war die innige Verbundenheit gebrochen, und er eilte weiter, um den anderen beim Löschen zu helfen.

Als Hemma hinauslief, achtete niemand auf ihr verschmutztes und zerrissenes Kleid, noch nicht einmal sie selbst, genauso wenig wie sie den Blutgeschmack bemerkte, der sich seit Azzos Faustschlag in ihrem Mund verteilt hatte. Der Regen hatte aufgehört, so als wollte er sie zusätzlich strafen, indem er das Feuer nicht löschte. Dafür hatte der starke Wind nachgelassen.

Hemma brauchte nicht zu suchen. Kaum hatte sie den elterlichen Hof verlassen, da entdeckte sie neben der Mauer die kleine Gruppe. Langsam ging sie weiter darauf zu, und die Menschen öffneten den Ring, um sie durchzulassen. Erst jetzt sah sie ihren Vater. Auf eine Wolldecke gebettet lag er auf dem Rücken, und unter ihm hatte sich bereits ein großer, dunkler Fleck ausgebreitet. Ihre Mutter hatte das Gesicht auf seine Brust gelegt und weinte lautlos, während ihr Oberkörper bebte. Eine eisige Hand griff nach Hemmas Herz und umschloss es. Waltraut, die hinter Edgitha hockte und ihr einen Arm auf den Rücken gelegt hatte, sah Hemma mitfühlend an. Gottwald hatte die Augen geschlossen, und seine Tochter ging langsam an seiner anderen Seite in die Knie. In dem Moment öffnete er die Augen, seine Lider flatterten, und doch sah er Hemma mit festem Blick an. Mit den Lippen formte er ein paar lautlose Worte, die sie jedoch nicht verstehen konnte. Dann lächelte er, und Hemma schluchzte auf. Sie griff nach seiner Hand und küsste sie, während ihr die Tränen ungehindert über die Wangen liefen.

»Verzeih mir, Vater, bitte verzeih mir!«, murmelte sie unentwegt.

Plötzlich fing jemand der Umstehenden leise zu beten an, und Hemma bemerkte mit tränenverschleiertem Blick, dass jedes Leben aus den Augen ihres Vaters verschwunden war.

Hemmungslos weinend brach sie neben ihm auf dem nassen, schlammigen Boden zusammen.